論語卷之一

朱熹集註

學而第一

此為書之首篇,故所記多務本之意,乃入道之門,積德之基,學者之先務也。凡十六章。

子曰:學而時習之,不亦說乎? 說悅同

學之為言效也。人性皆善而覺有先後,後覺者必效先覺之所為,乃可以明善而復其初也。習,鳥數飛也,學之不已,如鳥數飛也。說,喜意也。既學而又時時習之,則所學者熟,而中

讲给孩子的中国文学经典

第一册 先秦至盛唐

侯会 著

三联书店

Copyright © 2017 by SDX Joint Publishing Company.
All Rights Reserved.

本作品版权由生活·读书·新知三联书店所有。
未经许可，不得翻印。

图书在版编目（CIP）数据

讲给孩子的中国文学经典．第一册，先秦至盛唐／侯会著．—北京：
生活·读书·新知三联书店，2017.12
ISBN 978-7-108-05996-3

Ⅰ．①讲⋯ Ⅱ．①侯⋯ Ⅲ．①中国文学－文学史－青少年读物
②中国文学－文学史－先秦时代-唐代－青少年读物　Ⅳ．① I209-49

中国版本图书馆 CIP 数据核字（2017）第 137053 号

责任编辑	王海燕
装帧设计	刘　洋
责任印制	宋　家
出版发行	生活·讀書·新知 三联书店
	（北京市东城区美术馆东街 22 号 100010）
网　　址	www.sdxjpc.com
经　　销	新华书店
制　　作	北京金舵手世纪图文设计有限公司
印　　刷	北京市松源印刷有限公司
版　　次	2017 年 12 月北京第 1 版
	2017 年 12 月北京第 1 次印刷
开　　本	635 毫米 × 965 毫米　1/16　印张 20.25
字　　数	218 千字　图 104 幅
印　　数	00,001-10,000 册
定　　价	40.00 元

（印装查询：01064002715；邮购查询：01084010542）

总目录

第一册(先秦至盛唐)

写在前面
一、远古神话,文学之祖
二、《尚书》:最古老的散文集
三、《周易》里面有诗歌
四、《诗经》:诗三百,思无邪
五、"礼学"曾是大学问
六、孔子与《论语》
七、老子与《道德经》
八、墨翟与《墨子》
九、编年史的楷模《左传》
一〇、《国语》与《国策》
一一、孟轲与《孟子》
一二、庄周与《庄子》(附《列子》)
一三、屈原与《离骚》(附宋玉)
一四、荀况与《荀子》
一五、韩非与《韩非子》(附杂家)

一六、李斯、贾谊秦汉文

一七、《七发》枚乘体，《子虚》相如赋

一八、司马迁与《史记》

一九、扬雄等辞赋家

二〇、东汉乐府诗

二一、古诗十九，文人情思

二二、宰相诗人曹操

二三、曹丕与曹植

二四、建安文学家

二五、竹林七贤

二六、太康诗人多，左思执牛耳

二七、五柳先生陶渊明

二八、南朝二谢，水秀山明

二九、鲍照叹"行路"，江郎伤离别

三〇、庾赋郦经，北朝诗文

三一、六朝民间曲，南北调不同

三二、六朝小说，志怪志人

三三、文学批评有"雕龙"

三四、由隋入唐，诗风流转

三五、初唐四杰，王杨卢骆

三六、贺知章、孟浩然等

三七、王维诗中有画图

三八、边塞歌咏听高、岑

三九、诗仙李白

四〇、诗圣杜甫

简明文学家词典·一（按生年先后排列）

第二册（中唐至元代）

四一、中唐诗坛才子多

四二、香山居士白居易

四三、"文起八代之衰"的韩愈

四四、散文大家柳宗元

四五、"诗豪"刘禹锡

四六、鬼才李贺

四七、杜牧诗赋讽喻深

四八、李商隐与无题诗

四九、晚唐诗人

五〇、曲词发轫唐五代

五一、南唐二主，词坛帝王

五二、唐传奇里故事多

五三、宋初文坛花待发

五四、王禹偁与范仲淹

五五、有井皆歌柳永词

五六、一代文宗欧阳修

五七、王安石与曾巩

五八、梅尧臣、苏舜钦等

五九、北宋文豪苏东坡（附苏洵、苏辙）

六〇、黄庭坚与江西诗派

六一、苏门弟子秦观等

六二、周邦彦与贺铸

六三、女词人李清照

六四、岳飞与张孝祥

六五、中兴诗人杨万里、范成大（附曾几）

六六、爱国诗人陆游

六七、英雄词人辛弃疾（附陈亮、刘过）

六八、婉约词人与"永嘉四灵"（附江湖派）

六九、宋末爱国诗人（附金代元好问）

七〇、宋代戏曲与文学批评

七一、白话小说登上文坛

七二、一代文学元之曲

七三、元曲大家关汉卿

七四、白朴与马致远

七五、王实甫与《西厢记》（附郑光祖）

七六、元代散曲与诗歌

七七、南曲戏文演《琵琶》

简明文学家词典·二（按生年先后排列）

第三册（明代至近代）

七八、明初文坛，波澜不起

七九、罗贯中与《三国演义》

八〇、士大夫喜欢上戏曲

八一、明中期诗文．七子与"公安派"

八二、施耐庵与《水浒传》

八三、吴承恩与《西游记》

八四、《封神》有趣，说部繁荣

八五、世情小说《金瓶梅》

八六、"中国的莎士比亚"汤显祖

　　　（附孟称舜、沈璟等）

八七、冯梦龙与"三言"（附"二拍"）

八八、晚明文坛多悲声（附明代民歌）

八九、清初文坛两类人

九〇、纳兰词曲板桥书

九一、蒲松龄与《聊斋志异》

九二、洪昇与《长生殿》（附李玉等）

九三、孔尚任与《桃花扇》（附杨潮观等）

九四、吴敬梓与《儒林外史》

九五、曹雪芹与《红楼梦》

九六、清代小说，目不暇接

九七、"桐城派"与"江右三大家"

九八、近代开山者：林则徐、龚自珍

九九、"湘乡"散文，旧瓶新酒

一〇〇、京剧鼓板彻云霄

一〇一、晚清诗坛起新风

一〇二、文学评论，更上层楼

一〇三、译坛"大腕"有严、林

一〇四、梁启超引领新文风（附柳亚子）

一〇五、侠义公案，小说新宠

一〇六、谴责小说《老残游记》

一〇七、官场生怪状，孽海起波澜

一〇八、鸳蝶风气盛，小说铸魂难

一〇九、近代剧坛发新枝

简明文学家词典·三（按生年先后排列）

第四册（现代）

一一〇、新文化运动大旗飘

一一一、鲁迅"呐喊"醒神州

一一二、胡适倡导白话文

一一三、新文化运动的推轮者

一一四、讴歌"创造"的郭沫若

一一五、郁达夫不曾"沉沦"

一一六、文研会里人气高（叶圣陶、许地山、王统照等）

一一七、茅盾："子夜"过去是黎明

一一八、自清散文，"荷塘""背影"

一一九、梦断康桥徐志摩（附林徽因）

一二〇、"红烛"诗人闻一多
（附梁实秋、朱湘）

一二一、张恨水与《啼笑因缘》（附秦瘦鸥、
　　　　林语堂）
一二二、田汉戏剧演"名优"
　　　　（附欧阳予倩等）
一二三、夏衍、白尘，"戏"说人生
一二四、老舍与《骆驼祥子》
一二五、冰心最爱小读者（附庐隐）
一二六、沈从文来自"边城"
一二七、沙汀"开茶馆"，艾芜赋"南行"
一二八、巴金与"激流三部曲"
一二九、柔石说"二月"，白莽唱"孩儿"
一三〇、文坛传奇有"二萧"
一三一、丁玲、周立波，笔底起风雷
一三二、诗人臧克家：高吟《有的人》
一三三、诗迎黎明说艾青（附田间）
一三四、为农民代言的赵树理
一三五、张天翼笔下的现实与童话
一三六、曹禺："雷雨""日出"照舞台
一三七、钱锺书笑谈"围城"（附杨绛）
一三八、似雪荷淀月，如诗孙犁文
一三九、张爱玲：打碎"金锁"唱"倾城"
简明文学家词典·四（按生年先后排列）

目录

写在前面 / 1

一、远古神话，文学之祖
盘古开天与女娲造人 / 1
羿射十日与大禹治水 / 3
话说炎黄 / 5

二、《尚书》：最古老的散文集
从"五经"到"十三经" / 7
"殷盘""周诰"说《尚书》 / 9
《无逸》：儿子休要骂老子 / 11
《尚书》到底几多篇 / 12

三、《周易》里面有诗歌
谁说《周易》"老掉牙" / 14
自强不息，厚德载物 / 16
《周易》爻辞美如诗 / 18

四、《诗经》:诗三百,思无邪

《诗》分"风""雅""颂"/ 19
"国风"多情歌 / 22
婚恋诗中的喜与悲 / 24
《伐檀》《硕鼠》,劳者悲吟 / 27
杨柳依依,士兵还乡 / 29
不学《诗》,口难张 / 31

五、"礼学"曾是大学问

《仪礼》:礼仪"讲究"知多少 / 32
《周礼》是官场"路线图" / 34
《礼记》与"四书" / 35
《檀弓》中的小故事 / 37

六、孔子与《论语》

己所不欲,勿施于人 / 38
《论语》:一部君子手册 / 39
学而不厌、诲人不倦 / 42

七、老子与《道德经》

先秦诸子,百家争鸣 / 44
《老子》又称《道德经》/ 44
《老子》讲些什么 / 46

八、墨翟与《墨子》
墨子主张:兼爱非攻 / 47

墨子片言胜千军 / 48

九、编年史的楷模《左传》
《春秋》是孔子作的吗 / 50

《春秋》有三传,《左传》最精彩 / 52

庄伯跟弟弟斗心眼儿 / 53

战争描写,举重若轻 / 55

季梁曰:"夫民,神之主也!" / 57

子产不毁乡校 / 59

一〇、《国语》与《国策》
防民之口,甚于防川 / 61

谁割破了国君的渔网 / 62

"战国"之名由此来 / 63

一一、孟轲与《孟子》
孟子的理想:让老人吃上肉 / 66

敢向国君"放狠话" / 67

孟子喜欢打比方 / 69

一二、庄周与《庄子》(附《列子》)
树底逍遥觅庄周 / 71

大鹏展翅,扶摇九天 / 73

寒蝉夸海口,蜗角称大国 / 74

《养生主》:杀牛的艺术与哲学 / 76

河伯知忏悔,浑沌窍难开 / 77

濠梁观鱼逞辩才 / 78

老丈承蜩与儒者盗墓 / 79

舐痔得车,讽刺犀利 / 80

列子寓言,不让庄周 / 82

一三、屈原与《离骚》(附宋玉)

忠而见谤的三闾大夫 / 83

端午节的由来 / 85

《离骚》一篇诉衷情 / 86

香草美人,上下求索 / 88

《国殇》:"魂魄毅兮为鬼雄" / 90

《橘颂》与《天问》 / 91

宋玉:悲秋题材的鼻祖 / 93

一四、荀况与《荀子》

荀子说:青出于蓝而胜于蓝 / 95

荀子是"批判"的儒家 / 97

"成相"与"赋":荀子创造新文体 / 98

一五、韩非与《韩非子》（附杂家）

《韩非子》：书中自有和氏璧 / 100

笔扫"五蠹"，推崇峻法 / 102

杂家有名著，《吕览》与《淮南》 / 104

一六、李斯、贾谊秦汉文

秦朝"打工皇帝"李斯 / 106

汉代文章看贾谊 / 108

《过秦论》：为秦王朝覆亡把脉 / 109

一七、《七发》枚乘体，《子虚》相如赋

枚乘《七发》，汉赋鼻祖 / 110

司马相如：才子刷盘子 / 112

《子虚》《上林》，汉赋高峰 / 113

一八、司马迁与《史记》

司马迁开创"纪传体" / 115

遭受冤屈，发愤著书 / 117

小人物也登上历史殿堂 / 119

为受屈者鸣不平 / 121

风萧萧兮易水寒 / 122

场面如戏剧，对话最传神 / 125

一九、扬雄等辞赋家
冷嘲热讽的东方朔 / 127
跳楼扬雄才自高 / 129
东汉文学家班固、张衡、王充 / 130

二〇、东汉乐府诗
汉乐府与乐府诗 / 132
乱世百姓唱悲歌 / 133
美女巧答无良高官 / 135
孔雀为谁而徘徊 / 137
焦生的软弱与坚强 / 139

二一、古诗十九，文人情思
最早的文人五言诗 / 140
《古诗十九首》不容小觑 / 142

二二、宰相诗人曹操
皇帝、宰相也作诗 / 143
对酒当歌，人生几何 / 145
碣石观海，老骥伏枥 / 147

二三、曹丕与曹植
皇帝诗人曹丕 / 149
心羡游侠的曹子建 / 150

相煎何太急 / 151

《洛神》赋诉深情 / 153

二四、建安文学家
建安七子：陈琳饮马与王粲登楼 / 154

文姬归汉抒悲愤 / 157

诸葛亮："万古云霄一羽毛" / 159

二五、竹林七贤
竹林七贤，分道扬镳 / 160

借酒消愁阮步兵 / 161

阮籍讽"君子"，刘伶颂"酒德" / 163

嵇康为啥与山涛绝交 / 164

二六、太康诗人多，左思执牛耳
陆才如海，潘才如江 / 166

左思咏青史，豪右何足陈 / 168

纸贵洛阳《三都赋》 / 170

二七、五柳先生陶渊明
五柳先生陶渊明 / 171

不愿"折腰"，宁可"归去" / 173

采菊东篱下，悠然见南山 / 174

吾亦爱吾庐 / 177

也有金刚怒目诗 / 178
桃花源里好耕田 / 179
最早的田园诗人 / 181

二八、南朝二谢，水秀山明
《昭明文选》与《玉台新咏》 / 182
谢灵运：山灵水韵成新诗 / 184
小谢诗：三日不读，便觉口臭 / 186

二九、鲍照叹"行路"，江郎伤离别
鲍参军：圣贤尽贫贱，我辈孤且直 / 188
江郎才尽彩毫失 / 190
移文拒小人，飞书召降将 / 192
亡国之音《后庭花》 / 194

三〇、庾赋郦经，北朝诗文
庾信文章老更成 / 195
北地三才，文人相轻 / 198
郦《经》颜《训》，散文动人 / 199

三一、六朝民间曲，南北调不同
子夜吴歌南朝曲 / 201
《木兰》乐府北朝诗 / 203

风吹草低见牛羊 / 205

三二、六朝小说，志怪志人
"小说"一词从何来 / 206
见怪不怪的《搜神记》/ 207
复仇少年，贵拟君王 / 208
轶事小说，《世说新语》/ 209
兰田性急，周处自新 / 211

三三、文学批评有"雕龙"
《文心雕龙》讲些啥 / 212
教你创作与欣赏 / 214
《诗品》：用诗赞美诗 / 215

三四、由隋入唐，诗风流转
隋代诗歌效南朝 / 217
审言独秀，沈、宋比肩 / 219
力倡"风骨"的陈子昂 / 221
魏征：水能载舟，亦能覆舟 / 223

三五、初唐四杰，王杨卢骆
王勃名动滕王阁 / 224
宁为百夫长，胜作一书生 / 227

指斥女皇的骆宾王 / 228

三六、贺知章、孟浩然等
四明狂客贺知章 / 230
曲径通幽常建诗 / 232
田园诗人孟浩然 / 233

三七、王维诗中有画图
王维诗歌,有声有色 / 236
诗中有画,画中有诗 / 238
登高思兄弟,观猎随将军 / 239

三八、边塞歌咏听高、岑
二王绝句,美女知音 / 241
高适:边塞烟尘入诗篇 / 244
岑参领我们到轮台 / 245
崔颢:李白也佩服的诗人 / 248

三九、诗仙李白
仗剑辞家,壮游天下 / 249
历抵卿相,广交朋友 / 251
"天上谪仙"在长安 / 253
欲上青天揽明月 / 256
天生我材必有用 / 257

梦游天姥，朝辞白帝 / 258
反思战争，棒喝"圣人" / 261
举杯邀明月，踏歌有汪伦 / 263
雄奇壮美，蜀道难行 / 265

四〇、诗圣杜甫
会当凌绝顶，一览众山小 / 268
朱门酒肉臭，路有冻死骨 / 270
烽火连三月，苍茫问家室 / 272
"三吏""三别"，忧国忧民 / 274
草堂岁月，仁者情怀 / 276
安得广厦千万间 / 278
老病孤舟的晚年岁月 / 280
杜甫的"遗产" / 283
"诗圣"与"诗史" / 284

简明文学家词典·一（按生年先后排列）/ 286

写在前面

一

现如今，如果有人对你说"我是听您的歌（看您的戏或听您的相声）长大的"，那多半是在调侃，意思是你已经落伍了。

可不久前，我真的接到这样一个电话："侯老师，我是读您的书长大的！"对方是某出版社的年轻编辑，正在编辑我的一部书稿。她偶然发现，我又是《中华文学五千年》的作者，那是她读中学时印象很深的一本课外书。

想想也是，该书 20 世纪 90 年代初问世，至今已过去二十五个年头。当年上中学的小姑娘，如今已成为出版社的顶梁柱。——思及此，顿生岁月如梭之叹。

二

20 世纪 80 年代，女儿呱呱落地。身为穷教师的爸爸买不起昂贵的芭比娃娃、乐高玩具，盘算着能不能写本书陪伴她长大。这一念头的产生，还跟之前到一所中学听课有关。挨着我的一张小课桌上，除了一本语文书外，还堆着各种课外参考书。我随手翻翻，无非是些东拼西凑的知识点，枯燥乏味，想来很难引发孩子的兴趣。

我就想：能不能专为孩子们写一本谈文学的书，由远古神话讲起，依次是先秦诸子、《诗经》《楚辞》、汉赋唐诗、宋词元曲、明清小说……把孩子们在课堂上拾取的零珠碎玉，穿成一条闪闪发光的项链？

形式跟内容同样重要。我们平日跟孩子讲话，总是弯下腰，平视着孩子的眼睛，尽量拣他们听得懂的字眼儿，耐心讲给他们听。可为什么一拿起笔，这些常识就被抛到九霄云外去了呢？

当有一双好奇而明亮的眼睛望着你时，笔底的文字自然变得浅易通俗、亲切有味儿了。

三

经冬历夏，书稿完成。承蒙大学者张中行先生称赏推荐，并由大书法家启功先生赐题书名，《中华文学五千年》于1992年由中国青年出版社正式出版，受到孩子和家长们的欢迎。《文艺报》当年刊文推介。由于加印不断，该书于1995年荣获全国优秀畅销书奖；1996年入选"希望书库"，加印一万册，又被教育部编入"中华文史知识课程内容与教学指导书目"。

此后应中国青年出版社之约，我又接连撰写了《世界文学五千年》及《中华文学五千年·近现代部分》，同样受到读者欢迎。

1995年，这套书还由台湾洪叶文化出版公司出版繁体字本，在岛内风行一时。不止一所中学把它定为语文搭配教材或高中必备参考书。有位中学语文教师还花费时间精力，专门针对此书编写了系列测试卷，多达十几回（篇）——专门为一本课外书编写测试卷，还是不多见的。一些大学开设的文学课程，也将此书列为必读书或参考书。

有位台湾书评家，道出此书受欢迎的原因："作者侯会在编纂此书时运用的策略便是成功地引起读者兴趣，有不少高中教师表示：以往较不喜欢念文科的自然组学生，在接触这本书后，对文学大为改观，即便不是非常有兴趣，但是至少是转变成不讨厌的地步。"（《小莫的青春笔记本：文学之旅——中华文学五千年》）

二十几年过去了，这套书几次再版。《中华文学五千年》于2004年和2006年分别由中国青年出版社及台湾洪叶文化出版公司出版了插图本。

从2011年起，全套书经整理修订，由团结出版社推出插图本，更名为《讲给孩子的中国文学经典》《讲给孩子的世界文学经典》和《讲给孩子的百年文学经典》。时隔二十年，孩子和家长并没忘记这套书。再版后频频加印，供不应求。北京电视台做了特别推荐，多家报刊登载书讯，《武汉晚报》还做了专访。

时至今日，这套书总共印售近二十万册，在几代孩子中产生了影响。这或许能解释，为什么那位年轻编辑多年后还记得这套书——这令我惭愧之余，又感欣慰。

四

眼下,这套书又获得在三联书店再次出版的机会。讨论时,编辑老师建议做些调整。除了内容的增益更新外,形式上也做了较大改动。原稿采用爷孙夜谈的形式固然生动,但按日分段毕竟限制了内容的顺畅表述。

"别小看现在的孩子们,他们见多识广,不再是依偎在家长身边听故事的乖宝宝。"编辑老师如是说,"开门见山,平铺直叙,更符合当下孩子的接受习惯。但亲切生动的语言、灵活的表达方式,仍应沿袭。"

书名仍沿用《讲给孩子的中国文学经典》和《讲给孩子的世界文学经典》。《讲给孩子的中国文学经典》将"古代文学"及"近现代文学"接续起来,共分为四册,依次是"先秦至盛唐"(第一册)、"中唐至元代"(第二册)、"明代至近代"(第三册)和"现代"(第四册)。

全书又依内容分为一百三十九节,各拟标题如"远古神话,文学之祖""编年史的楷模《左传》""屈原与《离骚》"等。每节又分若干段落,仍拟有小标题,如"谁说《周易》老掉牙""秦朝'打工皇帝'李斯"等。

每册书后附有"简明文学家词典",收录本册介绍的文学家。词条按文学家生年先后编排,又可作文学年表看;文学发展的脉络走向,作家之间的影响及传承,都可从中领略一二。

新版图书仍遴选精美图画分插于文中,以增强可读性。目的当然只有一个：让孩子们的学习变得更轻松、更有趣味！

感谢三联书店各级领导的抬爱，使本书以崭新面貌再度与孩子们见面。感谢美编室主任蔡立国先生和刘洋老师，他们所做的高水平装帧，为本书增色不少。感谢实力派画家孙文然先生，他为本书绘制了部分插图。尤其要感谢责任编辑王海燕女士，从策划到编纂，她为本书付出了太多的心血！

还有，本书所引古代及近现代诗文，以目前通行的版本为依据。出于对原作者的尊重，在用字用词上尽量保持原貌，特此说明。

侯 会

丁酉春日，于北京大兴与德堂

孩子们，坐过来，听老爷爷讲文学故事。不必像在教室里那样坐得笔直，有了问题也可以随时发问。

你问什么是文学吗？这是个好问题。简单点儿说，文学是一种艺术，是用语言文字来反映现实生活的艺术。诗歌啊，戏剧啊，小说啊，散文啊，都属于文学，只是样式不同而已。

中国有着五千多年的文明史，一朝一代数下来，有名气有影响的文学家，至少有上千位。像屈原、陶渊明、李白、杜甫、白居易、苏轼、陆游、辛弃疾、关汉卿、罗贯中、施耐庵、汤显祖、蒲松龄、吴敬梓、曹雪芹……这样的大文学家，更是尖子里的尖子。

经过时间的淘洗而流传至今的好作品，更是数不胜数。举例来说，有一部《全唐诗》，是清代人搜集整理的唐诗总集，收录了将近五万首唐诗；没传下来的，不知还有多少。此外，唐代还有大量的散文、骈文、传奇小说、曲子词……单是这一朝的文学，就够我们讲上一年半载的。

那么唐以前的《诗经》、《楚辞》、乐府、汉赋，唐以后的宋词、元曲、明清小说……精彩内容还多着哩。

就让我们从最早的先民神话讲起吧。

一、远古神话，文学之祖

盘古开天与女娲造人

无论是诗歌、散文还是戏曲、小说，它们都有个共同的老祖宗，叫"神话"。

神话是何时诞生的呢，还真不好回答。这么说吧，自从人类学会用语言交流，神话就产生了。——这就不能不简单回顾一下人类的发展历史。

我们知道，人跟某种猿类有着亲缘关系，而由猿变人的过程，大概在七百万年前就开始了。经过长期进化，大约在十万年前，人类已能直立行走，并变得心灵手巧。不过能使用语言交流，却要再等上五万年到七万年。而神话的产生，应当在距今三五万年前吧。也有学者认为这个时间还应大大推前。

那时的人类虽然学会用火，能用石头打制简单的工具，可日子过得十分艰辛。他们披的是树叶、兽皮，吃的是野果、兽肉，常常是饥一顿饱一顿的。遇上干旱、洪水、山火、瘟疫，处境就更糟。

生活中的艰苦与危险，常能刺激人们的想象。譬如天上打雷，人们就拟想有位主宰天地的大神发了怒；当洪水滔天时，他们又想象那是神灵在惩罚人类。人们无力抵御大自然的侵害，总渴望有神灵或英雄前来拯救他们……

于是无数生动奇妙的神话，便从他们的脑瓜儿里产生出来。

在诸多神话里，有一类"创世神话"，专门回答这类问题：世界是怎么形成的？人又是从哪里来的？世界各族文化中都有这类神话，而我们中国的创世神话还不止一则哩。

就来看看"盘古开天"神话吧。相传在世界产生之前，天地混沌一团，如同一枚大鸡蛋。大神盘古便在这"鸡蛋"中孕育生长，历经一万八千年，天地分离，阳气轻盈，上升为天空，阴气重浊，下沉为大地。中间的盘古每天长高一丈，天、地也跟着升高、增厚一丈。直至某一天盘古停止了生长，天地也便稳定下来。

至于万物的形成，也跟盘古有关。相传盘古临死时，周身发生了微妙变化：呼出的气形成风云，发出的声响便是雷霆，左眼变成太阳，右眼变成月亮，四肢五体形成四极五岳，血液流成江河，筋脉变作山川道路，肌肤成了肥田沃土，头发髭须变作星辰，皮肤汗毛变成草木，牙齿骨骼变作金属岩石，骨髓化作珍珠美玉，汗水挥洒，变成滋润万物的雨水，身上的各种小虫，跳蚤啦，虱子啦，散落下来，变成了黎民百姓。

这最后的变化，可有伤人类自尊心，因而人们宁愿相信人是女娲（wā）造出来的。

女娲是另一则创世神话的主角。据说开天辟地时，世上本没有人。于是女娲拿黄土捏成人形，创造了人类。后来她捏得不耐烦，便拿草绳裹上泥巴充数，只是这样造出的人平庸低贱，于是人也便有了贵贱之分。

女娲还在造人之前,于正月初一造了鸡,初二造了狗,初三造了猪,初四造了羊,初五造了牛,初六造了马,到初七才开始造人。因此,古人称正月初七为"人日",把这一天视为全人类的生日。

人类自打一落生,便灾难不断。最严重的一回,天塌地陷,大火延烧,洪水横流,猛兽恶鸟也出来残害人类,仿佛世界末日已经来临。

女娲炼石

在这当口,又是女娲挺身而出,熔炼了五色石块,补好天上的裂缝;又砍下神龟的四脚,撑好天空四角;还杀死兴风作浪的黑龙;又把芦苇灰堆起来,堵住滔滔洪水……老祖母女娲再次拯救了人类!

女娲在众神中地位极高,她还是"三皇"之一。"三皇"是谁,说法很多。其中一种说法是伏羲、女娲和神农。还有学者说,伏羲便是盘古,这两个名字在上古发音一致。

羿射十日与大禹治水

当然,拯救人类的不只有女娲,还有羿(yì)和大禹。传说尧做国君时，天空中出现十个太阳，庄稼和草木都被烤焦了，百姓好像住在火焰山上。尧于是把一张红弓、一袋白箭交给神箭手羿，要他拯救黎民。

羿一口气射下九个太阳，射得乌鸦毛乱飞，原来每个太阳里都蹲着一只三脚乌鸦——后世诗人因而把太阳称作"金乌"。羿还一鼓作气把残害百姓的毒蛇怪兽全都收拾干净，老百姓终于过上舒坦日子，无不赞颂这位大英雄。

可羿的妻子嫦娥却是个自私的女人。羿从西王母那儿弄来长生不死药，自己舍不得吃，倒被嫦娥偷吃了。嫦娥吃了不死药，便飘飘荡荡飞到月亮上去。她孤零零住在月宫里，别提多冷清了。"嫦娥应悔偷灵药，碧海青天夜夜心"，这是后世诗人对嫦娥境遇的描摹。

另有传说，那么漂亮的嫦娥，到月亮上竟变成一只蟾(chán)蜍(chú)，也就是俗称的"癞蛤蟆"。谁让她偷吃英雄的不死药呢？活该！

大旱倒是消除了，可老天又下起大雨来。一时间洪水滔天，百姓们大半跟鱼虾做了伴儿。有位叫鲧(gǔn)的人偷了天帝的"息壤"来堵塞洪水——息壤是一种神奇的土壤，一小块就能长得老大老大。天帝得知宝贝被盗，大发雷霆，派火神祝融把鲧抓去杀掉了。

鲧的儿子叫禹，子承父业，继续治水。不过他采取的法子不是堵塞，而是疏导。禹外出治水时，跟妻子涂山氏约好：需要送饭就敲鼓为号。

禹到了治水工地，现出原形，竟是一头大熊！他使蛮力开山，不小心把石块抛到鼓上。涂山氏听到鼓声来送饭，见丈夫竟是这副模样，羞得无地自容，便跑到嵩山下，化作一块石头。

涂山氏这时已经有孕在身。禹边追边喊：还我儿子，还我儿子！禹的话音没落，石头裂开，蹦出个小娃娃，就是禹的儿子启。启有"开"的意思。

禹埋头治水，"三过家门而不入"，终于让洪水乖乖流入大海。人们拥戴他做了国君，开创了夏朝。不过他临终时，让儿子启继承了帝位。以前的部族领袖是由众人推举的，谁有能力，首领便把位子让给他，这叫"禅（shàn）让"；到了禹这里，变成了父死子继、兄终弟及的"世袭"制，"公天下"从此变成了"家天下"。这大约是距今四千多年前的事。

话说炎黄

至于夏以前的历史，只存在于神话中。譬如传说中的伏羲时代，远在五千年到七千年前，而炎黄时代则指四千六七百年前。中国人自称"炎黄子孙"，"炎"是指炎帝（神农氏），"黄"是指黄帝（轩辕氏）。

炎、黄二帝据说本是同母异父的兄弟，不知怎么一来，双方动了刀兵。这场争斗打得难解难分，最凶恶的两场战役发生在阪泉和涿鹿。

涿鹿之战是在黄帝与蚩（chī）尤之间展开的。蚩尤相传是炎帝部下，有兄弟八十一人，个个铜头铁额，身如野兽，口吐人言，不食五谷，专吃沙石。刀啊，戟啊，弓弩啊，相传全是蚩尤发明的。

黄帝派了擅长水战的应龙去对阵，不料蚩尤抢先一步，请来风伯、雨师，兴起一场狂风暴雨，搞得应龙束手无策。幸而黄帝及时请来天女旱魃（bá），也就是干旱女神。她一来，风雨都失去了威风，蚩尤只好束手就擒。

黄帝得胜，骑着龙上天，做了位居中央的天帝。炎帝呢，做了南方的天帝。东、西、北三方也各有天帝主持。这虽然是神话传说，却反映了远古各民族有斗争也有融合的历史图景。

黄帝死后，颛（zhuān）顼（xū）继任。颛顼堵塞了天地间的通道，断绝了人与神的沟通。后来又经历帝喾（kù）、尧、舜、禹等统治，历史也渐渐走出神话，回归人间。——黄帝和炎帝都属于"五帝"范畴，五帝是指太皞（hào）、炎帝、黄帝、少皞、颛顼，也有说是黄帝、颛顼、帝喾、尧、舜的。

在有关炎、黄二帝的传说中，炎帝似乎更具亲和力。黄帝的帝位是靠武力夺来的，炎帝却重视道德修养。他还是农艺师，亲自教百姓播种百谷，因号"神农氏"。他又是医药之祖，采摘草药为百姓治病。每采到一种药草，他都要亲自尝尝，据说曾在一天之内中毒七十回！从这夸张的描写中，还能看出百

炎帝

姓对他的爱戴和感激。此外炎帝还是音乐家，五弦琴相传就是他发明的。

华夏之族的神话传说还多着呢，我们熟知的，还有"燧（suì）人氏取火""有巢氏造屋""共工触山""精卫填海""夸父逐日""吴刚伐桂"……这些神话最早只是口头流传，因为那会儿还没有文字。后来人类发明了文字，才有人把这些口耳相传的神话传说用文字记录下来。

记录神话较多的文献，有《诗经》《楚辞》《山海经》《吕氏春秋》《淮南子》《搜神记》等。《左传》《史记》《汉书》等史籍也记录了一些。这些典籍大多出现在战国、秦汉时期。当然，神话的源头则要早得多，应该不止五千年。

二、《尚书》：最古老的散文集

从"五经"到"十三经"

中国有五部儒家经典，号称"五经"，即《诗》《书》《礼》《易》《春秋》。

为什么叫"经"呢？"经"的本义，是指布帛上的经线——布帛是由经线和纬线交叉织成的。由于经线绵绵不断、没有休止，所以后人用它来比喻永恒不变的真理。儒家"五经"就是五部记载儒家真理的书，是儒家学派的经典著作，然而里面都包含着文学的因子。

《五经正义》书影

其实这五部书并没有什么神秘的。它们有的是诗歌总集(《诗》),有的是古老的档案资料汇编(《书》),有的是占卜书(《易》),有的是礼仪规范(《礼》),有的是编年史(《春秋》)。

要说有什么与众不同之处,那就是它们的"年纪"都够老,再加上秦始皇焚书后,这五部书还能侥幸保存下来,更是物以稀为贵了。

于是儒家学派就拿这五部书大做文章,又是解释,又是发挥,并把自己的主张塞进去,好证明自己的意见早就在古书里写着呢。

如此一来,"五经"就变得越来越神圣了。仿佛书中的每句话、每个字都包含着不同寻常的深意。这些情况,当初作书的人一定做梦也没想到。

顺带说到,最早的经书有六部,称"六经",多出来的一部是《乐经》。大概因为懂音乐的人少,这部书很早就失传了。不过后来从"五经"又衍生出更多经书。到了宋代,儒家经典已增至十三部,于是又有了"十三经"的说法。

"十三经"是指《周易》《尚书》《诗经》《仪礼》《礼记》《周礼》《春秋左传》《春秋公羊传》《春秋穀梁传》《论语》《孟子》《孝经》《尔雅》。《尔雅》是世界上最早的字典;由于经书深奥难懂，读时少不了字典帮助，久而久之，《尔雅》也变成读书人手不能离的经书了。

"殷盘""周诰"说《尚书》

"五经"当中，《书》的资格最老。"书"本来有书写、记录的意思。《书》的内容即记录上古帝王、大臣们的言论。到了汉代，又称《尚书》，也叫《书经》。

今存《尚书》包括五十八篇文章，分为"虞夏""商""周"三部分，文章多为记言散文，又有"典""谟""训""诰""命"等名堂。如前所说，《尚书》是一部中国上古列朝的档案集。

若从文学的角度看，《尚书》又是最古老的散文集。古代所谓"散文"，是跟"韵文"对照着说的，一切诗词歌赋、押韵的文字都叫韵文，韵文以

《尚书正义》书影

外的文体，则称作散文。《尚书》里的文章多为言谈记录，当然也都是散文了。

《尚书》"虞夏"篇中收录了夏朝及夏朝以前的文献，像《尧典》《舜典》，乃是唐尧、虞舜的谈话录，记录的是四千多年前的声音。

由于年代隔得远,《尚书》所使用的语言今天读起来显得古奥难懂。唐代古文家韩愈有句评价,说"周诰殷盘,佶(jí)屈聱(áo)牙",以此形容《尚书》文字的艰深。"周诰殷盘"是指《尚书》中的两篇文章:商代的《盘庚》和周代的《大诰》。

"盘庚"是一位商代帝王的名字,这位商王打算把商的首都从黄河以北迁到殷那个地方去,原因是旧都常常受到水害的侵袭。那时贵族和百姓们恋着田园故土,不愿"挪窝儿"。盘庚就向大臣发表演说,一是讲明迁都的理由,二是训诫大臣们要同心同德,不可阳奉阴违、暗中捣乱。大概盘庚已经调查清楚,百姓不愿迁都,都是那些贵族从中煽动的结果吧。

盘庚的态度坚决、果断,话里带着居高临下、不容违抗的语气。后来盘庚迁都成功,商朝也因此更加强大。

《大诰》的作者是周公,也就是周武王的弟弟、周成王的叔叔姬旦。周武王灭掉殷商,仍把商纣王的儿子武庚封在殷这个地方,算是优待前朝贵族,同时命令自己的两个兄弟管叔、蔡叔监视武庚。

武王死后,儿子成王即位。那时成王还是个"毛孩子",便由叔叔周公代他掌权。管叔、蔡叔心怀不满,就跟武庚一道造起反来。周公被逼到墙角,只好起兵迎战。《大诰》便是周公东征前发布的文告,用的却是周成王的口气。

文中把治理国家比作渡过深渊,说明当时语言中已能纯熟地运用比喻等修辞手法。成王还很年轻,因此文中语气也很谦逊,但道理却讲得毫不含糊!总之,这时的散文已经能清楚地表达作者的思想和情态。

《无逸》：儿子休要骂老子

《尚书·周书》中还有一篇《无逸》，据说是周公与成王的谈话记录。"无逸"就是"不要贪图安逸"的意思。周公唯恐成王只贪图享乐，难成大器，便讲了这番话。文章的第一段是这么写的：

> 周公曰：呜呼，君子所其无逸！先知稼穑之艰难，乃逸，则知小人之依。相小人，厥父母勤劳稼穑，厥子乃不知稼穑之艰难，乃逸，乃谚既诞。否则侮厥父母曰："昔之人无闻知！"

◎所：处，指在位当官。◎稼穑：指农事，农活。小人：指劳动者。依：苦衷。◎相：观察，看。谚：这里意为粗暴恣肆。诞：狂妄自大。◎昔之人：老人，思想意识过时的人。

这段文字换成今天的话就是：周公说，哎，君子身居重位，可不能贪图安逸啊！先得体会种田的艰辛，然后再考虑享乐，才能知道人民内心的痛苦。你看那些小民，他们的爹娘辛苦种田，当儿子的却不知务农的辛苦，只想着吃喝享乐，又缺乏教养，粗暴放任，甚至看不起他们的老子，说你们这些"老背时的"知道个啥。

周公属于周朝第一代统治者，尚未远离农耕生活，对民间老少存在"代沟"的情形，也了如指掌；模拟起"时髦青年"

的口吻，简直惟妙惟肖！而这个生动的开头，正是要引发成王的兴趣。

下面周公又谈古论今，反复申说，语重心长地讲了不少。这些话语，能让你看到一位老臣的耿耿忠心。这样的文章已经脱离了幼稚的境界，显出成熟的气象。

自汉代始，《尚书》特别受重视。它成了帝王的治国课本，又是士大夫与贵族子弟必须遵循的"大经大法"。它的地位，实在是高得很。

《尚书》到底几多篇

《尚书》中还有一篇《泰誓》，是周人与殷商决战之前，周武王所做的战争动员。"誓"即出兵前的誓词。

古人迷信天命，周武王也不例外。他在誓词中说，商纣王不敬上帝、沉湎酒色、残暴嗜杀、族灭百姓、任用小人、大兴土木……总之，坏事做绝，恶贯满盈，因而"天命诛之"（上天要诛杀他），如果我不顺从天命，我便与他同罪了！

《泰誓》中又说：上天怜悯百姓，百姓有啥愿望，上天一定会满足。"天视自我民视，天听自我民听。"上天没有眼睛、耳朵，是通过百姓的眼睛、耳朵来看、来听的，所做的决定，自然也不会违背民心。

看来，三千年前的统治者已经认识到百姓的力量，认为就是高高在上的"老天"，也要顺从民心。

今天我们看到的《尚书》，已非原貌。据说早先《尚书》有

山东曲阜的"鲁壁",相传《古文尚书》就是从这里拆出来的

一百篇,可惜原书被秦始皇烧掉了。其间有个伏生,偷偷藏起一部,劫后拿出,却只剩二十九篇。伏生便用这个残本来教学生。学生们你抄我抄的,用的全是当时流行的隶书体,因而这部书又称《今文尚书》。

西汉初年,鲁恭王为了扩大自己的住宅,拆掉了相邻的孔子旧宅,从夹壁墙里又拆出一部《尚书》来。因为这部是用古体字抄写的,因称《古文尚书》。这部书比伏生的那部多出十六篇来。可惜这两部书都已失传。

我们今天读到的《尚书》,是东晋时发现的,共五十八篇,里面应当包含伏生的二十九篇,另一些则可能是汉代人补撰的。

三、《周易》里面有诗歌

谁说《周易》"老掉牙"

"五经"当中,《易》最为神秘。其实这是一本很实用的算卦书。算卦古称占卜,几千年前的人难以把握自己的命运,一动一静都要占卜一番,测测吉凶。占卜在他们的生活中,就跟吃饭、穿衣一样重要。

商代占卜常用龟甲和兽骨。占卜时,先在甲骨上钻个眼儿,再拿到火上去烧,观察眼儿周围的裂纹,来定吉凶,并把占卜的日子、事由、结果等刻在甲骨上,那便是甲骨文了。

可是这样做很麻烦,而且随着农业的发展,狩猎和畜牧渐渐衰微,甲骨并不是总能找到,于是人们渐渐改用蓍(shī)草来占卜吉凶。

蓍草是一种长寿的草,到处都能找到。人们认为它阅历久,有灵性,能知过去未来,就用它来代替甲骨,并把这种占法叫"筮(shì)"。

筮的方法现在已经失传了。有人推测它可能跟数有关。比如拿一把草秆儿数一数,看看是奇数还是偶数。当然也可能是把整根的和断开的草秆儿排列起来,组合出一些变化的图形。久而久之,便产生了八卦。

八卦相传是伏羲创造出来的,有一种说法是:黄河里忽然浮出一匹龙马,背上驮着一幅八卦图。伏羲"依样画葫芦"地描下来，于是世上有了八卦。这自然都是神话。八卦兴起于商末周初，很可能是巫师或专管卜筮的官吏归纳出来的。

八卦的基本单位只有两个，一种是整画"—"，叫阳爻(yáo)；另一种是断画"--"，叫阴爻。把阳爻、阴爻三个一组结合起来，可以排出八组不相重复的卦，每卦有一个专名，并指代一种事物。这八卦是 ☰、

阴阳八卦图

☱、☲、☳、☴、☵、☶、☷，各有名称，称作乾、兑(duì)、离、震、艮(gèn)、坎、巽(xùn)、坤，分别代表天、泽、火、雷、山、水、风、地。

可是八卦太简单，又怎么能拿来代表万事万物呢？于是有人把八卦两两重合，排列成六十四组不相重复的卦象。每一卦象包含六画，也就是六爻；六十四卦合起来，总共有三百八十六爻。——本应是三百八十四爻，《乾》《坤》两卦各多出一爻来。

据说把八卦推演成六十四卦的人是周文王。他被商纣(zhòu)王囚禁在羑(yǒu)里那地方，坐牢时闲得无聊，就像玩魔方一样搞啊搞的，终于推演出六十四卦来。

记录并讲解这些卦象的书就是《易》。先前叫《易》的书有三部——《连山》《归藏》《周易》，合称"三易"。可惜前两部已经失传，只剩了一部《周易》。

书名中的"周"，是指周代。"易"呢，说法不一。有人说

是简易的意思,因为用筮占卜比用甲骨容易些。也有人说是变易、变换的意思,《周易》中不是说"穷则变,变则通,通则久"(穷:困窘。通:通达。久:久远。)吗?还有说"易"是官名的。

这么复杂的体系,它的基本单位只是阴爻和阳爻。这个道理启发了西方科学家,他们在发明计算机时,就参考了中国八卦的体制,建立了二进制模式。谁说八卦老掉牙?它所包含的认识机制,至今还焕发着生机呢!

自强不息,厚德载物

《周易》分《易经》和《易传》两个部分。《易经》是主体,记载六十四卦、三百八十四爻及其解说词,称"卦爻辞"。《易传》则是对《易经》的解释和阐发。

《易传》有多种,名称各异,如《文言》《彖(tuàn)》《象》《说卦》等,有的还分为上下篇,总共有十种之多。这就像给《易经》安上翅膀,因此又称"十翼"。

过去都说《易传》是孔子作的,这当然是借着孔子的大名给《周易》贴金啦。据学者考证,《易传》里包含着不少战国和秦汉时人的观点与主张,那时候孔老夫子早已不在人世了。

试着从《易经》《易传》中挑出一两句对今天影响尚存的格言来,《乾》《坤》两卦的《象》辞肯定能入选。试看《乾·大象》:

象曰:天行健,君子以自强不息。

这是对《乾》卦总体精神的概括。有人问：《乾》卦代表天，为什么不叫"天卦"呢？古人解释说，"天"是指自然界的现实存在，"乾"则代表天的一种精神。"乾"与"健"同，有强壮、刚健之意。

世上万物皆有盛衰，"好花不常开，好景不常在"嘛，但只有"天"不会疲倦，你看日升月落、四季交替、周而复始，"天"何曾有片刻懈怠停歇？

"天"的刚健之德感动了君子，君子也因而奋发自强、拼搏不止。《乾》卦爻辞中有"君子终日乾乾"，讲的便是这个意思。

儒家学派主张"温良恭俭让"，多半给人偏于阴柔的印象。然而其内在精神却是刚健纯粹、中正不倚的，一旦目标认定，便矢志不渝、绝不放弃！

再看《坤·大象》：

> 象曰：地势坤，君子以厚德载物。

《坤》卦代表大地，有着辽阔深厚、承载万物的胸怀体魄；精神上与《乾》卦相对，以柔顺、承受为德，体现为宽厚包容的品德。这同样感化着君子。

清华大学是中国数一数二的高等学府，其校训"自强不息，厚德载物"八个字，即取自《乾》

清华大学校徽

《坤》两卦的《象》辞。勇猛精进而又谦逊宽容，这不但是对青年学子的要求，也已成为整个中华民族的精神追求。

《周易》爻辞美如诗

在专掌卜筮的人看来，卦辞、爻辞里面，都充斥着吉凶祸福的征兆。可是从文学的角度看，有些卦爻辞竟是很好的文学作品。

譬如《周易·睽（kuí）》卦的爻辞，记述了旅行者途中的见闻，很像是一篇历险记。这位旅行者在途中"见豕负涂，载鬼一车"（见到一口猪躺在泥地上，又见一车鬼向他驶来）。他刚要拉弓射箭，却又松开弓弦。原来那不是鬼，是一车穿着花哨的乡亲，赶着车去迎接新娘。

另有《贲（bì）》卦，说的也是迎亲的事，即男方到女家迎娶新娘，出发前的准备，路上的情景，到女家后送上聘礼的过程。连女家嫌礼物带得少，还闹了点儿小摩擦，都叙说得十分生动。

有些卦爻辞像诗歌一样美，不但韵脚和谐，节奏也显得明快跳荡，像《贲》卦第三爻的爻辞说：

贲如皤如，白马翰如，匪寇、婚媾。

◎贲如：花纹斑驳貌。皤（pó）如：雪白貌。翰如：马鬃飘飘貌。一说"翰"也有白的意思。匪寇：不是盗寇。婚媾（gòu）：婚姻，嫁娶。

意思是说：那旁有人骑着骏马，毛色雪白略带纹路，马影飘飘好不威武，不是盗寇而是迎亲的队伍。——那个时代大概盛行抢亲的习俗，娶亲的人骑着骏马在大路上驰骋，让人闹不清是迎亲的新郎，还是打家劫舍的强盗！

由于一些卦爻辞中含着很深的寓意，因此人们常把《周易》看成蕴含哲理的书，《易传》的解释把《周易》更加哲理化了，里面又塞进不少儒家学派的理论。就这样，一部古代的卦书，俨然变作庄严而神秘的儒家经典。在古代，解释《周易》的专著有成百上千种。那时的《周易》，真算得上一门大学问啊！

《周易注疏》书影

四、《诗经》：诗三百，思无邪

《诗》分"风""雅""颂"

《尚书》和《周易》都算不上纯粹的文学作品；真正的文学，还得数《诗》，也就是《诗经》。

《诗经》是中国最早的诗歌总集,里面收集了三百零五首诗歌,人们习惯上取个整数,称《诗经》为《诗三百》。这三百首诗中,最早的约作于三千年前的西周初年,晚的也要在春秋中叶。

古人读《诗》,有"六义"之说,即"风、雅、颂、赋、比、兴"。其实"六义"是两码事儿:"风、雅、颂"指的是《诗》的文体分类;"赋、比、兴"呢,说的是《诗》的表现手法。

先说说前者吧。《诗经》分为三部分,"风""雅""颂"便是这三部分的标题。那时的诗都是配乐歌唱的,因而有人认为"风""雅""颂"的叫法跟音乐有关。

"风"就是土风、土乐,也就是民谣小调,虽然有点土里土气,不那么雅致,却是真正的民间之音。传说每逢春天,朝廷就雇用那些无儿无女的老年人,敲着木梆子("木铎")到乡间

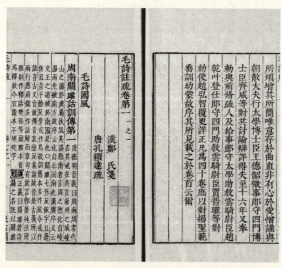

汉、唐学者笺疏《毛诗注疏》书影

去搜集民谣，这活动就叫"采风"。回来后，再由掌管音乐的官儿给这些民谣重新配曲加工，然后唱给天子听。这样一来，天子不用出门，就能知道老百姓的喜怒哀乐了。

"雅"又是什么意思呢？有人说"雅"就是"正"，雅乐指的是周朝王畿（京城周围）的音乐，即所谓"京腔京韵"，有别于乡曲土风。

"雅"又分"大雅"和"小雅"，这种分别大约也跟乐调有关。大小雅总共一百零五篇，多半是贵族们的作品。诸侯朝会或贵族宴饮时便演唱这些乐歌，不过小雅中也掺进了一些民间歌谣。

"颂"是舞曲。天子在宗庙中举行祭祀大典时，一面表演舞蹈，一面演奏乐曲，那气氛，一定是庄严隆重的。因而"颂"是等级最高的乐曲，只有帝王才配得上。"颂"又有"周颂""鲁颂""商颂"之分，合称"三颂"，共四十篇。

"六义"中的"赋、比、兴"又是怎么回事呢？那是指《诗经》中常用的修辞手法。其中"赋"就是平铺直叙，也就是原原本本把事情叙述清楚，不拐弯抹角，也不夸张粉饰。

"比"是打比方。例如"国风"中有一篇《卫风·硕人》，描写美人庄姜"手如柔荑，肤如凝脂，领如蝤（qiú）蛴（qí），齿如瓠（hù）犀……"，一连用了五六个比喻，说她的手指像茅草嫩芽又细又长，皮肤像凝结的脂油洁白滑腻，脖颈白腻修长像天牛幼虫，牙齿粒粒整齐如同瓠瓜籽……这些比喻都形象而生动！

"兴"呢？是先借别的事物做个由头，再引到要吟咏的事物上来。我们下面介绍具体诗篇时，还要举例。

人们还常把"比""兴"放到一块儿来说。"比兴"的手法增强了诗的表现力,使诗歌形象更加鲜明生动,因而成了中国诗歌的传统表现手法。

《诗经》的作品绝大多数是四言的,也就是每句四字。今天的四字成语,也还存留着四言诗的痕迹。不过四言之中偶然也夹杂着三言、五言、六言、七言的句子,这又为后来盛行的五言、七言诗孕育了胚胎。

"国风"多情歌

"风"又叫"国风",共收诗一百六十篇,是从各个诸侯国收集来的。这些邦国及区域共有十五个,诗歌也分为《周南》《召(shào)南》《邶(bèi)风》《鄘(yōng)风》《卫风》《王风》

"国风"分布图

《郑风》《齐风》《魏风》《唐风》《秦风》《陈风》《桧（kuài）风》《曹风》《豳（bīn）风》，称"十五国风"。这些诗歌大半来自民间，很受学者重视，因为它们最能表达民众的心声。

"国风"里的诗，以爱情题材的居多。本来嘛，男大当婚女大当嫁，男女相爱是天底下最自然的人伦关系，无论哪个时代、哪个民族，爱情与婚恋都是民歌民谣的主题，《诗经》当然也不例外。

有这么一首情歌，几乎人人熟悉：

关关雎鸠，在河之洲。窈窕淑女，君子好逑。……
◎关关：鸟叫声。雎（jū）鸠（jiū）：鸟名。洲：水中陆地。◎窈（yǎo）窕（tiǎo）：形容女子文静美好。淑女：美好的女子。君子：这里指男青年。好逑（qiú）：好的配偶。

这首诗的题目是《关雎》，出自《国风·周南》，全诗五章，这是头一章。你看，河当中有座小洲，水鸟咕咕地叫个不停。哪儿来的一位文静又美丽的姑娘，小伙子有心跟她做个朋友……

这里使用的，就是"比兴"的手法，讲"君子"喜欢"淑女"，却先从河里的水鸟讲起，描绘出和谐优美的环境。在这样的环境里，人和感情都显得那么美好。假如诗人一上来就唱"窈窕淑女，君子好逑"，不但显得突兀，也失去了诗的韵味。

后面几章写小伙子惦念着姑娘，夜晚在床上辗转难眠。他幻想弹着琴向姑娘求爱，最后还鸣钟击鼓跟姑娘拜堂成亲。诗写得又抒情又热烈，不但文字优美，大概曲调也很悦耳。孔子就曾赞美：当《关雎》演奏到尾章时，满耳的音乐声，真是好听极了！

"国风"中还有一首《木瓜》,也是情歌,共三章:

> 投我以木瓜,报之以琼琚。匪报也,永以为好也!
> 投我以木桃,报之以琼瑶。匪报也,永以为好也!
> 投我以木李,报之以琼玖。匪报也,永以为好也!
> ◎木瓜:同下面的木桃、木李都是植物果实。琼琚:与下面的琼瑶、琼玖,都是玉质配饰。◎匪:非,不是。

唱歌的是个小伙儿,有位姑娘喜欢他,随手摘了果子送给他。他心领神会,用随身的玉佩回赠姑娘。姑娘送他的果子极普通,小伙儿的回赠却很珍贵。他当然不是在"摆阔"。玉石是坚贞的象征,显示着小伙儿对爱情的珍重。

婚恋诗中的喜与悲

为了追求爱情,女孩子情感炽烈,跟男孩子相比毫不逊色。《郑风·子衿》便是以姑娘的口吻写出的:

> 青青子衿,悠悠我心。纵我不往,子宁不嗣音?
> 青青子佩,悠悠我思。纵我不往,子宁不来?
> 挑兮达兮,在城阙兮。一日不见,如三月兮!
> ◎衿(jīn):衣领。◎宁:难道。嗣:这里意为寄、送。◎佩:佩玉的带子。◎挑、达:往来。城阙:城门两边的观楼。

诗中前两章唱道：青青的是你的衣衿（佩带），悠长的是我的思念，纵然我不去找你，难道你就此再无音信？至第三章，姑娘约小伙儿在城楼见面，那里大概是他们以前幽会的老地方吧。姑娘感叹说："一日不见，如三月兮！"人没到，心却早已飞去了！

古代学者认为《关雎》等篇意在颂扬"后妃之德"

"国风"中描绘爱情美好的诗歌还有不少，像《郑风》中的《萚（tuò）兮》《狡童》《褰（qiān）裳》《风雨》，《王风》中的《采葛》，等等。当然，也有表现对礼教的反抗及对负心人的责备的，像《卫风》的《氓》、《邶风》的《谷风》、《鄘风》的《柏舟》之类。

《氓》是一首长诗，全诗六章六十行，记录了一个弃妇的不幸遭遇，从两人相识写起：

氓之蚩蚩，抱布贸丝。匪来贸丝，来即我谋。……

◎氓：指男人，犹言"这家伙"。蚩蚩：嬉笑的样子。布：钱币。贸：交易。◎匪：非。谋：商量。

女子唱道：你这家伙当年笑眯眯地揣着钱来买丝——哪儿是买丝啊，是来求我嫁给你。以下女子讲述两人的恋爱经过，自己如何痴心相许，对方如何托媒问卜，几经周折，最终"氓"赶着车来，拉走嫁妆，两人算是成了夫妻。

可是几年下来，女子真是后悔死了。自从进了门，她一人担起家务，每日起早贪黑，忙里忙外，好不容易这个家有了起色，可男子却变了脸，对她横施暴虐，再没有从前的笑模样！女子思前想后，下了决心：

及尔偕老，老使我怨。淇则有岸，隰则有泮。总角之宴，言笑晏晏。信誓旦旦，不思其反。反是不思，亦已焉哉！

◎泮：畔。◎总角：指未成年的男女。宴：乐。晏晏：温和。◎信誓旦旦：诚恳发誓。反：反思。◎已：完了，算了。

回想从前的海誓山盟，她说：曾说要跟你一块变老，可若是那样，才真让我烦怨！淇水再宽也有岸，沼泽再广也有沿儿。——若是跟你过一辈子，那可真是苦海无边！

她不由得又想起从前"言笑晏晏"的好日子，说：你那"信誓旦旦"的爱情誓约，就全都忘了吗？人忘了本，还有什么可说的？"亦已焉哉！"——咱俩从此一刀两断！

听听，这是两千多年前一个女子的抱怨。你还能从絮絮叨叨的话语里，感受到女子的坚强与自尊。《诗经》里最动人的诗篇，往往发自小人物的肺腑。只要人性不改变，再过一万年读起来仍旧新鲜！

孔子对《诗》评价很高，说"《诗》三百，一言以蔽（概括）之曰：思无邪"（《论语·为政》），即是说，《诗经》中全是真情流露的好诗，没一点儿邪的歪的！

《伐檀》《硕鼠》，劳者悲吟

"国风"中还有不少诗歌，记录了两千七八百年前底层百姓的悲惨生活和牢骚不满。那时候，各诸侯国相互攻伐、横征暴敛。身处底层的农奴、工匠终年劳苦，生活却没有指望。眼睁睁看着不劳而获的领主们坐享其成，心里的怨愤没处发泄，只能通过诗歌倾吐他们的不平！

《魏风》里有一首《伐檀》这么唱道：

坎坎伐檀兮，寘之河之干兮，河水清且涟猗。不稼不穑，胡取禾三百廛兮？不狩不猎，胡瞻尔庭有县貆兮？彼君子兮，不素餐兮！……

◎坎坎：伐木声。檀：檀树。寘（zhì）：置。干：岸。涟：形容风吹水面所形成的波纹。猗（yī）：语气词，与"兮"作用同。◎稼：种谷。穑：收割。胡：为什么。廛（chán）：捆。◎狩、猎：打猎。瞻：看。尔：你。县：同"悬"。貆（huān）：兽名，俗称獾子。◎彼：你。君子：贵族，也指道德高尚的人。这里应指前者。素餐：白吃饭。

这是工匠唱的歌吧？他们在河边叮叮咚咚地伐木，对着波光粼粼的河水诉说不平：你看那些君子们，他们不种田、不打猎，却成百捆地往家搬麦捆儿，庭院里还悬挂着各种野味……

这支歌一共三章，下面两章的词句跟这章大同小异，每章结尾都要重复这么一句话："彼君子兮，不素餐兮！"——你们这些君子哟，可真是不白吃饭呀！谁都听得出来，歌唱者说的是反话，他们是在向君子们提抗议呢！

《魏风》中还有一首《硕鼠》，指责的意味更明显、更激烈：

硕鼠硕鼠，无食我黍。三岁贯女，莫我肯顾。逝将去女，适彼乐土。乐土乐土，爰得我所。……

◎硕（shuò）鼠：大田鼠。黍：指庄稼。◎贯：侍奉。女（rǔ）：同"汝"，你。顾：体贴，顾念。◎逝：同"誓"，表坚决。去：离开。适：到，前往。乐土：美好的地方。◎爰（yuán）：乃。所：处所。

诗中表面上是在咒骂贪婪害人的大田鼠，实则是影射压榨他们的领主呢。——大田鼠啊大田鼠，你不要偷吃我的庄稼。我侍奉你这么多年，你却一点儿不肯体贴我。今天我决心离开你，去找一方世间乐土。乐土啊乐土，我就要有我的新家园啦……

跟前一首相仿，这首《硕鼠》也是三章，各章只有个别字眼儿不一样。这样反反复复、一唱三叹，很适合表达无尽无休的怨恨情绪。

描写农奴生活最全面的，是《豳风》中的《七月》。全诗共八章，很详尽地诉说了农奴一年四季的辛苦劳作，有点儿像后来的"四季调"。

画家笔下的硕鼠（齐白石绘）

农奴们耕种、养蚕、纺麻、织布、打猎、酿酒、修理房屋、凿冰入窖……长年累月不得休息，到头来却是"为他人作嫁衣裳"，自己依然"无衣无褐（一种粗麻布衣服）"，住在破烂的茅草屋里，吃的是葫芦苦菜，家里的女孩子还得时刻提防着主人的欺侮。——类似这样描写百姓劳动生活的长诗，在古代诗坛上真称得上绝无仅有、独一无二。

杨柳依依，士兵还乡

《小雅》中还有一些反映兵戎生活的诗歌，如《采薇》《出车》《六月》等。就拿《采薇》来说吧，诗人模拟一个还乡士兵的口吻，他走在回家的路上，心中还没忘记出征的生活，那生活既艰苦，又让他骄傲。士兵懂得，不赶走侵略者，老百姓就没有和平安定的生活。可是离家越近，他的情绪就越是低沉，离家快一年了，亲人们还不知怎么样呢！他唱道：

> 昔我往矣，杨柳依依。今我来思，雨雪霏霏。行道迟迟，载渴载饥。我心伤悲，莫知我哀！
>
> ◎依依：柳条飘拂的样子。◎思：语气词，作用与"兮"相同。雨（yù）：作动词，雨雪就是落雪。霏霏：大雪飘飞貌。◎载渴载饥：又渴又饿。◎莫知我哀：没人知道我的哀伤。

这是全诗的最后一章，诗中写了春天的杨柳、冬日的飞雪，烘托着一种哀婉、忧伤的情调。从这古老的诗章里，我们深深体会到可以称作"诗"的那么一种味道！

《雅》诗里还有几首史诗。如《大雅》中的《生民》，就讲述了周民族始祖后稷的传奇故事。后稷的亲娘叫姜嫄（yuán），有一回她到田野里玩，踩在一个巨人的脚印上，就怀孕生下后稷。姜嫄把这个没爹的孩子扔到小巷子里，过往的牛羊不但没踩死他，还喂奶给他吃；姜嫄又把他扔到冰雪中，天上飞来一大群鸟儿保护他。后稷终于活了下来。

后稷自小就很聪明，专爱摆弄瓜啊豆啊什么的，经他培植的庄稼，苗齐秆壮，颗粒饱满。后稷用收获的五谷祭祀上天，上天便赐福保佑整个周民族。——这首诗虽然涂着神异的色彩，却反映了周族始祖对农业的重视。类似的史诗还有一些，如《大雅》中的《公刘》《绵》《皇矣》《大明》等。

《颂》诗则大部分是歌颂祖先功德、祈求上天降福或赞美国君的内容，大都使用了夸张的语言。也有一些是史诗，像《商颂》中的《玄鸟》等。单看内容就知道，《颂》诗的文学意味显然要差不少。

不学《诗》，口难张

有个孔子删《诗》的传说，说在孔子之前，保留的诗歌本有三千首，经孔子一删，只剩了三百首。——这话恐怕并不可靠。孔子最重视古代文献，怎么舍得大砍大删呢？而且据专家考证，孔夫子刚出生时，《诗》已经是现在这个样子了。

孔子鼓励儿子及学生学《诗》，说："不学《诗》，无以言。"就是说，不学《诗》，连话都说不好。又说：小子们，为什么没人学《诗》啊？学《诗》可以训练联想，学习观察，培养合群观念，学习讽刺手法。往近处说呢，可以侍奉父母；往远处说，可以服侍君王。至少还能多认识些鸟兽草木的名字呢！——难怪孔子要拿《诗经》当课本教他的学生。

说起来，《诗经》在历史上曾经很辉煌了一阵子呢。春秋时期，各国的卿大夫们都有一种特别的功夫，就是熟记《诗经》里的诗篇，能达到脱口而出的地步。他们常常引用诗句相互赞美、讽刺或规劝。外交官办交涉也常拿诗当作外交辞令。

当然，诗都是现成的，用不着外交官张口。他只消在宴席上点一首诗，叫乐工们演唱，他要表达的意见，就在那诗里

宋人的解经之作《毛诗讲义》书影

包含着。这叫"赋诗言志",也叫"断章取义"。

秦始皇焚书时,《诗经》自然也没能躲过这一劫。多亏学者们口头传诵,才使这部宝贵的诗集保存下来。到了汉初,专门研究《诗经》的有四家:齐、鲁、韩、毛。可惜前三家的讲《诗》著作没能传下来,只有《毛诗》得以流传。

讲授《毛诗》的是西汉的毛亨、毛苌(cháng)师徒俩。只是他们对《诗经》的讲解有不少望文生义、牵强附会的地方。到了宋代,有人对《毛诗》的解释提出异议。王安石、欧阳修、苏辙、朱熹等人,也纷纷提出新的见解。

清代学者们注重考据和训诂,在《诗经》研究上取得了不少成绩。可真正用科学态度、正确方法研究《诗经》,还要等到"五四"以后。

有人说,《诗经》是中国诗歌不可动摇的基础,这话并不夸张。中国历代诗人,没有不受到《诗经》熏陶滋养的。《诗经》的影响早已跨越了国界,成为世界公认的人类文化瑰宝啦!

五、"礼学"曾是大学问

《仪礼》:礼仪"讲究"知多少

儒家最重"礼",拿周礼作为行为准则。相传周礼是西周初年周公制定的。周公在夏礼、商礼的基础上经过损益,制定了一套完整的礼仪制度,其中既包括政治、伦理等规范,也包含

孝道是"礼"的核心内容之一

祭祀之礼及生活中的种种规矩。

可是到了春秋时期，周室衰微，"礼崩乐坏"，没人再把礼当成一回事。孔子对此痛心疾首，提出"克己复礼"的主张，还拿《礼》当课本来教学生。

"五经"之一的《礼》本指《仪礼》，以后又增添了《周礼》和《礼记》，合称"三礼"。《仪礼》和《周礼》相传都是周公所作，又经后人不断整理加工，孔子为此做过不少工作。

《仪礼》今存十七篇，内容很"实在"，不探讨礼的意义，只讲究礼仪的程式和细节：行礼者如何穿衣、如何站位、如何揖拜、如何祭献，一举一动都有详细的说明。例如，开篇的《士冠礼》，讲的是贵族子弟的成人礼，也就是加冠礼。贵族家的男孩儿长到二十岁，要给他戴上"士"的帽子，表示已经成年，要承担起家族与社会的责任来。——"士"是贵族的最低一级。

不过这顶帽子可不好戴，先要举行隆重的占卜活动，以确定良辰吉日。届时还要组织"亲友团"助阵，并请贵宾到场主持。加冠的仪式异常烦琐，中间要梳三次头，换三顶帽子和三套衣裳，又要饮酒庆贺，前后折腾好几天！

《士昏礼》则讲解贵族成婚的仪节，"昏"即"婚"，结婚是家族中承上启下的大事。《士相见礼》讲解贵族交往的礼节。《乡饮酒礼》《燕礼》则规定乡人和贵族要定期举行酒会，以培植尊贤敬老的社会风气。酒会之后，还要组织射箭锦标赛，以培养勇武之气，那是《乡射礼》和《大射礼》的内容。

儒家提倡孝道，既重"养生"，也重"送死"。因而《仪礼》中不少篇章专讲丧礼，如《丧服》《士丧礼》《既夕礼》《士虞礼》等等。此外，讲解祭祀的篇目也不少，如《特牲馈食礼》《少牢馈食礼》《有司彻》等。——当然，这都是贵族之家的礼仪，百姓之家可没这么多"穷讲究"。

《周礼》是官场"路线图"

《周礼》是一本讲解设官分职及政治制度的书。全书共六章，分别为《天官冢宰》《地官司徒》《春官宗伯》《夏官司马》《秋官司寇》《冬官考工记》。——第六章本应是《冬官司空》，可惜到汉代时原卷已散佚无存，于是汉代人找来一卷《考工记》补上。

书中所展示的王朝结构，大（太）宰、大司徒、大宗伯、大司马、大司寇、大司空这六位高官，直接听命于天子，分别掌管"邦治""邦教""邦礼""邦政""邦刑""邦事"这六个方面的国家事务。

六官以下，每一部门又有六七十个隶属职位。就举地官司徒为例吧，大司徒之下又有小司徒、乡师、乡大夫、州长、党正、族师、闾胥、比长、封人、鼓人、舞师、牧人、牛人、充人……多达七十八种。全都算下来，单是地官系统，拿俸禄、吃官粮的，全国就有四万一千六百九十五人！六官加在一块，这支周朝的"公务员"队伍该有多庞大，可想而知！

按照《周礼》的设计，天下万事万物几乎都有专人负责，因而天子的每句话、每个决定，都不难通过这架庞大的机器传达贯彻。——可惜这套煞费苦心设计的精密制度，只能是纸上谈兵，没有哪朝哪代真正实施过。

也别笑话古人，这套分工明晰的管理体系，还是有科学性的。后世的吏、户、礼、兵、刑、工六部，虽与六官职责不尽相同，却明显继承了这一框架。

《礼记》与"四书"

"三礼"中最受重视的还是《礼记》，那是一部儒家讨论礼制的论文集，本来属于解经之作，由于通俗易懂、容易实施，后来成为"三礼"的代表，取代《仪礼》坐上了"五经"的宝座。

据说《礼记》最早有一百三十多篇文章，作者多为孔子的学生晚辈，如曾子、子思、公孙尼子等。到了汉代，有姓戴的叔侄二人,在学礼时各自搞了一本"精选本",叔叔戴德的那一本称《大戴礼记》,侄儿戴圣的那一本称《小戴礼记》。我们今天所说的《礼记》,是指包含四十九篇文章的《小戴礼记》。

《礼记》内容十分丰富,有些篇章是对《仪礼》各章的解释和补充。也有专门记述诸侯礼制及生活礼仪规矩的。此外还有一类讨论礼制的论文,像《大学》《中庸》《礼运》《学记》等。

南宋学者朱熹特别重视《大学》《中庸》两篇,把它们从《礼记》中抽出来详加注释,跟《论语》《孟子》合在一块,称为"四书"。从此,这四部书成了读书人的必读经典。考科举、走仕途的人,要把"四书"背得滚瓜烂熟才行。

《礼记》中的《礼运》篇,还提出"大道之行也,天下为公"的口号,看似追慕三代以前的好时光,实则借此提出儒家的政治理想,描绘了天下太平、夜不闭户的"大同"之世。——这

《礼记》书影,奎壁斋为明清南京著名书坊

一图画如此诱人,也成为后世志士仁人毕生追求的目标和理想。

《檀弓》中的小故事

《礼记》对丧礼十分重视,有一章题为《檀弓》,便引述了许多关于死亡与丧礼的小故事。其中的"苛政猛于虎",人们最熟悉。

有一回,孔子跟学生路经泰山脚下,见有个妇女在一座坟边哭得很凄惨。孔子让学生子路上前打听,妇人答道:从前我公公被老虎咬死了,不久我丈夫也被老虎咬死,如今我儿子也死于虎口!孔子问:为什么不搬到别处去呢?妇人回答:这儿没人收税啊!孔子听了大为感慨,说:"小子识之,苛政猛于虎也!"(学生们记着啊,繁苛的赋税比老虎还厉害!)——孔子的话爱恨交织,体现了仁者的情怀。

"嗟来之食"的故事也出自《檀弓》。有一年,齐国闹饥荒,有个叫黔敖的好心人,在路边预备了食物救济饥民。有个汉子有气无力地走过来,黔敖左手托着饭,右手端着汤,招呼说:喂,来吃吧!("嗟,来食!")那人抬眼看看说:我只因不接受这种傲慢的赏赐,才饿到这步田地!黔敖自知理亏,跟在后面道歉,那人始终不肯吃,终于饿死在路旁。

人们听这个故事,往往被这位铁骨铮铮的汉子所感动。不过说到这儿,故事还没完。让我们听听曾子的评价,他说:"微与?其嗟也可去,其谢也可食。"(这个不大对吧?别人吆喝着让你吃,你可以走开;别人道歉,你就可以吃了。)想一想,曾子的说法还是有道理的。

六、孔子与《论语》

己所不欲，勿施于人

"五经"差不多全都经过孔子的整理，被他当作课本来教学生。

孔子（前551—前479）名丘，字仲尼，是春秋时鲁国人。"孔子"则是人们对他的尊称，犹如称"孔先生"。

孔子

孔子生活的时代，整个社会动荡不安，像是一口大汤锅，咕嘟咕嘟正冒泡呢！孔子抱着拯救世道人心的信心，打出恢复周礼的旗子，四处奔走，宣扬自己的主张和学说。

孔子的学说，核心是"仁"和"恕"。"仁"就是仁爱，孔子号召大家都要有仁爱之心，别光爱自己，还要爱别人。自己不愿意受苦遭罪，也别让人家去受苦，"己所不欲，勿施于人"，这就是"恕"。

怎么能保证人与人关系和谐、社会安定呢？孔子认为大家都应遵从"礼"。礼就是社会公认、人人遵守的一套完善的行为准则。国君有国君的礼，大臣有大臣的礼。当爹做儿、为夫为妇的，也都各有各的礼。凡是违背礼的事，大家都别干，这叫"非礼勿视，非礼勿听，非礼勿言，非礼勿动"。这么一来，天下不就太平了吗？

孔子的想法真是太天真了。在那个弱肉强食的时代，有谁会听从他这一套呢？孔子带着学生们东奔西走，周游列国，向国君们宣传自己的主张，可是没有谁肯重用他。

有一回，孔子和学生们被围困在陈国、蔡国之间，粮食都吃光了；孔子只好带着大家诵诗弹琴——八成是为了分散对肚皮的注意力吧。后来幸亏楚人发兵来救，孔子师徒才脱离险境。就这样，孔子为了自己的信念奔波辛劳了一辈子，到七十三岁那年，黯然离世。

据说孔子晚年在家乡讲学，招收了三千多名弟子，出类拔萃的优等生，就有七十二位。孔子死后，弟子们为他守孝三年，高足子贡更是守墓六载！不少弟子及鲁人尊敬他，在他的墓周围定居，规模竟达上百家，称为"孔里"。

《论语》：一部君子手册

孔子的学说，主要体现在《论语》里，多半是跟伦理和教育有关的话题。《论语》全书二十篇，共五百一十二章。每篇有个标题，就拿该篇开头的两三个字来代替。每章大多只是那么三言两语,多为孔子日常所讲的话,也有孔子弟子的言论。后人称这种形式为"语录体"。

举例来看,《论语》头一篇第一章是这么一段话:

子曰:"学而时习之,不亦说乎?有朋自远方来,不亦乐乎?人不知而不愠,不亦君子乎?"

◎子曰:孔子说。◎时习:时时温习、实践。说(yuè):即悦,高兴。◎愠(yùn):怨恨。君子:有道德的人。

孔子说:学了,还要常常温习,这不也是挺高兴的事吗?有朋友从远方来看望,不也是挺快乐的事吗?人家不了解我,我也不怨恨人家,这不也是一种君子风度吗?——这一篇的标题,便是《学而》。其他标题还有《为政》《八佾(yì)》《里仁》《公冶长》等等。

《论语》不是孔子亲自写的,是他的门人弟子集体编纂的。编书时,大家你想一条,我凑一句,把老师平日的零星教诲凑在一起,这才编成这本书。正因为如此,书中篇与篇、章与章之间没有多少联系,显得有些散乱。但也正是

《论语》书影

从这些日常言谈里，我们看到了一位真实的孔子，他是活生生的，态度温和、智慧超群、宽厚而又严谨，跟我们在孔庙里见到的端着架子、高不可攀的泥塑像绝不相同。

《论语》又是一部"君子修习手册"。全书不足两万字，"君子"一词竟出现了一百零七次！——什么人才可称"君子"呢？一是指贵族男子，二是指才德出众的人。孔子所说的君子，多半是指后者。孔子招收学生，就是让他们通过学习，达到君子的高度，哪怕他们只是住在穷巷子里的平民子弟！

孔子为君子立了三条标准："仁者不忧，知（智）者不惑，勇者不惧。"（《论语·宪问》）也就是说，君子是仁者，永远乐观无忧；君子是智者，永不为世事迷惑；君子是勇者，勇往直前，无所畏惧！

这三条中，"仁"涉及道德层面，"智"是指智慧、知识，"勇"则与气魄、体力相近。我们今天要求孩子德、智、体全面发展，人人争当"三好生"；这"三好"的由来，一直可以追溯到孔子！

当然，君子还有更大的担当。曾参是孔子最喜欢的学生之一，他对君子的描述是这样的："可以托六尺之孤，可以寄百里之命，临大节而不可夺也。君子人与？君子人也！"（《论语·泰伯》）——你可以把幼小的孤儿放心地托付给他，你可以把国家的命脉信任地交付给他，在紧要关头他仍能坚守节操，这样的人当君子够格吗？当然够格！

孔子还要求君子做到自尊自信、坚毅有恒、谦逊恭谨、讷（nè）言敏行（说话谨慎、做事勤敏）、重义轻利、勇于任事、坚守立场、灵活权变……总之，做个"君子"，担当起社会重任，成为孔子和弟子们一生的追求。

学而不厌、诲人不倦

孔子自己学习很刻苦，他读《易经》时，把编竹简的皮绳都磨断了好几回（"韦编三绝"）。在教导学生时，孔子又很有耐心。"学而不厌，诲人不倦"，这是孔子给自己下的评语。

孔子在教育上的成就没人能比。有个"有教无类"的口号，便是他提出来的。那是说不论哪个阶层的人，只要"自行束脩（xiū）"——也就是主动交上一小捆儿干肉做学费，都可以读书受教育。这在今天看来十分平常，可是在贵族垄断文化的时代，孔子的做法实在是一次了不起的革命！

山东曲阜孔庙大成殿雕龙石柱

学堂的门槛降低了，但跨过之后，老师的考察却不能少。孔子说，中等智力以上的学生，可以给他讲授比较高深的学问；中等智力以下的学生，就不必给他讲得太深。另外，学生的自身条件不同，教导的内容也不一样，这叫"因材施教"。

有这么个例子。子路问孔子：听到好的道理，是不是马上就去实行呢？孔子说：有爹爹、哥哥在，先听听他们的意见才好。另一个学生冉有也问同样的问题，孔子说：听到了就去做好了。

学生公西华听了挺纳闷，便问孔了：为什么一个问题会有两种答案？孔子说：冉有做事退缩，所以我鼓励他勇往直前；子路性格鲁莽，所以我要拦一拦他。——这就是"因材施教"的典型范例吧。

孔子还总结出一套科学的教学方法，教学生既要多读书，又要善于思考。只读书而不思考，就会迷惘；只空想而不读书，就会迷惑无所得（子曰："学而不思则罔，思而不学则殆。"罔：迷惘。殆：疑惑。语出《论语·为政》）。

在引导学生时，孔子特别能掌握"火候"，说："不愤不启，不悱不发。举一隅不以三隅反，则不复也。"（《论语·述而》）——不到学生百思不解时（"愤"），就不去开导他；不到学生想说说不出时（"悱"），就不去启发他。又说，你举出一个角落，他如果不能顺着推知另三个角落，就不必再教他了。

孔子是两千五百年前的人了，可你愿意跟这位老前辈聊聊天、听听他的教诲吗？那你就去读一读《论语》吧。他的话简练平易，意义却很深刻，像是橄榄，越嚼越有滋味。

七、老子与《道德经》

先秦诸子，百家争鸣

春秋战国时，诸侯各自为政，周王朝趋于瓦解。政治上的松弛带来思想文化的"井喷"，许多见解独到的聪明人站出来，你讲你的主张，他说他的道理，都想来收拾这纷乱局面。三百年间，你争我吵，有建树也有批驳，形成"百家争鸣"的活跃局面，当时有"诸子百家"之称。

"百家"是个虚数，但就大的流派说，十几家总是有的。汉代人总结为"九流十家"，即儒家、道家、阴阳家、法家、名家、墨家、纵横家、杂家、农家以及小说家。

其中儒家的代表人物有三位：孔子、孟子和荀子。道家代表人物也有三位：老子、庄子和列子。阴阳家的代表人物是邹衍，法家是韩非，名家为惠施和公孙龙，墨家是墨翟。纵横家有苏秦、张仪。杂家是吕不韦与刘安，农家有许行。

至于小说家，指的可不是罗贯中、曹雪芹那样的后世小说家。先秦时的"小说"近乎里巷传闻、"小道消息"，因而这一家在十家中不大受重视。汉代学者说十家中"可观者九家"，那无足观的一家，便是"小说家"了。——所谓"九流十家"，讲的便是这个。

《老子》又称《道德经》

道家的人生态度跟儒家大不相同。孔子奔忙一世，最终也没能实现自己的理想；可他的人生态度是积极的，跌倒了爬起来，失败了再从头来。人们把这种态度称作"入世"。

道家的态度正相反，他们是些聪明人，有一肚子学问，满脑瓜儿哲理，可是看到世道太乱，认为靠着个人的力量，恐怕很难挽救。于是他们抱定消极态度，对世事一概不闻不问，关起门来躲清静，修身养性，独善其身。人们把这种态度称为"出世"。

为道家学说打基础的，便是老子——可不是"老子天下第一"的那个"老子"。他姓李，名耳，字聃(dān)，人们又称他"老聃"。

老子（约前571—?）比孔子还早生二十来年，他本是周王室的"柱下史"，相当于皇家图书档案馆的头头。据说孔子到周朝访问

老子

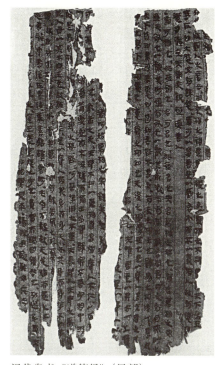

汉代帛书《道德经》（局部）

时，还亲自向老子请教过礼的学问哪。

后来老子看出周朝要完，就辞职走掉了。传说他出函谷关的时候，守关的人请他留下一点儿文字，他就写了《老子》。全书八十一章，只有五千字，因分《道经》《德经》两篇，合称《道德经》。——不过也有人说《德经》应在《道经》之前的。

《老子》讲些什么

《老子》是一部哲理书，主要阐述"无为而治"的思想。老子认为，统治者越是劳神费力地治理国家，情况就越糟。假如他们采取宽容的态度，一切顺其自然，那么民风自然淳厚，天下也就安定了。

他还认为，国家越小越好，百姓越少越妙。邻国之间尽管鸡鸣狗叫都听得清清楚楚，百姓却"老死不相往来"，这才是理想境界。——显然，这是拉着历史车轮倒退呢。大家都像蜗牛一样缩进自己的壳子里，社会还能发展与进步吗？

不过老子的哲学中，也包含着不少辩证的因素。他强调一个"反"字，认为事物总是朝着相反的方向发展，盛极而衰，否极泰来 [繁盛到极点就会衰败，坏到极点又有转机。这里"否"（pǐ）指坏运道，"泰"指顺境、好运]。他还说过"祸兮福之所倚，福兮祸之所伏"的话，意思是说：祸患中隐含着幸运的因素；幸运之中，又埋藏着祸患的苗头。

老子还指出，任何大的变化都是由小的变动发展而来的。"合抱之木，生于毫末；九层之台，起于累土；千里之行，始于足下。"就是说：一人合抱的大树是由细芽生长起来的，九层的高台是由小土块堆积成的，千里的长途是从抬脚走第一步时开始的。——这些比方，既简练又形象，道理也挺深刻。

《老子》中还有不少警句，如："民不畏死，奈何以死惧之！"这是对统治者说的，意思是：老百姓不怕死，你拿死来吓唬他们又有什么用！又如："天网恢恢，疏而不漏。"意思是：大自然的规律像一张大网，虽然网眼儿稀疏，但什么也漏不掉。这些句子都成了后人经常引用的成语、警句。

宋人赵孟頫书《道德经》（局部）

《老子》中充满着玄妙的哲理，俄国的大文豪托尔斯泰读了《老子》的译文，都佩服得五体投地！

跟老子同为道家代表人物的是庄子，不过庄子跟孟子同时，比老子晚生了两百年。我们放到后面介绍。

八、墨翟与《墨子》

墨子主张：兼爱非攻

除儒、道之外，墨家也是诸子中的重要派别。墨家的创始

墨子（孙文然绘）

墨翟（dí，前468—前376），是战国时鲁国人，人们尊称他"墨子"。墨子家族本是宋国贵族，后来家世败落，到墨子时已是平民百姓。也有人说，有一类做苦工的囚犯叫"墨"，墨子的家族或许受过刑罚，也未可知。

墨子生活在社会底层，他的主张代表了小生产者的利益，其核心便是"兼爱"和"非攻"。

"兼爱"就是爱不同的人或事物。墨子说：圣人治理天下，如同医生看病，先要找出病根儿。这病根儿其实就是"不相爱"：儿子不爱父亲，弟弟不爱哥哥，大臣不爱国君。反过来，父亲、兄长、国君也不爱儿子、弟弟、臣下，大家只想"利己亏人"，天下自然大乱。可见"兼爱"是多么重要！

至于诸侯侵略别国，同样是损人利己的行为，不合"兼爱"的原则，因此要起而反对——这个又叫"非攻"，也就是反对侵略战争。所以说，"兼爱""非攻"其实是一码事。

墨子片言胜千军

墨家最讲究实干。为了反对侵略战争，墨子经常在各国间奔波，头发全秃了，脚板也磨破了，可这全然不能动摇他的信念。有一回，有个能工巧匠叫公输班的，为楚国打造了一种云梯，楚王准备用它来攻打宋国。墨子一听说，连夜赶去见公输班。

墨子故意对公输班说：北边有个人欺负我，我给您带来千金厚礼，求您帮我除掉他吧！公输班脸色大变：你把我看成什么人了？我可是从不杀人的！墨子抓住这话，马上反问：听说您帮楚国打造云梯，准备攻打宋国；您不肯杀一个人，却要去杀千百人，这不是糊涂吗？公输班哑口无言，只好答应墨子的请求，带他去见楚王。

墨子先给楚王讲故事：有个人，家里放着装饰精美的好车子不坐，偏要偷邻家的破车子；家里有锦绣衣服不穿，偏要偷邻家的粗麻短袄；家里有白米肥肉不吃，偏要偷人家的糠窝窝。这个人到底怎么啦？楚王回答：一定是得了偷窃的病啊！

墨子马上说：如今楚国方圆五千里，宋国只有五百里；楚国的川泽中满是犀牛、麋鹿、鱼鳖之类，宋国连山鸡、野兔、鲫瓜子都没有；楚国的名贵树木连成片，宋国呢，一棵大树也见不到。大王如果执意攻宋，不是跟那个家里很阔绰却偏稀罕别人家破烂儿的怪人差不多了吗？楚王这下子没话说了。

接着墨子又摆出宋国的实力，说明宋不可攻的道理，楚王终于打消了攻宋的念头。——墨子的一席话，胜过了千军万马，他的讲演，真可谓一字千钧。

墨家还主张省吃俭用，反对办丧事时铺张浪费、礼节繁缛，这跟儒家正相反。另外，墨家相信天意和鬼神，这是下层社会的旧信仰。有的学者总结说，儒家和墨家都是守旧派，只不过一个是守上层社会之旧，一个是守下层社会之旧。

墨家有着严密的组织，头目称"钜子"，统领众人，一呼百应。在很长一段时间里，墨家学说号称"显学"（与社会现实联系密切的大学问），跟儒家分庭抗礼。直到汉代董仲舒搞"罢黜百家，独尊儒术"，墨家的势力才逐渐式微。

墨子的言论，收在《墨子》一书中。

九、编年史的楷模《左传》

《春秋》是孔子作的吗

墨子的活动，比孔子要迟一个世纪。因为介绍诸子，所以先讲过了。回过头来，再看看那部《春秋》古经。

怎么叫"春秋"呢？一年里春和秋是最好的季节，朝廷大事多在这两季里举行，因而"春秋"便成为史书的通称。可是除了鲁国的《春秋》外，其他各国的都没传下来。所以今天一说《春秋》，自然是专指鲁国的这部。

相传《春秋》的作者是孔子。这里还有个故事，说是鲁哀公十四年（前481年），鲁国有个猎户打着一只独角怪兽，谁也不认识，扔到了荒野里。孔子听到消息，跑去一看，说：这不是麟吗？它是为谁而来呢？又是干什么来了？——唉，我的主张不行喽！说着就淌下了热泪。

原来孔子见多识广，认得麟是一种仁兽，天下太平的时候才会出现。如今它被打死了,难道还会有什么好事儿吗?

这会儿孔子已经老了,他为自己的主张奔走了一生,可是没有哪个国君愿意重用他。眼看着时光无情,生命有限,孔子万分感慨;于是下决心写一部历史,要让人们从历史的实在例子里得出善恶的教训,也就等于宣传了自己的学说。

据说孔子只用了九个月,就把这部书写成,取名《春秋》。书从鲁隐公写起,一直写到鲁哀公"获麟"为止(前722—前481或前479)——以后人们前展后延,把东周前期(前770—前476)称作"春秋"时代。

不过跟孔子作《易传》、删《诗经》的传说一样,孔子作《春秋》的说法同样不可靠。事实上,作《春秋》的很可能是鲁国的史官,孔子大概并不曾插手。

《春秋》以鲁国的十二位国君为次序,共记录了二百四十二年的历史。它按年月的先后顺序来记载各国大事,这种写史方法叫作"编年"。在我国现存的史书里,《春秋》算得上最早的编年史了。

《春秋》的语言非常精练。有这么个例子,有一回宋国天上掉下五块陨(yǔn)石来,《春秋》只用了"陨石于宋五"五个字,便把这一天文现象交代得一清二楚。

然而过分简略又成了缺点,一部《春秋》只有一万六七千字,却记录了二百多年的历史,平均每年只有六七十个字。很多历史事件的前因后果都没能记录下来;一些词句过于简略,甚至让人猜不透是在说什么。于是解经的著作——"传(zhuàn)",便应运而生。

《春秋》有三传，《左传》最精彩

解释《春秋》的"传"有三种，《春秋左氏传》《春秋公羊传》《春秋穀梁传》，合称"《春秋》三传"。三传都是以作者的姓氏命名的。公羊和穀梁都是复姓，一位叫公羊高（战国时人，生卒年不详），一位叫穀梁赤（也有说名淑或俶的，战国时人，生卒年不详）。《左传》的作者叫左丘明（约前556—约前451）。有人说他是孔子的朋友，是鲁国的史官。还有人说他撰写《左传》后双目失明，又撰写了《国语》。——不过根据近代学者考证，《左传》是由好几代史官陆续写成的，成书于公元前403年以后，作者另有其人。

晋、唐学者注疏的《春秋左传》书影

三传的写作风格也不一样。《公羊传》和《穀梁传》特别注重对《春秋》词句的解释，一个字一个字地抠字眼儿，自问自答，如同老塾师讲经。经他们这么一解说，仿佛《春秋》的每个字都含着什么"微言大义"似的。

《左传》则不然，它的解经方法是叙事，也就是把《春秋》中讲得简略模糊的地方用详细的事实补充出来。因此，撇开《春秋》，把《左传》看作一部独立的史书，也未尝不可。

《左传》全书十八万字，篇幅是《春秋》的十倍，记载了春秋时期二百六十八年间的重要史实。那时周室衰颓，权威尽失，诸侯国之间恃强凌弱、你攻我伐，鲜有宁日。要想把各国间错综复杂的政治、军事、外交斗争记述得繁简得当，可不是件容易事。

然而到了左丘明笔下，这一切表达得有条不紊，生动翔实。郑伯克段、曹刿论战、宫之奇谏假道、子鱼论战、烛之武退秦师、子产不毁乡校，还有齐桓（huán）、晋文历尽坎坷终于称霸的历史故事，一段段精彩纷呈，有的比小说还好看。

庄伯跟弟弟斗心眼儿

就说说郑庄公跟弟弟共叔段的一番明争暗斗吧。这段史实在《春秋》中只用六个字来叙述："郑伯克段于鄢。"意思是郑庄公在鄢（yān）那地方打败了共叔段。到了《左传》里，内容便丰满了许多。

郑庄公跟段是一奶同胞的亲兄弟，可是母亲姜氏却偏心眼儿，只疼爱小儿子共叔段，处处为段谋利益、争地盘，后来索性跟段串通一气，里应外合，准备搞掉庄公。

庄公可不是等闲之辈。他表面上满不在乎，一忍再忍，其实是放纵共叔段，让他自己走上绝路。一旦得到段造反的确实消息，庄公便抢先动起手来，在鄢那地方打垮了段的叛军。

对拿着钥匙准备开城迎敌的姜氏，又怎么处置呢？庄公恶狠狠地发誓说：不到黄泉，再也不见她的面！黄泉就是阴间，这话等于跟姜氏断绝了母子关系。庄公这样对待亲娘，心地是够狠的！

　　有个小官儿叫颍考叔的，想劝庄公回心转意。他借口送贡品，得到跟庄公同席吃饭的机会。他故意把碗里的肉留在一旁，庄公问他缘故，他回答：小人的老娘吃腻了家常便饭，却没尝过国君的好饭菜。您若允许，我就把这些肉带回家，孝敬我老娘。庄公听了，触动了心事，叹口气说：唉，你倒有老娘好孝敬，我却没有！颍考叔假装糊涂，问庄公怎么回事。庄公就把发誓的事一五一十讲给颍考叔听。

　　颍考叔说：这还不好办吗？只需挖一条地道，一直挖出泉水来，您跟老母亲在地道里见面，又有谁能说您说话不算数呢？庄公接受颍考叔的建议，终于跟姜氏恢复了母子关系。

　　你看，《左传》不但注重叙述史实，还挺善于刻画人物呢。像这位郑庄公，为了国君的位子，不惜把亲兄弟置于死地，连母子的情分都不顾了，真有点"无毒不丈夫"的味道。但他最终把亲娘接回来，还算是知错能改。至于那偏心护短的妈妈和骄横放肆的弟弟，虽然都没有正面出场，读者依然能从文章中感受到他们的性情和心态。

　　《左传》对统治者的罪恶并不隐瞒。比如有这样一段记录：

　　　　（鲁闵公二年）冬十二月，狄人伐卫。卫懿（yì）公好鹤，鹤有乘轩者。将战，国人受甲者皆曰："使鹤，鹤实有禄位，余焉能战！"……卫师败绩，遂灭卫。

◎狄（dí）：春秋时北方少数民族。◎轩：大夫坐的车。◎受甲者：被征调服兵役的人。禄位：官俸和职位。余焉能战：我们哪里能够打仗！

这位卫懿公实在昏庸得可以！他平日不爱护老百姓，却养着一群鹤，还让鹤坐在高敞的车子里，老百姓当然有气啦。所以当敌人打来时，他们理直气壮地说：派鹤去迎战吧，鹤吃香的喝辣的，我们又怎么能打仗呢！

还有一位晋灵公更荒唐。他大量搜刮民财，用来挥霍浪费。他的宫城连墙壁都画着花纹。他还喜欢从高台上用弹弓射人，看见人们慌张逃避的样子，觉得十分有趣儿。厨师炖熊掌没炖烂，他便下令把厨师杀掉，将尸首装进筐子扔出宫外。大臣劝他，他不以为然。劝急了，他就派刺客去刺杀大臣，还在宫殿上放狗咬人。最终，这个无道昏君被臣下杀掉了。——《左传》写历史带着鲜明的爱憎，这给后世的历史著作树立了榜样。

战争描写，举重若轻

《左传》还特别擅长描绘战争。全书前后共写了几百次军事行动，光是大的战役就有五次。像晋楚城濮之战、秦晋殽（xiáo）之战、晋楚邲（bì）之战、齐晋鞌（ān）之战以及晋楚鄢陵之战，都写得条理分明，繁简得当。

《左传》写战争有个特点：对于战争的起因、战前的准备、战后的总结及影响，都交代得很详尽；至于战争的厮杀场面，则往往一笔带过。

就说秦晋殽之战吧,鲁僖公三十二年冬,秦国出兵远征郑国。老臣蹇(jiǎn)叔表示反对,说兴师动众去偷袭远方的国家,这样的蠢事从没听说过。劳而无功,必定失败!秦穆公不听。

秦师将出发时,蹇叔拉着统帅孟明的手哭着说:孟先生啊,我今天看着你出征,就再也见不到你回来了!穆公嫌他"乌鸦嘴",骂道:你懂得啥?你若死得早,坟头小树都有两把粗了!("尔何知?中寿,尔墓之木拱矣!"拱:用两手合围。)

秦军走到半路,遇上郑国商人弦高。弦高一面献出牛群犒劳秦军,一面派人回国告急。郑国预做布置,赶走了准备做内应的秦国驻军。孟明得知郑国有了防备,只好中途返回,结果在殽山中了晋军的埋伏。——晋国是郑国的盟友,这是晋人替郑国教训秦国呢。

古代的战车雕塑

秦军全军覆灭，孟明等三位统帅也都被俘。晋襄公的母亲是秦穆公的女儿，她说动襄公，放走了三位秦将。这三位回国后秣马厉兵、朝夕备战，终于在三年后大败晋人，夺回两座城邑，并到殽山埋葬了三年前战死的将士尸骨。

这场大战在几千里范围内展开，涉及四五个国家。作者眼观六路、剪裁得体，不但把复杂的线索交代得一清二楚，还写活了许多人物。至于在殽山两陵间展开的那场恶战，作者只写了这样几句话："夏四月辛巳，（晋师）败秦师于殽，获百里孟明视、西乞术、白乙丙以归。"这体现了《左传》叙写战争的一贯手法。

季梁曰："夫民，神之主也！"

夏商周三代盛行鬼神迷信，人们认为只要把最丰洁的粮食、最肥美的牲畜奉献给"皇天""上帝"，就能获得神灵护佑。不过到了春秋时期，一些贤明之士对祭祀的意义又有了新的理解。

僖公五年，晋国派使者带了玉璧、骏马送给虞公，向虞国借路（"假道"），以攻打虢（guó）国。虞大夫宫之奇对虞公说：虞、虢两国互为表里，虢国灭亡了，虞国也就难保了。"辅车相依，唇亡齿寒"（面颊和牙床相互依存，嘴唇没了，牙也失去了呵护）。然而贪婪的虞公不肯听从，还说：我祭祀时从来都用最丰洁的祭品，老天自会保佑我。宫之奇说：鬼神只保佑有德的人，统治者不修德，百姓就不服从你，供品再丰盛，神会享用吗？

怎奈虞公一意孤行，接受了晋国的财宝，先后两次借道给晋国。结果几年后晋灭掉了虢，又顺手把虞灭掉了。晋国君臣收回了玉璧、骏马，还调侃说：玉璧还是那块玉璧，这马可是老了几岁啊！

宫之奇劝虞公时所说的"鬼神非人实亲，惟德是依"（鬼神不随便亲近人，只保佑有德之人），代表了一种开明的新观念。而抱有这种新观念的，在当时还不止宫之奇一个。

随国是个小国，有一年楚人来侵，为了引诱随军出战，楚军故意装出军容不整的样子。随国大夫少师果然受了骗，撺掇随侯出兵。随国大夫季梁十分冷静，站出来说：我听说，小国跟大国抗衡，有个前提条件，即"小道大淫"（小国有道，大国乱搞）。这个"道"，就是"忠于民而信于神也"（忠于百姓而取信于神灵）。国君一心为百姓着想，这便是"忠"；掌管祭祀的祝史不虚夸祭品，这就是"信"。可如今呢，老百姓啼饥号寒，君主却奢侈无度，祝史祭祀时虚报祭品、不说实话，这个样子，怎能跟大国抗衡呢？

随侯不服气，说：我祭祀所用的牲口，全都毛纯体壮，黍稷粮食也丰盛完备，这还不能取信于神灵吗？季梁回答道："夫民，神之主也！是以圣王先成民而后致力于神。"（成民：办好百姓的事。）此话的意思是，老百姓是神灵的主宰，历史上的圣君总是先办好百姓的事，再致力于神灵祭祀！

人们素来认为百姓乃至贵族都是神的奴仆，只有对神匍匐膜拜的份儿。而今季梁说出"夫民，神之主也"的话，把百姓抬高到"神灵主宰"的位置，岂非逆天？季梁这一声呼喊，惊天地，泣鬼神，成为春秋历史上的最强音！

子产不毁乡校

春秋时代的郑国不算大国，大概由于地理位置的关系吧，它总被卷到大国的争斗里。我们应该记得，秦晋殽之战的起因，便是秦军伐郑。

小国夹在大国中间，事事难办。可是郑子产当了郑国的执政，却搞得有声有色。

有一回，子产陪郑伯到晋国参加会盟，还带去不少礼品。可晋国宾馆的院门很窄，郑国的车子进不去。子产果断命令手下把院墙拆了，让车马停进院子里。

晋人派人来问罪，子产却振振有词，说郑国是小国，大国一招呼，就赶紧搜罗金银财帛来进贡。可是贵国执政官总没空接见。这些礼物按说已是晋国财产，放在那里日晒雨淋，安全没保证，一旦出事，岂不加重我们的罪过？

话头一转，子产又提起晋国的先君晋文公，说他老人家主盟时，自己住在狭小的宫室里，却把招待诸侯的宾馆修得富丽堂皇，让各国使者宾至如归。可是看看眼下，晋侯的宫殿绵延好几里，却让各国来宾住在奴仆的房子里；贵国治安又不好，我也只好这么干了。

晋侯自知理亏，赶快接见郑国客人，还举行了盛大宴会，赠送丰厚的礼品，礼送郑国君臣回国，接着又大兴土木，重建宾馆。这事传遍天下，人们都夸子产会说话、有胆量！

更令人称赞的是子产的见识。郑国各地建有"乡校"，那里既是学习场所，又成了城乡"俱乐部"，人们没事时到那里休闲聊天，难免对时政评头论足。当官的听了很不高兴，于是建议：干脆把乡校拆掉算了！子产却表示反对，说：人们早晚没事到乡校里放松一下，顺带谈谈执政的好坏，不是挺好吗？百姓认为好的呢，咱们就坚持做；他们讨厌的呢，咱们就改正。他们就是咱们的老师啊，为什么要拆掉乡校呢？

子产又说：我只知道努力行善可以减少怨恨，还没听说加强威压可以防止怨恨的呢。加强威压固然可以一时封住人们的嘴巴，可就像筑堤防洪一样，一旦大浪决堤，伤人一定很多，我们想救也救不了！不如让水从小口子流出，再加以引导，这就如同保留乡校，让我们把批评当作良药一样。

子产并没有滔滔不绝地讲一番大道理，只是拿"防川"来打比方，把一条千古不易的真理讲论得明白透彻。孔子听到这话说：由这件事上看，如果有人说子产不仁，我是不信的。

《左传》是中国第一部叙事详赡的完整历史著作，它不但是后世编年史的楷模，对文学的影响也不能低估。后世许多散文名家，都从《左传》中汲取过营养。

《左传》还为我们留下一大串成语，如一鼓作气、唇亡齿寒、鞭长莫及、退避三舍、铤而走险、除恶务尽、大义灭亲、吉人天相、马首是瞻、好整以暇、名列前茅、尔虞我诈、数典忘祖、外强中干、困兽犹斗、多难兴邦、上下其手、风马牛不相及……说《左传》又是一部"成语词典"，它是当之无愧的。

〇、《国语》与《国策》

防民之口，甚于防川

跟《左传》同时的还有两部史书——《国语》和《战国策》，只是体裁跟《左传》不同，是把史料按不同国家分别编纂起来，人们把这称作"国别体"。

《国语》分《周语》《鲁语》《齐语》《晋语》《郑语》《楚语》《吴语》《越语》八部分，其中《晋语》内容最多。书中记述的多半是西周末年至春秋时期上层人物的言论，这类史书又称"记言体"。我们前面介绍的《尚书》，是记言体的老祖宗。

有人说《国语》的作者也是左丘明，因而《国语》又称《春秋外传》。不过经学者研究认定，《国语》是先秦史家编纂各国史料而成，并非出自一人之手。

举一篇出自《周语》的《召公谏弭（mǐ）谤》，说是周厉王暴虐，百姓们都口出怨言。厉王便派了卫巫去监视百姓，把口出怨言者抓来杀掉，还得意扬扬地说：我能消除诽谤，看谁还敢开口！

召公向厉王提出规劝说：堵

新版《国语集解》

塞河道是要造成河水溃堤泛滥的;堵塞百姓的嘴巴,比堵塞河道还要危险得多。——他讲了一大篇道理,说只有让国人自由说话,才能使国家富强。

厉王拒不接受劝告,百姓虽然一时闭上嘴,可三年以后,厉王终于被赶下了台。召公所说的"防民之口,甚于防川"的话,成了世代相传的政治格言。——看来明白这道理的,不止子产一人。

谁割破了国君的渔网

《国语·鲁语》中还有一篇《里革断罟(gǔ,渔网)匡君》,赞扬一位有"环保意识"的鲁国大夫。

夏天,鲁宣公到泗水深潭中下网捕鱼,大夫里革把网割破,扔到岸上,并向宣公讲了一通道理,说是自古的规矩,大寒过后,冬眠的动物苏醒过来,掌管水产的"水虞"才预备渔网、鱼篓,捉些大鱼到宗庙里祭祖;老百姓也都跟着这么干。当鸟兽开始孕育、鱼鳖已经长大时,掌管森林的"兽虞"便禁止用网捕捉鸟兽,只准刺取鱼鳖,晾成鱼干供人们夏天食用。同样,当鸟兽长大、鱼鳖孕育时,水虞也禁止用小眼渔网捕捉鱼鳖,只许设陷阱捕大一点的野兽……接着里革又讲了啥时不能砍树、啥时不宜割草等许多规矩,指出夏天正是鱼类孕育的时刻,此时下网捕鱼,是"贪无艺也"(贪心不足,没有节制)。

鲁宣公听了,不但不怪罪里革,还自我检讨,说里革讲得好,并让人把破网收藏好,留作警戒。有个乐师刚好在旁边伺候着,插嘴说,与其收藏破网,还不如把里革安置在身边呢,这样就不会忘记他的劝谏了。

原来,我们的祖先早就有了环保意识,并有严格的管理措施。读了这番对话,我们不仅佩服坚持原则、敢说敢做的大夫里革,对鲁宣公的知错能改也应挑大拇指。一个小小乐师居然也来参与提意见,至少说明那时的统治者还是开明的。

"战国"之名由此来

《战国策》顾名思义是记录战国历史的著作,也属国别体。书中所记多为纵横家的言论和事迹。纵横家又叫"言谈家"或"策士",类似于今天的外交家。他们个个能说会道,有着很强

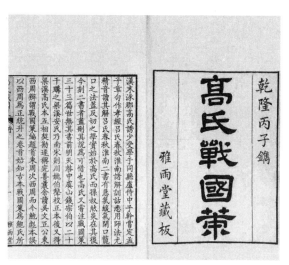

汉代学者高诱注《战国策》书影

的活动能力、灵活的外交手腕。他们并不属于哪个国家,谁肯用他,他就替谁出力,目的当然是捞取荣华富贵啦!

《战国策》大概是战国末及秦汉时人搜集各国史料编纂而成。西汉学者刘向(约前77—前6)把这部书拿来重新编过,按东周、西周、秦、齐、楚、赵、魏、韩、燕、宋、卫、中山十二国的次序编为三十三篇,这才定名为《战国策》,也简称《国策》。

有个著名的策士叫苏秦(前337—前284),他去游说秦惠王,可接连十次上书,都得不到回应。眼看身上的皮袍子磨破了,随身携带的百金盘缠也花光了,他只好打道回府。嫂子见他灰溜溜地回来,饭都懒得给他做;妻子在织机上织布,好像没瞧见他似的;爹娘也都绷着脸不跟他讲话。

苏秦受了刺激,发愤苦读,日夜揣摩。困得不行,他就用锥子扎自己大腿,血一直流到脚跟儿。他发狠说:我就不信不能说服君主,让他们高官厚禄地礼聘我!

后来他再度出发,选择了赵国,对赵王大谈联合诸侯抗衡秦国的策略,并被赵王派到各国去游说。最终他被各国推举为"纵约长",佩戴六国相印,好不威风!

当他前往楚国、路经家乡时,家人的态度也大变样:妻子不敢正眼儿瞅他,嫂子匍匐在地,拜了又拜。苏秦明知故问:嫂子,你为什么以前那么傲慢,如今却如此恭顺?("嫂!何前倨而后恭耶?")嫂子回答:还不是因为老三你官大钱多嘛("以季子之位尊而多金")!苏秦不禁感叹说:唉,当一个人贫穷困顿时,爹娘不认他这个儿子;一旦他富贵发迹,亲戚都畏惧他。

人生在世，对于权位富贵，又怎么能忽视啊！——话说得直白，却又满含辛酸！

另一位有名的策士是张仪（？—前309），据说曾跟苏秦同窗。他游说诸侯，开头也不顺利。一次他陪楚相喝酒，事后楚相丢了一块玉璧，怀疑是他偷的，把他痛打了一顿。他被人抬回家，妻子抱怨他不务正业。张仪张嘴问："视吾舌尚在不？"妻子说："舌在也。"张仪说："足矣！"——只要三寸之舌还在，就不怕富贵不到手！

后来他果然受到秦王信任，施展连横策略，欺骗列国，使秦国从中获益。他还收买楚国的奸臣宠妃，排挤忠臣屈原。——这些事都熟在人口，无须多说。

纵横家的游说之辞，大都雄辩夸饰，说理透辟，气势豪迈，富于感染力。这种风格，跟《左传》以简约取胜的特点又有不同。司马迁的历史散文，就从《左传》和《战国策》中受益良多。

当然，《战国策》所收录的，并不全是策士们的游说之辞，也有不少精彩的历史人物对话。其中名篇有《邹忌讽齐王纳谏》《冯谖客孟尝君》《触龙说赵太后》《鲁仲连义不帝秦》《唐雎不辱使命》等，有的篇目还收进中学语文课本。

《战国策》所记录的历史，上起春秋，下至楚汉，共二百年左右。历史上称这段时期为"战国"（前475—前221）。——对了，"战国"这个词儿，还是刘向在《战国策》的序文里最早使用的！

一一、孟轲与《孟子》

孟子的理想：让老人吃上肉

孟子（约前372—前289）名轲（kē），比孔子晚生了近二百年。他的老师是子思的门人——子思即孔子的嫡孙孔伋（jí）。说起来，孟子要算孔门第四代学生了。孟子没见过孔子，但他非常仰慕这位先师，私下研读他的学说，这种师承关系称作"私淑"。

虽说是私淑，可没人怀疑孟子是孔子的正统继承人；儒家思想也因此被称作"孔孟之道"。收录孟子文章的《孟子》也跟《论语》并列，成为"四书"的一种。

《孟子》分七篇，每篇又分上下。有人说这书是孟子跟他的门人合著的，里面收录的大部分是孟子的论辩文字。

孟子

跟孔子一样，孟子也提倡仁，即要求人们爱自己，也爱别人。爱别人要从爱父母兄弟做起，这就是"孝""悌"之道。由爱亲人，再扩展到爱所有的人，即所谓"老吾老以及人之老，幼吾幼以及人之幼"（善待自家老人，也因此扩展到善待别人家的老人；抚爱自家的孩子，也由此扩展到爱别人家的孩子）。然后再由爱人扩展到爱物。

从前私塾学童读《三字经》，开篇就是："人之初，性本善。"这"性善"之说，也是孟子最先提出来的。他说，人的同情心（"恻隐之心"）是与生俱来的，还举例说：一个婴儿爬到井沿儿上，眼看要掉下去，此刻无论是谁，都会不由自主地惊叫，这就说明同情心是天生的。人有同情心，这是"仁"的根苗。此外，人还有羞耻心、谦让心、是非心，分别是"义""礼""智"的根苗。这些又叫"良知""良能"。

既然人人都有良知、良能，为什么还有君子与小人之分呢？孟子说：就看你能不能通过修习，发掘内心的善。他感叹说：家里丢了鸡啊狗啊都知道寻找，唯独丢了良知、良能却不知道寻找，真是舍本逐末啊！

孟子主张各国国君要施行"仁政"。他认为百姓闹乱子全是因他们没有固定产业，活不下去的缘故。如果每个农民都分给五亩地当宅院，再种桑养蚕、喂鸡喂猪，另外种上一百亩庄稼，那么家里的老人就能穿上暖和的帛（bó）衣，吃上禁饿的肉食，也就不至于让白头老汉去背呀扛呀干重活了；一家人有吃有喝，还能供子弟们读书，学习伦理道德，提高修养，这样一来，老百姓还闹腾啥？

敢向国君"放狠话"

有人习惯把儒家与"奴性"挂钩，那么他应当读读《孟子》。孟子把百姓、政权和君主放在一起排序，说是"民为贵，社稷次之，君为轻"（社稷：土谷神，这里指政权。出《孟子·尽心下》）。这即是说：老百姓最尊贵，应排在第一位；国家政权次之；君主的分量最轻，只好奉陪末座。

有一回，齐宣王问孟子：公卿的职责是什么？孟子说，公卿又分王族公卿和异姓公卿。若是王族公卿，君主有大过就该劝谏；反复劝谏不听，就该把君主废掉！齐王听了，脸色都变了。

这话还算客气，孟子还说过更"狠"的话呢：

> 孟子告齐宣王曰："君之视臣如手足，则臣视君如腹心；君之视臣如犬马，则臣视君如国人；君之视臣如土芥，则臣视君如寇雠。"（《孟子·离娄下》）
> ◎土芥：泥土小草。雠（chóu）：同仇。

你看，大臣对君主如何，全看君主对大臣怎样。你若把我当成手足肢体，我就把你当作腹心来拱卫；你若把我看作犬马，我便把你视为陌路旁人；你若把我看作一钱不值的泥土小草，我就把你视作仇敌！——明朝皇帝朱元璋读了这段话，心里很不受用，大笔一勾，把这段文字从《孟子》中删掉了！

孟子有三句话，成为后世仁人志士的座右铭：

> 富贵不能淫，贫贱不能移，威武不能屈，此之谓大丈夫。（《孟子·滕文公下》）
> ◎淫：摇荡其心。移：转移，改变。

子,也由此扩展到爱别人家的孩子)。然后再由爱人扩展到爱物。

从前私塾学童读《三字经》,开篇就是:"人之初,性本善。"这"性善"之说,也是孟子最先提出来的。他说,人的同情心("恻隐之心")是与生俱来的,还举例说:一个婴儿爬到井沿儿上,眼看要掉下去,此刻无论是谁,都会不由自主地惊叫,这就说明同情心是天生的。人有同情心,这是"仁"的根苗。此外,人还有羞耻心、谦让心、是非心,分别是"义""礼""智"的根苗。这些又叫"良知""良能"。

既然人人都有良知、良能,为什么还有君子与小人之分呢?孟子说:就看你能不能通过修习,发掘内心的善。他感叹说:家里丢了鸡啊狗啊都知道寻找,唯独丢了良知、良能却不知道寻找,真是舍本逐末啊!

孟子主张各国国君要施行"仁政"。他认为百姓闹乱子全是因他们没有固定产业,活不下去的缘故。如果每个农民都分给五亩地当宅院,再种桑养蚕、喂鸡喂猪,另外种上一百亩庄稼,那么家里的老人就能穿上暖和的帛(bó)衣,吃上禁饿的肉食,也就不至于让白头老汉去背呀扛呀干重活了;一家人有吃有喝,还能供子弟们读书,学习伦理道德,提高修养,这样一来,老百姓还闹腾啥?

敢向国君"放狠话"

有人习惯把儒家与"奴性"挂钩,那么他应当读读《孟子》。孟子把百姓、政权和君主放在一起排序,说是"民为贵,社稷次之，君为轻"（社稷：土谷神，这里指政权。出《孟子·尽心下》）。这即是说：老百姓最尊贵，应排在第一位；国家政权次之；君主的分量最轻，只好奉陪末座。

有一回，齐宣王问孟子：公卿的职责是什么？孟子说，公卿又分王族公卿和异姓公卿。若是王族公卿，君主有大过就该劝谏；反复劝谏不听，就该把君主废掉！齐王听了，脸色都变了。

这话还算客气，孟子还说过更"狠"的话呢：

孟子告齐宣王曰："君之视臣如手足，则臣视君如腹心；君之视臣如犬马，则臣视君如国人；君之视臣如土芥，则臣视君如寇雠。"（《孟子·离娄下》）

◎土芥：泥土小草。雠（chóu）：同仇。

你看，大臣对君主如何，全看君主对大臣怎样。你若把我当成手足肢体，我就把你当作腹心来拱卫；你若把我看作犬马，我便把你视为陌路旁人；你若把我看作一钱不值的泥土小草，我就把你视作仇敌！——明朝皇帝朱元璋读了这段话，心里很不受用，大笔一勾，把这段文字从《孟子》中删掉了！

孟子有三句话，成为后世仁人志士的座右铭：

富贵不能淫，贫贱不能移，威武不能屈，此之谓大丈夫。（《孟子·滕文公下》）

◎淫：摇荡其心。移：转移，改变。

高官厚禄不足以诱惑他，贫贱境遇不能改变他，武力威慑不能让他屈服，这才叫"大丈夫"。这应当是孟子的自我写照吧？

孟子喜欢打比方

孟子的文章写得很漂亮。他生在纵横家风行的时代，文章也带上了纵横家的论辩色彩，说理透辟、气势磅礴、感情充沛。

孟子又擅长用打比方的方式讲道理。有这么个例子：魏国国君梁惠王向孟子抱怨说，自己对待老百姓比邻国国君要强，可老百姓仍然不肯亲近自己，这是什么缘故？孟子便打个比方来回答他：

> 填然鼓之，兵刃既接，弃甲曳兵而走。或百步而后止，或五十步而后止。以五十步笑百步，则何如？
>
> ◎填然：形容鼓声喧闹。鼓之：擂起战鼓。接：接触、交锋。弃甲曳（yè）兵：丢掉盔甲，拖着兵器。走：逃走。◎或：有的。

你看，战鼓咚咚响，双方的士兵交了锋。有些士兵扔掉铠甲，拖着刀枪扭头就跑。有一位跑了一百步停下来，另一位跑了五十步停下来。于是跑五十步的笑话跑一百步的胆子小，行不行呢？

当然不行。五十步也好，一百步也好，逃跑的实质却是相同的。梁惠王贬低邻国，不也是"五十步笑百步"吗？孟子就用这么一个小故事，谈笑风生地说明了治理国家的大道理。这种说理的本领，实在很高明。

孟子还喜欢借寓言讲道理。"揠（yà）苗助长"就是人们熟悉的例子。有个宋国的庄稼汉是个急性子，他嫌禾苗长得太慢，就一棵一棵把它们拔高。晚上回家，他得意地说：今儿个累坏啦，我帮助禾苗长高一大截！他的儿子忙跑去看，看见了什么？禾苗都枯死啦！——孟子想借此说明：什么事都有个客观规律，谁违反这个规律，就只能把事情办糟！

另一则寓言是拿下棋打比方：

弈秋，通国之善弈者也。使弈秋诲二人弈，其一人专心致志，惟弈秋之为听。一人虽听之，一心以为有鸿鹄将至，思援弓缴而射之。虽与之俱学，弗若之矣。为是其智弗若与？曰：非然也。

◎弈（yì）：下棋。◎诲：教导。惟弈秋之为听：专心听弈秋的教导。◎鸿鹄（hú）：天鹅。援弓缴（jiǎo）：拿着弓箭。◎弗若：赶不上。

这则寓言说，有个叫弈秋的棋坛高手，教两个学生下棋。一个学生专心致志地听老师讲课，心无旁骛。另一个呢，表面上听着呢，心里却老想着有只天鹅要飞来了，准备拈弓搭箭去射它；虽然跟人家一块儿学，却总赶不上人家。怎么回事？是脑子不够使吗？当然不是。

这则寓言要说明什么，已是一目了然。这里要提的是，孟子的语言是多么明白晓畅、浅近如话！

总的说来，《孟子》的语言比《论语》生动了许多。《论语》

山东邹城孟庙

中主要是孔子个人的话语,《孟子》则大半是两个人的对话。有问有答,一来一往,精彩纷呈。有些段落洋洋洒洒,高潮迭起;单抽出来,就是一篇很有章法的专题论文!

后代不少散文大家,像贾谊、韩愈、柳宗元、苏洵、苏轼等人,大都受孟子影响很深。至今汉语中有不少成语,像"专心致志""与人为善""明察秋毫""缘木求鱼",都得向《孟子》里寻根求源。

一二、庄周与《庄子》(附《列子》)

树底逍遥觅庄周

庄子(约前369—约前286)名周,是战国中期宋国蒙(一

庄子（孙文然绘）

说在安徽，一说在河南）人，比孟子略小几岁。人们公认他是道家代表人物，与老子并称"老庄"。

庄子曾做漆园小吏，楚威王听说他有本事，请他去做宰相。庄子可不愿受那份儿约束，他对楚国使者说：您带来的礼物够贵重，许给我的官儿也够尊贵。可您没见过祭祀时用的牛吗？它被好吃好喝喂养了好多年，然后披上绣花的披风送进太庙里去挨刀子。在那个当口儿，它即使想降格做口猪活下来，也不可能啦！您赶紧走吧，别招惹我。我嘛，宁愿像口猪一样，自个儿在泥坑里找乐子，也不愿到你们国君那里受约束。——听听庄子这段自白，你差不多就能了解他的人生态度了。

《庄子》是庄子的文集，又分"内篇""外篇""杂篇"，共收录文章三十三篇。学者认为"内篇"七篇确是庄子所写，其他则有可能是其弟子或后学所撰。

庄子继承了老子的思想，在某些方面还有所发展。譬如他有这么一条论断：世界上没用的东西最值得羡慕。有一回，他跟好友惠子辩论。惠子说：有这么一棵大树，人们叫它臭椿。它的主干臃肿不堪，没法子在上面划墨线；它的小枝弯弯曲曲，又没法画方圆。它长在大路边，过路的木匠看都不看它一眼。

你讲的那套理论，就跟这棵大树一样，大而无用，没人会信服。

庄子却回答：好啊，你有这么一棵大树，何愁没用呢？你干吗不把它竖立在无边无际的原野上，你呢，就那么无所作为地在它旁边徘徊，逍遥自在地在树荫下躺着。这棵树既不会遭斧头砍伐，也没啥能伤害它的。这种啥用也没有的东西，又怎么会有痛苦呢？——你看，这就是庄子的世界观。说到底，庄子的"出世"，是为了"避害"。

大鹏展翅，扶摇九天

庄子的散文有很高的文学技巧。他说自己的文章"寓言十九"，意思是十篇里有九篇是寓言。这些寓言浪漫、夸张，想象奇特，又富于诗意。有一篇《逍遥游》，一开始就这样写道：

> 北冥有鱼，其名为鲲，鲲之大，不知其几千里也。化而为鸟，其名为鹏，鹏之背不知其几千里也。怒而飞，其翼若垂天之云。是鸟也，海运则将徙于南冥。南冥者，天池也。《齐谐》者，志怪者也。《谐》之言曰：鹏之徙于南冥也，水击三千里，抟（tuán）扶摇而上者九万里；去以六月息者也。

◎北冥（míng）：北海。鲲（kūn）：传说中的大鱼。◎鹏：传说中的大鸟，有人说是凤。◎怒：奋起。垂天：垂挂在天上。◎海运：海水运动，指波涛汹涌。徙：迁徙，转移。◎南冥：南海。天池：天然的大池。◎《齐谐》：古书名。

志：记录。◎抟（tuán）：盘旋。扶摇：急剧盘旋上升的风暴。◎息：停止。一说大风。

北海有条叫鲲的鱼，身体足有几千里大小。它变成大鹏鸟，同样有几千里大小。鹏鸟奋力一飞，翅膀就像张挂在天空的云彩。当海水汹涌的时候，这只鸟向南海飞去——南海即天池。有一本书叫《齐谐》，那里面说：鹏鸟飞往南海时，翅膀一扇，激起的浪花有三千里。它像旋风回旋向上，一直飞到九万里的高空，它是乘着六月的大风飞去的！

这是多么浪漫而夸张的画面！读了这则寓言，人们仿佛也跟着进入一个辽阔宏大的境界中。

寒蝉夸海口，蜗角称大国

说罢体形庞大的鲲鹏，庄子笔锋一转，又讲到两个小东西：蝉（"蜩"）听到大鹏鸟的消息，笑着对小灰雀（"学鸠"）说：我"噌"地一下子飞起来，能够着榆树、枋树的尖尖；飞不到也没事，落到地面上就是了。言外之意是：我的活动范围够大的了，哪里用得着升上九万里高空，飞到遥远的南海去呢？

对此，庄子评论说：到野外去，带上三顿干粮，够打来回的，到家肚子还没饿呢。可是要到百里以外去旅行，就得提前一宿舂好足够的粮米。至于到千里之外，更得准备好三个月的口粮。这个道理，蝉和小灰雀两个小东西又哪里懂得！

庄子因此说：小聪明赶不上大智慧，短命鬼比不过老寿星。

你瞧，只能活一个早晨的蘑菇，哪见过月初月末的情景？短命的寒蝉，自然也见识不到春大和秋天的光景。而楚国之南有一只大龟，拿五百年当春季，五百年当秋季。上古时还有一种大椿树，以八千年为春季，八千年为秋季！——相比之下，以长寿闻名的彭祖也只活了八百岁，可人们只争着跟他比，太可悲了！

庄子究竟想说什么？也许听听他的另一则寓言，就明白了。在《则阳》篇中，庄子说有个姓戴的宾客给魏王讲故事，说蜗牛有两只犄角，左边那只上有个国家"触氏"，右边那只上也有个国家"蛮氏"。两国常起刀兵，争城夺地，一死就是好几万人；赢方乘胜追击，一去半个月才班师！

魏王说：哪有这事，你这是瞎说！客人说：您若见识过辽阔无垠的宇宙，就会感到魏国的狭窄；而狭窄的魏国中有个大梁城，大梁城中坐着魏王您，您与蛮氏又有啥区别？——客人走后，魏王神色怅然、若有所失。

大概魏王终于明白了：身为一国之君，整天盘算着治国理政、兴兵讨伐的"大事"；到头来，自己不过是蜗牛角上称大王，实在可笑！

这便是庄子的哲学：了解了宇宙的宏大、时光的邈远，个体乃至国家会显得如此渺小。若还痴迷不悟，一味争逐名利、患得患失，又跟目光短浅的寒蝉灰雀、蜗角小国有啥两样？只会贻笑大方的！

这也正是道家的典型思想。

《养生主》：杀牛的艺术与哲学

《庄子》内篇《养生主》中，有一则"庖丁解牛"的寓言。"庖丁"即厨师。文惠君（即梁惠王）看庖丁杀牛，只见他手触肩倚、脚踏膝顶，皮骨分离之声不绝于耳，那把刀快速滑动、刷刷作响，如同音乐！文惠君看得高兴，不禁赞美道：妙啊！技术竟能达到这般神妙的地步！

听到夸奖，庖丁放下刀，讲了一篇杀牛心得：我最初杀牛时，眼前所见，无非是头整牛。三年过后，就见不到整牛了。如今，我只用心神去感知，全然不用拿眼瞅！有时眼睛看着应该停下来，可心却告诉我应当继续。我的刀顺着牛体的天然结构劈开缝隙，划向空当儿，刀锋仿佛一点障碍都没有！

他又指着手里的刀说：好的厨师一年换一把刀，因为他是割；一般的厨师一个月换一把刀，因为他是砍。我手里这把刀，用了十九年了，杀牛几千头，可刀刃还像刚磨过似的！——因为牛的筋肉骨节间总会有缝隙，而我的刀刃却薄得几乎没有厚度。拿没厚度的刀刃插到有间隙的筋骨间，"恢恢乎其于游刃必有余地矣"（刀刃在骨缝中自由游走，还蛮有富余哩）！

不过庖丁又说：尽管如此，每到筋节交错的地方，我仍要小心翼翼。到最后，刀子微微一动，那牛"謋然已解，如土委地"[牛哗啦啦解体，如同泥土一样堆到地上。謋（huò）：牛体分解的声音。委：堆积]，牛还不知道自己已经死了呢！这时候，我便"提刀而立，为之四顾，为之踌躇满志，善刀而藏之"（踌躇满志：志得意满。善：擦拭)，那份骄傲就别提了！

文惠君听了庖丁的话，不由得赞叹说：太好了！我听了庖丁这番杀牛心得，竟从中领悟出养生之道来！——是啊，凡事都要"依乎天理""因其固然"。宰牛要熟悉牛的生理构造，操刀时顺势而为、避实就虚，养生又何尝不是如此呢？

这篇寓言不光说理巧妙，还刻画出生动的人物形象来。在庄子眼中，这个身份微贱却技艺娴熟、深通哲理的庖丁，实在比世间君王还要高明。

河伯知忏悔，浑沌窍难开

庄子有些寓言，至今仍不失启发意义。譬如在《秋水》篇的开头，庄子讲了这样一个寓言：秋天来了，百川归入黄河，黄河水面宽阔，连河对岸的牛马都分辨不清啦！黄河之神河伯因此得意起来，以为这一下老子天下第一啦。他驾着滚滚波涛来到大海，往东一望，哪儿看得到头啊！

河伯于是转过头，向海神叹口气说：俗话说，懂得道理一百样，以为谁也赶不上！——这话简直就是讽刺我呢！我要不是到您这儿，亲眼看看大海的广博无边，那可就悬了。我这么自高自大下去，非让有见识的人笑话我不可！

这里表达的仍是庄子的一贯思想：山外有山，天外有天；狂妄自大、盲目骄傲，是最要不得的。

《庄子·应帝王》篇还有一则"浑沌之死"：

南海之帝为儵，北海之帝为忽，中央之帝为浑沌。儵与忽时相与遇于浑沌之地，浑沌待之甚善。儵与忽谋报浑沌之德，曰："人皆有七窍以视听食息，此独无有，尝试凿之。"日凿一窍，七日而浑沌死。

◎儵（shū）、忽、浑沌：都是虚拟的名字，各有寓意。"儵""忽"有匆忙、急迫意。"浑沌"为浑然一体、模糊隐约之意。或以为"儵、忽"喻有为，"浑沌"喻无为。◎七窍：人头部的七个孔穴，两眼、两耳、两鼻孔及嘴。

你瞧，南海之帝儵和北海之帝忽为了感谢中央之帝浑沌的热情款待，商量着要为他做点事。说是人人都有七窍，用来看、听、饮食、呼吸，唯独浑沌没有，就让我们替他"开开窍"吧。于是两人每天为浑沌开通一窍，到第七天大功告成时，浑沌却死掉了！

没有七窍、一派混沌，本来是浑沌的本性所在。这个自然之态一旦被打破，浑沌不再混沌，他的生命也就完结了——做君主的如果能明白这个道理，还会去胡乱指挥、折腾百姓吗？

濠梁观鱼逞辩才

我们熟悉的《庄子》寓言还有"邯郸学步""濠梁之辩"等。"邯郸学步"是说一个小伙子听说邯郸人走路的姿态很美，就专程去学习。结果"邯郸步"没学会，自己原来怎么走路也忘掉了，只好爬着回家去。——这则寓言讽刺犀利，对我们的学习也有启发意义。

庄子不但故事讲得生动，他的论辩才能也十分高明。《秋水》篇就记载了他和惠子在河边的一场有名的辩论。

庄子看到河里的游鱼，感叹说：看这小白鱼，从容自在多快活！惠子马上反驳：您不是鱼，怎么知道鱼快活呢？庄子反问：您不是我，怎么知道我不知道鱼快活？惠子说：对呀，我不是您，本不会

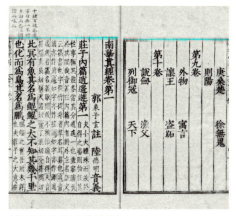

《庄子》又称《南华经》

了解您；同样道理，您不是鱼，因此您也全然不知鱼是否快活。庄子说：咱们还是从头儿上说起吧，您问我怎么知道鱼快活，这是您已经知道我了解鱼快活才问我的。（既然您可以了解我，我当然也可以了解鱼喽。）我就是在这河梁上知道鱼快活的呀！

这场辩论怪有意思的，两人绕着弯子说话，各讲各的理儿，越辩越玄妙。从这里面，可以看出庄子的机变和口才。

老丈承蜩与儒者盗墓

孔子的形象也不时出现在庄子寓言中。《庄子》中有一则"老丈承蜩（tiáo，蝉）"，便记述了孔子师徒的一次"现场教学"。"承蜩"就是用一根顶端涂了胶的长竿把树上的蝉粘下来。

孔子和弟子们到楚国去，在一片树林中见一位驼背老人正举着竿子捕蝉，一粘一个准，如同从地上拾取一样轻巧。孔子赞叹不止，向老人请教其中门道。老人说：关键是勤于练习。此

外,捕蝉时我心静而专,身子如同一截儿断木桩,伸出的手臂如同一段枯树枝。天地那么大,万物那么纷杂,可我聚精会神,仿佛天地皆空,眼中只剩那薄薄的蝉翼。如此专心致志,又怎么会捉不到呢!

孔子听了,转身对学生们说:俗话讲,用心专一,精神凝聚,才能做好一件事,说的就是老丈的这种情况啊。

不过儒、道两家"道不同不相为谋",《庄子》中也不乏讽刺儒家的小故事。像《杂篇·外物》中的"儒以《诗》《礼》发冢"部分,写两位儒者——八成是师徒俩吧,因贫穷而沦落到盗墓的份上。徒弟钻到墓穴中行窃,大儒在地面上"把风",两人的对话居然用的是《诗》的语言。

大儒向下传话说:"东方作矣,事之何若?"(太阳出来了,干得咋样了?)小儒回答:裙子内衣还没解开,他嘴里还含着珠子呢!大儒用古诗作答:"青青之麦,生于陵陂。生不布施,死何含珠为?"(青青麦苗,长在山坡上。生前不肯周济别人,死了还含着珠子有啥用?陵陂:山坡。)大儒又嘱咐小儒动手时慢着点,千万别弄坏嘴里的珠子。——听听,还有比这更辛辣的讽刺吗?

至于《庄子·杂篇·盗跖(zhí)》篇,干脆让大盗柳下跖当面斥责孔子,称孔子为"盗丘",形同谩骂。——学者认为那是出自后人笔墨,并非庄子所作。

舐痔得车,讽刺犀利

有一则"曹商使秦"的寓言,收于《庄子·杂篇·列御寇》

中。宋人曹商出使秦国，由于能说会道，深得秦王欢心，受赐百辆车子。曹商十分得意，向庄子吹嘘说：我从前住在穷街陋巷，靠织草鞋度日，

安徽蒙城庄子祠

面黄肌瘦，不受人待见。可我一旦被委以重任，去说服大国君主，竟得到一百辆车子，这才是我的真本领！

庄子听了，冷冷地说：秦王生病请大夫，能治好痈疮的赏车一辆，能舔痔疮的赏车五辆，所治部位越低，所得车子就越多。你别是替秦王舔痔疮了吧，怎么能得这么多车子呢？你还是离我远点吧！——这则寓言反映的，仍是庄子的出世思想。文章毫不掩饰对阿谀小人的憎恶与鄙视，显示了道家是非分明、傲骨嶙峋的一面。

在先秦诸子中，庄子散文的成就是最高的，其风格汪洋恣肆，恢宏奇诡。有人评论说，庄子的文章"无端而来，无端而去"，正像他笔下的大鹏鸟，扶摇而上，不知所止。

至于说到哲学思想，庄子跟老子一脉相承，共同构成"老庄哲学"的体系。老庄的道家、孔孟的儒家以及外来的佛教，在后来的中国文化中形成三大哲学派别。他们之间有竞争也有融合，共同塑造了中国文化，哺育了中国的文人。

补充一句，这里所说的"道家"，跟汉代兴起的道教可不是一回事。——尽管道教也曾借用道家的学说，还把老子尊为神

明;唐玄宗更是将《庄子》奉为《南华真经》。

列子寓言,不让庄周

同属道家的还有列子,也就是列御寇。照理说列子比庄子还要早生几十年,他的名字也不断在《庄子》中出现。然而据学者考究,人们今天见到的《列子》一书,很可能经过魏晋人整理补充,里面究竟有多少是列子原著,已经很难分清。不过《列子》一书的文笔是没的说,历代学者无不夸赞,认为水平不在《庄子》之下。

跟庄子一样,列子也是写寓言的好手。"愚公移山""杞人忧天"两个熟在人口的寓言,便都出自《列子》。此外"夸父逐日""歧路亡羊""扁鹊换心""纪昌学射""两小儿辩日"等神话、寓言,也都出自《列子》。

《列子》寓言不乏言简意深的,如那篇"好沤鸟者",说的是海边有个小伙子,特别喜欢海鸥,每天早上一到海边,总有几

愚公移山图(徐悲鸿绘)

百只海鸥飞下来跟他亲热。有一回,他爹对他说:我听说海鸥都来近你,你何不捉两只来给我玩玩?小伙子答应了。可第二天他来到海边,海鸥看着他,都高高飞起,不肯落下来!

据作者说,其中寓意是"至言去言,至为无为"(最高深的话是不说,最超绝的行为是不做)。换个角度看,它似乎又告诉人们:一个人的机心是无法隐藏的,即便不言不语,仍能表现在眼神中、姿态上,连禽鸟也瞒不过。

这一典故后来又衍生出"鸥盟"一词,比喻远离尘世、退隐江湖的生活状态。唐代李白诗中就有"明朝拂衣去,永与白鸥盟"的句子,宋代辛弃疾还以《盟鸥》为题填写《水调歌头》,有句云"凡我同盟鸥鹭,今日既盟之后,来往莫相猜",用的便都是《列子》中的典故。

一三、屈原与《离骚》(附宋玉)

忠而见谤的三闾大夫

屈原(约前340—前278)是战国时的大诗人,跟孟子、庄子、张仪、苏秦、荀子、韩非是同时代人;前四位比他年长,后两位出生比他稍迟。

屈原名"平","原"是表字。他自己又说名"正则",字"灵均"。他是楚国的王室贵族。楚怀王时,他担任左徒的职务,这个官只比宰相小一点。他还当过三闾(lǘ)大夫,那是掌管宗

屈原

族事务的官儿。

屈原见多识广,目光远大,口头笔头都来得。楚怀王非常信任他,国内大事总找他来商量,还让他草拟法令。此外,接待外宾,办理外交,楚怀王也都仰仗着他。

有个上官大夫,官位跟屈原差不多,见屈原这么受重用,心里挺不是滋味。屈原奉命制定法令,草稿已经打好了;上官大夫看了,鸡蛋里挑骨头,非要改动不可,屈原当然不同意啦。这下子上官大夫醋劲儿大发,跑到楚怀王跟前说:大王命令屈原制定法令,他嚷嚷得满世界都知道了,还当众夸口说:除了我,谁还能干这个差使!您看他眼里还有大王吗?楚怀王听了,果然很不高兴,从此对屈原冷淡了许多,后来找个由头,把他放逐到汉北。

那个时候,战国七雄之一的秦国野心勃勃,总想称霸。可楚、齐两个大国结成联盟,成了秦国称霸的障碍。秦国便来了个"各个击破"的招数。

秦派使者张仪对楚王说:秦国恨齐国恨得牙根痒痒,可是碍着您的面子不好攻打它。假若您跟齐国断交,秦国愿意拿六百里土地献给您!糊涂贪心的楚怀王竟满口答应下来。

等楚怀王跟齐国断绝关系,派人向秦索要土地,张仪翻脸说：我什么时候说过给六百里？我只说是六里！怀王大怒，派兵攻打秦国，结果损兵折将，搞得元气大伤。

楚怀王这时才想起屈原，把他从汉北召回，派他出使齐国。秦国又使出新花招，提出要跟楚国结亲，并邀请楚怀王到秦国去。屈原坚决反对，可楚怀王的小儿子子兰是个"亲秦派"，千方百计地鼓动爹爹前往。楚怀王听信子兰的话，可这一去却再也没能回来，最终客死秦国。

楚怀王的长子顷襄王继位，让子兰当令尹。子兰勾结上官大夫，又在哥哥跟前说屈原的坏话，于是屈原第二次遭流放，这一回的流放地是江南。

端午节的由来

屈原眼见秦国军队一天天逼近，而自己的国家被一群小人糟蹋得不成样子，他的内心痛苦极了！他脸色难看、骨瘦如柴、披头散发的，沿着江边一路走一路念念有词。有位渔父看见了问：您不是三闾大夫吗？怎么落到这个地步？

屈原回答：整个世界都是污浊的，只有我一个清清白白；所有的人都烂醉如泥，只有我一个头脑清醒。就因为这个，我才遭到流放啊！

渔父说：圣人应当随机应变才对。整个世界污浊，您干吗不随波逐流呢？大家都醉倒了，您何不也吃点酒糟、喝杯水酒？您的才能与品德就像美玉，怎么最终却遭到流放呢？

屈原答道：刚洗过澡的人，总要弹弹帽子、抖抖衣裳，谁又乐意让干干净净的身体受污染？——这渔父是位隐居高人，听了屈原的话，莞尔一笑，一边摇船，一边唱道："沧浪之水清兮，可以濯吾缨。沧浪之水浊兮，可以濯吾足！"（濯：洗。缨：系帽子的带子。）意思是说：你要适应这环境啊，水清就洗洗帽缨，水浊就洗洗脚嘛！

然而屈原可不是随波逐流的人，他宁愿跳进这大江，葬身鱼腹，也不愿让世俗的污秽沾染清白的躯体！于是屈原写下绝笔诗《怀沙》，然后怀抱一块大石头，跳进了汨（mì）罗江……我们从屈原的《渔父》《怀沙》等诗文中，还能了解他的心路历程。

传说屈原死的那天是农历五月初五。楚国的百姓们敬爱这位爱国诗人，都飞快地划着船去救他。他们还用苇叶裹了糯米投到江中祭奠他。后世把这一天定为端午节，划船营救的活动也演变成赛龙舟，苇叶裹着糯米，当然就是咱们今天吃的粽子啦！

《离骚》一篇诉衷情

屈原的诗篇都收在《楚辞》一书中。"楚辞"是兴起在战国时的一种文学样式。它最早是江淮流域的歌谣，风格跟《诗经》中那种四言的北方诗歌截然不同。"楚辞"一般篇幅较长，各句字数不等，句法也参差错落。句中或句尾多用"兮"字、"些"字协调音节，造成句子的起伏流转，很有韵味。这比起北方单调的四言体诗歌，显然生动许多。

这种诗歌形式到汉朝被称为"辞"或"辞赋",又因兴起于楚地,所以又叫"楚辞"。西汉的刘向把屈原、宋玉等人的楚辞作品辑录在一块儿,就用《楚辞》作了书名。

《楚辞》中的屈原作品有二十几篇,如《离骚》《九章》《九歌》《天问》《招魂》等。其中最杰出的篇章应数《离骚》。

"离骚"是什么意思呢?有人说,就是牢骚。也有人说,"离"是遭遇的意思,"骚"是忧,"离骚"意为遭遇忧患时所唱的歌。——不错,《离骚》是一首悲歌,它是诗人流放时所作,诗中表达了作者爱国忠君却又不被信任理解所产生的深深苦闷。

屈原是位感情丰富又才华横溢的诗人。他的笔一拿起来,就停不下来,他要让自己的感情抒发个痛快。《离骚》共有三百七十多句,三千五百多字。这个长度,在中国诗歌史上可谓空前绝后。

"帝高阳之苗裔兮,朕皇考曰伯庸。"(我是高阳大帝的子孙,我的父亲叫伯庸。)——《离骚》一开篇,屈原便叙述了自己的家世、出生和自幼的抱负。接着,他又抒发自己在政治上的遭遇以及受迫害的心情。——他没地方倾吐自己的忧伤,就向古代的圣君大舜陈说自己

后人书屈原《离骚》(局部)

的政治理想；又上天入地，四方寻找能理解自己心曲的人。

可是天国的守门人不理睬他，地上的美女仙姝也难以接近。他向巫师请教出路，巫师的指示也不能让他开心。他舍不得离开心爱的楚国去远游，最终决定以一死来殉自己的祖国和理想。

总的来看，诗的前半部分带有自传的性质。虽然大量运用了比兴手法，但叙说的内容多半还是比较现实的。在后半部分，诗人的感情越来越奔放，神异的色彩也越来越浓郁了。

香草美人，上下求索

善用比兴是《离骚》的一大特点。屈原特别善于创造一种幽美的意境，用奇花异草来打比方。这样的诗句在《离骚》中随处可见，如：

"扈江蓠与辟芷兮，纫秋兰以为佩"（用江蓠和芷草披在肩上啊，把秋兰佩带在腰间连缀成纹），"朝搴（qiān）阰之木兰兮，夕揽洲之宿莽"（清晨攀折小山上的木兰啊，黄昏采摘水边的香草），"制芰（jì）荷以为衣兮，集芙蓉以为裳"（把菱叶做成衣衫啊，用荷花编织成裙裳）……

你别以为屈原真的每天莳花弄草，他这是用生长在南国水乡的香花幽草，象征个人高洁的品德。——读者吟诵着如此优美的诗句，仿佛真的闻到幽幽的花香，见到斑斓的色彩，而屈原就在那片美丽的花圃中站着呢！

诗中还出现美女的形象，那也不是真的指美女，而是楚怀王的象征。那些香草呢，则是用来比喻贤臣的。在后世诗歌中，

"香草美人"便成了约定俗成的政治比喻。

《离骚》的神异色彩更令人陶醉,读读这一段:

> 朝发轫于苍梧兮,夕余至乎县圃;欲少留此灵琐兮,日忽忽其将暮。吾令羲和弭节兮,望崦嵫而勿迫。路曼曼其修远兮,吾将上下而求索。……
>
> ◎发轫:即启程。苍梧:即九疑山。县圃:指昆仑山。县同"悬"。◎灵琐:指神人所居的宫门。忽忽:形容光阴迅速貌。◎羲和:神话中给太阳驾车的人物。弭节:犹言驻车。崦嵫(yān zī):神话中的山名,相传为日落之处。◎曼曼:同"漫漫",长貌。求索:寻求。

屈原在幻想中神游天际,他乘着玉龙驾着凤车,早上从苍梧出发,黄昏就到了昆仑山,一天之间驰骋万里。他还指挥太阳升降起落,月神望舒为他开道,风神飞廉在车后跟随。一时间鸾凤飞舞、云霓缭绕,忽聚忽散、闪闪烁烁,把人引进一个神仙世界!有的学者说,屈原也是诸子百家中的一家,可以称为"神仙家",说得一点儿不错!

《离骚》以及楚辞作品中的神话色彩非常浓郁,这跟比较现实的北方文学大不相同。屈原生活的楚国还保存着氏族社会的遗风,那里民风强悍,鬼神迷信盛行。《离骚》中弥漫着浪漫神异的色彩,恐怕跟这有关!

因为屈原创作了杰出诗篇《离骚》,后人索性把楚辞体称为"骚体";又把《诗经》中的"国风"跟《离骚》合称"风骚";

就连诗人,也干脆称作"骚人"了。

《国殇》:"魂魄毅兮为鬼雄"

屈原的另一部作品《九歌》,神仙气息更浓。有人说那是屈原流放江南时,听到民间祭神演奏的歌曲,受到启发而模仿着写的。

说是《九歌》,其实有十一篇。第一篇《东皇太一》是楚人献给最尊贵的天神的祭歌。以下的《云中君》是祭祀云神的。《湘君》和《湘夫人》祭祀湘水之神。《大司命》《少司命》祭祀掌管人类寿命及儿童命运之神。《东君》《河伯》《山鬼》分别祭祀太阳神、黄河神及山神。第十篇《国殇》是祭奠为国捐躯的将士们的,第十一篇《礼魂》则是送神曲。

学者经过研究说,《九歌》里的一些篇章其实是吟咏爱情的,像湘君和湘夫人,就是一对情侣。他们在水边你等我、我等你

古人所绘云中君形象

的，相互依恋，情意缠绵。人们只感到他们是一对人间的青年男女，一点儿也不觉着是什么神仙异类！

《国殇》是祭祀战死将士时所唱的歌。全曲威武雄壮，刻画了战士的必死决心。

"操吴戈兮被犀甲，车错毂兮短兵接；旌蔽日兮敌若云，矢交坠兮士争先。"[吴戈，犀甲：精良的武器和铠甲。毂（gǔ）：车轴。]诗一开头，就展示了一个凶险的战斗场面：两军交战，战士们身披坚甲，手持利刃，短兵相接。战车相互碰撞，敌人云雾般涌来；战旗多得遮暗了太阳，空中乱箭如雨，可战士们只知道勇敢地向前冲！他们早就做好了为国捐躯的准备。

出不入兮往不反，平原忽兮路超远。带长剑兮挟秦弓，身首离兮心不惩！

◎反：同"返"。忽：此处有远的意思。◎惩：有悔恨意。

这是多么坚定的誓言！诗的最后说："身既死兮神以灵，魂魄毅兮为鬼雄！"——肉体死了，精神永在；做鬼，也要做鬼中的英雄好汉！楚人对祖国的热爱，楚地民风的强悍，诗人对为国捐躯者的崇敬爱戴，全从诗中显现出来！

《橘颂》与《天问》

《九歌》之外，还有《九章》。那本是九篇较短的诗篇，包括《惜诵》《涉江》《哀郢》《抽思》《怀沙》《思美人》《惜往日》

《橘颂》《悲回风》，大都作于屈原流放之时，思想感情跟《离骚》接近。

其中《橘颂》一篇，歌颂生长在江南的橘树，说那是天地间的"嘉树"，绿叶白花、枝繁叶茂，圆圆的果实结满枝头，由青变黄，色彩斑斓，外美内莹，芬芳无比。

以下诗中又提到橘树的精神：

独立不迁，岂不可喜兮？深固难徙，廓其无求兮。苏世独立，横而不流兮。闭心自慎，终不失过兮。秉德无私，参天地兮。

◎不迁：难以迁徙。◎廓：静静地。◎苏世：醒世，醒悟。横而不流：横渡江河而不随波逐流。◎参天地：这里意为德比天地。

这里是说，橘树扎根江南，根深本固，难以迁徙，清静独处，无所欲求。它俯瞰尘世，从不随波逐流；虚心慎独，远离过

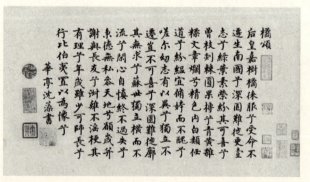

明人书《橘颂》

失；秉持无私之德，独立于天地之间。——据说橘树离开江南故土，就会丧失美好的品质。诗人热爱生养自己的楚国，这是借橘树抒发自己的爱国深情！

另外有一篇《天问》，是屈原辞赋中很特别的一篇。诗以四字为一句，两句或四句为一组，一口气提出一百七十几个问题，内容涉及天文地理、人神万象……

说到天文，他发问："天何所沓？十二焉分？日月安属？列星安陈？……"天地在哪儿相合，十二区如何划分？日月都附在什么上面？群星又怎么排列的？……

此外，对于神话、历史、自然现象，他都大胆提出疑问。关于"昆仑县圃"的追问，也出在这篇中。

此外还有一篇《招魂》，据说是屈原为楚怀王招魂而作；但也有人说作者是宋玉——宋玉也是重要的楚辞作家，相传他还是屈原的弟子。

宋玉：悲秋题材的鼻祖

宋玉（约前298—约前222）出身寒微，仕途上不得志，于是把精力投入辞赋创作上。宋玉的辞赋代表作是《九辩》，那是一篇感情真挚的长篇抒情诗，共二百五十多句，抒发了诗人政治上的不得志和生活上的穷困，同时也表白了自己的正直、不肯同流合污，显然是受了《离骚》的影响。

不过《九辩》在借景抒情方面又有发展。例如一开头就这样写：

> 悲哉秋之为气也！萧瑟兮草木摇落而变衰。憭慄兮若在远行，登山临水兮送将归。
>
> ◎萧瑟：秋风吹落叶声。◎憭（liáo）慄（lì）：悲凉。

这是说：秋天的气候真令人感伤啊，草木凋零一片萧瑟；心境凄凉如同在他乡作客，又像是登山临水、送人还乡。接着诗人又描写秋天的天空和水面，烘染出一种凄凉萧索的景象，让人还没接触到诗人内心，却先从环境里感受到忧伤的气氛。

应当说，宋玉是"悲秋"题材的鼻祖。他这么一开头，以后的诗人也都跟着效法，"悲秋"也成了中国诗歌的传统题材。

宋玉的另一件功劳，是从楚辞中演变出"赋"的体裁来。《风赋》《高唐赋》《神女赋》，全是早期的赋体作品。《风赋》挺有意思，作者把大自然的风分为两种，一种是专给君王送凉爽的"大王之雄风"；另一种呢，是只在穷街陋巷穿来钻去的"庶人之雌风"。这不是明摆着奉承君主吗？

其实，作者是有意用君王的奢侈生活，跟老百姓的穷日子做对照呢。——表面上铺写得有声有色，骨子里却隐含着巧妙辛辣的讥讽，这在日后，成了赋体的一大特色。

"赋"字本身有铺陈的意思，例如《风赋》中单是描摹"大王之雄风"，就用了三四十个句子，可谓淋漓尽致、不留余蕴！

到了汉代，赋成为文学的正宗；而宋玉呢，正处在楚辞与汉赋交接的路口上，他可算是战国与秦汉之间一位承上启下的文学家。

后世小说里夸赞一个人有才华，常用"才过屈宋"来形容，"屈宋"指的便是屈原、宋玉这师徒俩。

一四、荀况与《荀子》

荀子说：青出于蓝而胜于蓝

荀子（约前313—前238）是继孟子之后又一位儒家大师，他出生时，孟子还健在。荀子名况，人们尊称他荀卿。后来汉代人又称他"孙卿"，那是因为"荀"与"洵"同音，触犯汉宣帝刘洵名讳的缘故。

荀子的理论主张，全都包括在《荀子》一书中。全书共三十二篇，每篇各有标题，如《劝学》《修身》《不苟》《荣辱》等等。

荀子

虽说是儒家大师，可荀子的主张跟孔孟并不完全一致。例如《荀子》中有《性恶》一篇，专门讨论"人性恶"的问题，便跟孟子的"性善说"唱起对台戏。

荀子认为人性本恶，说是"人之性恶，其善者伪也"——这里的"伪"有"人为"的意思。即是说，人性本恶，善的品质需要人为培养，靠着圣人拿礼义和法度来约束，人才能改恶从善，成为君子。

正因如此，荀子特别重视后天的学习。他有一篇《劝学》，专门探讨这个问题。文章一开头就说：

君子曰：学不可以已。青，取之于蓝，而青于蓝；冰，水为之，而寒于水。木直中绳，𬘡以为轮，其曲中规，虽有槁暴，不复挺者，𬘡使之然也。故木受绳则直，金就砺则利。君子博学而日参省乎己，则知明而行无过矣。

◎已：停止。◎青：一种染料。蓝：指蓝草，青色是从蓝草中提取的。◎中绳：符合墨线。𬘡（róu）：用火烤等手段把木条弯成车轮叫𬘡。中规：符合圆规。槁（gǎo）：干枯。暴（pù）：同"曝"，晒干。◎金：指金属的利刃。砺：磨刀石。◎日参省（xǐng）乎己：每天多次检验反省自己。知：同"智"。过：过错。

这一段大意是说，君子认为学习是没有止境的。青色的染料是从蓝草里提取的，颜色却比蓝草还深；冰是水结成的，却比水还要冷。一根木料跟木匠画的墨线一般直，可把它𬘡制成车轮，就变得符合圆规的标准，以后即使干枯，也不会再挺直了，这是"𬘡"这道工序起了作用啊。木材经过墨线的规范才能变直，刀子经过磨石的研磨才变得锋利，君子要广泛学习，并且每天不断反省检讨自己，才能心明眼亮、不做错事。

《劝学》篇善用比喻，警句迭出。如谈到学习要有恒心，文中就用了一连串比喻：

> 故不积跬步，无以至千里；不积小流，无以成江海。骐骥一跃，不能十步；驽马十驾，功在不舍。锲而舍之，朽木不折；锲而不舍，金石可镂。蚓无爪牙之利，筋骨之强，上食埃土，下饮黄泉，用心一也。蟹六跪而二螯，非蛇鳝之穴无可寄托者，用心躁也。
>
> ◎跬（kuǐ）步：半步。◎骐骥：骏马良驹。驽马：劣马。十驾：十天的行程。◎锲（qiè）：刻。镂（lòu）：镂刻。◎黄泉：地下的泉水。◎六跪：当为"八跪"，即蟹的八只脚。螯（áo）：蟹的两只钳形大爪。"非蛇鳝"句：蟹自己不会筑窝，而是寄居于蛇、鳝的巢穴。鳝（shàn），即"鳝"。

这段话，成了许多学子的座右铭。荀子的文章说理严密，每提一个观点，都要反复分析、比较、推演；论据一个接着一个，不容你不点头称是。一篇不足两千字的《劝学》，前后用了六十多个比喻，文章也因此变得生动。

荀子是"批判"的儒家

儒家学者大多给人以保守的印象，荀子却富于批判精神。《荀子》中有一篇《非十二子》，对不同流派的十二位"学术带头人"提出挑战，态度咄咄逼人。"非"在这里有非难、批评之意。

这"十二子"中包括儒家、道家、墨家、名家的代表人物。即便是儒家先贤，荀子批评起来也毫不客气。因而后世不少学者认为荀子是"左道旁门"，不承认他的儒家地位。

譬如儒家主张"法先王"（效法三代圣君），荀子却主张"法后王"。他说，历代圣王有上百位，效法哪位好呢？一切礼仪制度、法律条文乃至音乐旋律，年深月久就会废弛、湮灭，人们只能从"后王"那里考察先王的事迹。而所谓的"后王"，当然是指眼下的君主。

至于孔孟提倡的仁政、王道，荀子也认为迂阔邈远，难以实施。在他看来，重视法制的"伯道"（即霸道）倒不失为一种行之有效的治国方略。他还亲自到秦国走了一趟，回来后对那里推行的政治措施大加赞扬。我们知道，秦国施行的是法家理念，而荀子的两位学生——李斯和韩非，恰恰后来都到秦国谋求发展，韩非更是法家思想的集大成者。

"成相"与"赋"：荀子创造新文体

荀子对文学的贡献，超过其他学者。《荀子》中有《成相》《赋》两篇，可以看作较为纯粹的文学作品。"相"是古代一种打击乐器；"成相"便是一边奏乐，一边唱念的表演方式。

《成相》篇共包含五十七段唱词，每段有固定的结构格式，句式长短相间，还带着韵脚。看看这段：

请成相,世之殃,愚暗愚暗堕贤良。人主无贤,如瞽无相何伥伥!

◎堕:毁弃。◎相(如瞽无相):盲人的助手。伥伥:无所适从貌。

这一段唱道:请听成相词,世间多灾殃。愚人心暗昧,诋毁害贤良。君主无贤臣,瞎子无人帮,心中多迷茫!

之后各段的主题,有对世风的批判,有对明君的期盼,也有对历史的反思,总之,是用活泼的文艺形式来承载政治主张,堪称创举。

汉代击鼓说唱俑

有人说它是后世弹词之祖,其实说它是唐宋曲子词的源头,也未尝不可。

紧接着《成相》的是《赋》。我们讲《诗经》时说过,"赋"本是一种平铺直叙的表现手法,后来渐渐成为文体名称。荀子是最早写"赋"的人,宋玉的《风赋》《神女赋》,都应在荀子之后。

《赋》中共收六篇短文,其中五篇的结构大同小异,如同五则谜语:开头先对某种事物做铺陈描述,之后用排比的形式提出问题，最终则给出答案。

看看第一篇："有物于此，生于山阜，处于室堂。无知无巧，善治衣裳……"——这里有个物件，生在山岗上，来到厅堂里。没智慧，没技巧，却善于制作衣裳……以下又说它不偷不盗，却总是穿洞而行；日夜忙碌，把分离的聚在 起，制成各种图案纹样……

如此描述一番，又模拟君王口吻反问：你说的是那个起初挺狼犺、制成后挺秀气的东西吗？是尾巴挺长、头部挺尖的东西吗？……是既能缝面子，又能连里子的东西吗？答案是："箴。"（针。）——你猜到了吗？

一五、韩非与《韩非子》(附杂家)

《韩非子》：书中自有和氏璧

法家代表人物韩非，是儒家学者荀子的学生。韩非（约前280—前233）出身韩国贵族，师从荀子，勤苦好学，又转益多师，渐渐形成自己的一套理论。韩非说话口吃，不善辞令，不过写起文章，却是下笔千言、文思泉涌。

当时韩国弱小，韩非多次上书，提出富国强兵的主张，却得不到采纳。然而他的文章传到秦国，却受到秦王的赞赏。于是秦国发兵攻打韩国，点着名儿索要韩非。韩王没法子，只好放韩非入秦。

韩非有个同窗叫李斯，也在秦国做官。他的学问不及韩非，生怕韩非抢了自己的位子，便在秦王面前说了韩非的坏话。结果韩非被诬下狱，最终竟死在狱中。——不过他的著作《韩非子》却流传了下来。

《韩非子》包括五十五篇文章，总结了一整套法家的治国方略。法家反对不切实际的复古学说，主张帝王要善于运用势、术、法来统治国家。势就是君主的权威，是驾驭臣下的手段。法是法令制度。

韩非（孙文然绘）

其实在韩非之前，法家思想已渐趋成熟。如仕魏的李悝（前455—前395，悝，kuī）、仕秦的商鞅（约前395—前338）、仕齐的慎到（约前390—前315）、仕韩的申不害（约前385—前337）等，都是法家代表人物。韩非综合了他们的理论，成为法家的集大成者。

法家学说重实用、见效快，因而很受君主的重视和偏爱。虽然韩非本人命运不济，可他的学说却被历代帝王们研究并实践了两千多年。

韩非文章的特点是条理分明、逻辑严密，又善用寓言讲道理。和氏璧的故事，就出自《韩非子》。

一个名叫卞和的人，得到一块玉璞——也就是含玉的石头，拿去献给楚厉王。厉王的手下说：这不过是块石头。厉王认为卞和有意欺骗他，便砍掉卞和的左脚。后来厉王的儿子武王继位，卞和又去献璞，仍被认为是骗子，结果他的右脚也被砍掉了。

武王死了，文王继位。卞和抱着璞在山脚下哭了三天三夜。文王派人问他：天下被砍脚的人多了，怎么单单你哭得这么伤心啊？卞和回答：我不是因被砍脚而伤心，我伤心的是明明是宝玉，别人非说是石头；明明是诚实的人，别人偏说是骗子！

文王派行家把璞凿开，里面果然是块稀世美玉。这块玉石后来成了国宝，被称作"和氏璧"。韩非想用这个寓言告诉君主：我韩非的学说就是一块玉璞，你们可别错过！

笔扫"五蠹"，推崇峻法

读《韩非子》，《五蠹（dù）》《孤愤》《说林》《内外储说》《说难》这几篇是必读的。就说说《五蠹》吧。

"蠹"是专门蛀蚀器物的蛀虫；书籍、木器等生了蛀虫，早晚是要被蛀空的。这里所说的"五蠹"，则是指五种蛀蚀社会的蠹虫，分别是学者（儒家）、言谈者（纵横家）、带剑者（侠客）、患御者（逃避兵役的人）和工商之民（商人、工匠）。

就拿学者和侠客来说，他们怎么会成了社会蠹虫呢？韩非说："儒以文乱法，侠以武犯禁。"原来，在他眼里，儒家的学说只会扰乱法治。他举例说，有个叫直躬的年轻人，向官府告发父亲偷羊，反被令尹以"不孝"之罪杀掉了。有个鲁人临阵脱逃，说是家有老父无人赡养，孔子反提拔他当了官。

韩非说：从法律上考察，直躬是君王的直臣、父亲的逆子，而鲁人是父亲的孝子、国家的叛将。若依儒家观念行事，恰恰是扰乱了法律。至于侠客，干的也是仗剑逞凶、违逆法律的事。结果呢，学者、侠客反倒受到君主的礼遇器重，这让执行法律的官吏如何是好？

按照韩非的主张，办事要严格依照法律，哪里用得着什么智者、贤者，只要用好法、术、势，不愁国家不富强。至于百姓，韩非的策略是"重赏之下必有勇夫"。农夫辛苦种田能致富，士兵英勇杀敌能获赏，自然国富民安。

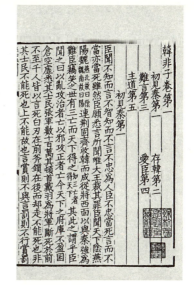

《韩非子》书影

韩非的"理想国"是这样的：一切文献典籍都是多余的，只拿法令当教材就足够了。什么三代先王的教导，全是虚言；眼下的官吏就是最好的老师！在法家统治下，没人敢为私事仗剑斗殴，人们只把为国杀敌当成勇敢。境内百姓发言必须合于法度，劳作必须为国效力，有勇力者全到军中服役。国家富强了，自然能称雄天下，要想赶上五帝三王，就得这么办！

对于君主来说，这套理论确实有效。然而韩非只顾及君主和国家的利益，百姓被剥夺了一切自由，跟奴隶又有什么差别？

韩非所描绘的治国蓝图，后来被秦王采纳。秦始皇焚书坑儒、以吏为师的举措，应即源于这篇《五蠹》。

《说难》《孤愤》两篇，则总结了说服君主的经验和教训。韩非是上层斗争的失败者，言谈间难免有怀才不遇的感慨和悲愤。

《说林》和内外《储说》等六篇，则收录了大量历史故事、民间传说，大多带着寓言的性质，篇幅差不多占到《韩非子》的三分之一。这应是韩非的读书笔记，又像是他的"卡片箱"，写文章时可以随时抽取、引作例证。

《说林》《储说》中的寓言真不少，除了前面提过的外，还有"纣为象箸""涸泽之蛇""不死之药""三虱争讼""棘刺母猴""滥竽充数""买椟还珠""郢书燕说""郑人买履""自相矛盾""守株待兔"等等。把这六篇稍加编选，便是一本《韩非寓言集》。

杂家有名著，《吕览》与《淮南》

诸子十家中的名家、阴阳家、农家等，在文学上没有什么特别的贡献，倒是杂家的作品值得一读。

最有名的杂家著作是战国末年的《吕氏春秋》，又叫《吕览》。吕氏就是秦国相国吕不韦（约前292—前235）。——当然，他只能算是"主编"，真正动笔的，是他手下的门客。

吕不韦有三千门客，他们各写见闻，然后汇编成八览、六论、十二纪，共一百六十篇，足有二十多万字。书以道家思想为基调，又掺杂了法家、名家、墨家、农家、阴阳家之言。由于它的思想混杂，汉朝人便把它归入杂家一流。

杂有杂的好处。《吕氏春秋》集中了诸子散文的特点：篇幅完整、语言生动、说理透辟、善用比喻。

书中的寓言故事还不少,有个"刻舟求剑"的寓言最有意思:一个楚国人乘船过江,不小心把剑落入江心。他不急着捞剑,却拿小刀在船舷上刻了记号,说:我的剑是从这儿掉下去的!他不想想:船在走,剑却没动,哪里还捞得到呢!这个故事讽刺那些不顾时代变迁,却死守旧法令的人,真是一针见血。

《吕氏春秋》书影

《吕氏春秋》中有名的寓言,还有"掩耳盗钟""荆人涉澭""穿井得人""掣肘"等。

据说书编好后,吕不韦命人把它悬挂在城门上,说谁能挑出毛病来,便能获得千金重赏!可竟然没人挑得出。大概不是因为书写得完美,而是吕不韦权势太大,没人敢"太岁头上动土"吧?就连当时年纪尚幼的嬴政——也就是后来的秦始皇,也要喊吕不韦一声"仲父"呢!

杂家的另一部代表作是西汉淮南王刘安(前179—前122)的《淮南子》。不错,刘安也是挂名主编,书的真正作者是刘安的门客。这书跟《吕览》相近,也带有百科全书的性质。其中记录的一些神话特别引人关注,像"女娲补天""羿射十日""共工触不周山"等等。这部书尽管完成于汉代,所借鉴的仍是先秦诸子的思想成果,因而仍可插在诸子的书架上。

一六、李斯、贾谊秦汉文

秦朝"打工皇帝"李斯

"先秦"是指中国秦朝以前的历史阶段。自公元前221年秦始皇灭掉六国,中国开始进入大一统的封建帝制时代。然而说来可怜,秦政权总共维持了十四年就垮掉了。紧随其后的汉朝却国运长久——西汉、东汉加起来有四百多年。

秦始皇是个气魄很大而又十分残暴的君主。他怕百姓造反,便把天下兵器都搜缴来,打成十二个"金人",立在渭水岸边。

他还下令烧掉天下的"杂书",只留下法律及种植的书籍,并杀死四百多位不肯合作的文化人。——这就是中国历史上著名的"焚书坑儒"事件。由于秦朝立国时间短,整个秦代没有什么像样的文学。秦始皇的丞相李斯(约前284—前208)算是为数不多的一位文学家。

在秦朝大一统的事业里,李斯立了不少功劳。秦统一之前,七国的文字书写各有出入,李斯对此进行整理,创立了秦篆。不过身为高官,李斯的文章多半是奏议、诏令、碑石等官样文章;倒是他没当官儿时写的《谏逐客书》,是一篇难得的散文佳作。

李斯曾跟韩非一块儿在荀子那儿求学,学成后一个人跑到秦国去找饭碗——那还是秦国统一中国之前的事。不久,秦国政府发现外来的谋士中混夹着奸细,于是下了一道"逐客令"，要把所有的外乡人统统赶出秦国。李斯得到消息，连夜给秦王写了这封《谏逐客书》。

李斯在书信中指出：秦国所以富强起来，全靠着广招人才、重用客卿。秦国的珠宝、美女、骏马、音乐，都能取各国之长，干吗单单在人才上排外呢？把外籍人才赶走，等于向敌国提供援助，实在划不来。

秦王听了，恍然大悟，马上撤销"逐客令"，并重用李斯。李斯这个外籍客卿最后官至宰相，堪称秦朝的"打工皇帝"！

李斯小篆

《谏逐客书》中的警语——"泰山不让土壤，故能成其大；河海不择细流，故能就其深；王者不却众庶，故能明其德"，成了后人传诵的至理名言。

秦始皇死后，李斯在跟宦官赵高的斗争中落败。他一生贪图禄位，祸到临头才有所醒悟。上刑场时，他对同处死刑的儿子说："吾欲与汝复牵黄犬、臂苍鹰，出上蔡东门逐狡兔，其可得乎？"——事到如今，咱爷儿俩再想牵着黄狗、架着猎鹰，出上蔡东门去打猎追兔子，还做得到吗？

这几句遗言，真是令人五味杂陈啊！

汉代文章看贾谊

这就要说到汉代文学了。照传统的说法，汉代的文学形式以赋为主。其实，汉代的历史散文和乐府诗歌成就也不低。先来看看那位才高寿短的散文家贾谊吧。

贾谊（前200—前168）是秦汉时人，出生于洛阳，曾师从于荀子的弟子张苍。韩非、李斯要算他的"师叔"了。

贾谊生而聪颖，少年得意，二十出头儿就当上皇家博士，那是个位置很高的学术职衔。因为他学识广博，见解超卓，人们都不敢小看他。汉文帝对他也格外垂青，相传曾在宣室召见他，两人谈得十分投机，以至于文帝把座席往前挪了又挪。当时的许多法令、制度也都出自贾谊之手。

眼看贾谊的官职一升再升，就要升到公卿了，一些不服气的老臣们开始在文帝耳边吹风：洛阳来的那小子乳臭未干，就想把持大权、扰乱朝纲，这还得了！你一言我一语的，把文帝说

湖南长沙贾谊故居

动了。从此，贾谊的建议不再受到重视。又过了一阵子，他被派去给长沙王做老师。

贾谊闷闷不乐地在长沙混了三年。后来文帝改了主意，又召贾谊给梁怀王当老师。梁怀王是文帝最心疼的小儿子，给他当老师，本是吉兆。可没承想这位梁怀王偏偏在骑马时摔死了。贾谊觉得自己这个老师没尽责，心里难过，想起来就哭。一年以后，贾谊便抑郁而死，只活了三十三岁。

《过秦论》：为秦王朝覆亡把脉

贾谊一生短暂，却留下不少好文章。其中最著名的，要数《过秦论》——"过秦"就是数说秦朝过失的意思。文章分上中下三篇，上篇写得最为出色。

文章要数说秦的过失，却先从秦的强大说起，写秦强大，又先强调六国强大。与秦敌对的六国尽管有高明的谋士、善战的将军、十倍于秦的土地、上百万的军队，却始终没能战胜秦；秦的强盛，自不用说。

秦始皇统一中国后，更是有恃无恐，自以为"子孙帝王万世之业"。可陈涉不过是个戍边小卒，在乡间小道上振臂一呼，竟把"金城千里"的秦政权推翻了，这到底是为什么呢？

直到文章的最后一句，作者才揭出答案："仁义不施，而攻守之势异也！"——过去秦国处于攻势，可以凭借武力取胜；现在转为守势，却不改变统治方法，一味强横暴虐、不施仁政，不亡国又等什么？

贾谊十分讲究文章的章法，全文的中心只是这最后一句话，前面却用了九十九分的力气层层论说、步步紧逼，仿佛爬山，一步步爬到绝高处，再猛然一跌，给人强烈的印象。我们读他的文章，只觉得才气纵横，禁不住要拍案叫绝！

贾谊还有一篇《治安策》，同样说理透辟、文情并茂。此外他还有几篇赋，如《吊屈原赋》《鵩（fú）鸟赋》等。

《吊屈原赋》是贾谊前往长沙、路经湘水时写的。他借着凭吊屈原，把一肚皮牢骚全都发泄出来，调子十分低沉。由于贾谊跟屈原有着相似的遭遇，所以司马迁写《史记》时，把两人写进同一篇传记里。后人呢，也常常把两人并提，称作"屈贾"。

贾谊的时代，汉赋还没有形成。贾谊的几篇"赋"虽然用了赋的名目，却都没有摆脱骚体的形式，只是有一点汉赋的苗头罢了。真正为汉赋奠基的，是枚乘的《七发》。

一七、《七发》枚乘体，《子虚》相如赋

枚乘《七发》，汉赋鼻祖

枚乘（？—约前140）本来在吴王刘濞（bì）手下做官。吴王要造反，枚乘劝阻不得，于是转而投奔梁孝王。后来吴王造反被杀，枚乘因有先见之明而出了名。可是他不愿当官受约束，宁愿在梁王手下搞搞文学。汉武帝即位后，派专车去接他，这时枚乘已老，经不起舟车劳顿，死在半道。

枚乘的《七发》是标志汉赋形成的头一篇作品。文章写楚太子久病在床，一位吴客前去探视，他认为太子的病是"久耽安乐，日夜无极"造成的。他说，那些"贵人之子"住在深宫，行动有人照料，吃得太肥腻，穿得太暖和，就是金石之躯也要熔化瓦解的！

这病怎么才能治愈呢？吴客说，根本不用吃药针灸，凭着他的一席谈话，就能让病除根儿！

开头，吴客先请太子去欣赏动听的音乐，又请他去品尝美味菜肴，太子只是说：我病得厉害，起不来啊！渐渐地，吴客又谈到打猎。他请太子想象着乘上轓车，驾着骏马，带着利箭名弓，在川泽间奔驰：清风徐徐，原野里弥漫着春天的气息；一旦发现猎物，就放出猎犬、纵马急追，直至跑到密林里，裸身跟野兽格斗；最后大家在草地上举杯欢宴、呼声震耳……太子被这活灵活现的描绘打动了，眉宇间显出生气，病也大有起色。

吴客接着又绘声绘色描述了曲江观涛的场面，用百十个句子

《七发》：若白鹭之下翔……如素车白马帷盖之张……

形容江涛汹涌的声势情态：江涛初来的时候，水雾飘洒，像是成群的白鹭在飞翔；潮头渐渐推进，水大浪白，就像白马驾着白色的车子，张起白色的帷盖；待波涛涌起，与云相连，纷纷扰扰就像三军装备整齐、奔腾向前；潮头横作，高高扬起，又像主帅驾着轻车，居高临下指挥他的百万大军……

最后，吴客要太子跟有道行的哲人"论天下之精微，理万物之是非"。太子听到这儿，撑着几案爬起身，出了一身汗，病顿时好了！

这位吴客称得上是世界上最早的心理医生了！他善于用语言打动病人，娓娓谈来，绘声绘色，由静到动，由感观到精神，对病人做诱导式的治疗。全赋结构宏阔，气象万千，在反复问答中，又富于穿插变化，毫不呆板。它不但标志着散体大赋的形成，也堪称汉赋中的精品。

《七发》共八段，头一段由吴客指出病因，算是序曲，以下七段从七个方面入手，打动启发太子，因此叫"七发"。——由于它的影响，后来又陆续出现《七激》《七辩》《七释》《七启》《七征》《七命》等模仿作品；于是在赋中形成一个专体，称"七体"或"七林"。

司马相如：才子刷盘子

最典型的西汉大赋，还要说司马相如的《子虚赋》和《上林赋》。

司马相如（约前179—前118）是位大才子。他曾经跟枚乘交往，一同在梁孝王手下当文学侍从，并写下了著名的《子虚赋》。梁孝王死后，司马相如回到成都老家，日子过得很艰难。临邛（qióng）县令跟相如是好朋友，请他到临邛来做客。

临邛有个大富翁叫卓王孙，家里光奴仆就有八百多。他请相如到家中吃酒。席间，相如一边饮酒，一边弹琴，很是潇洒。卓王孙有个女儿叫文君，刚刚死了丈夫。她听见琴声，又见相如一表人才，心生爱慕。相如呢，也一眼看上了文君，故意卖弄本领，琴弹得格外动听。两颗心就在琴声中合到一处。

到了夜间，卓文君悄悄来找相如，两人一合计，"三十六计，走为上"，便连夜双双跑回成都去了。那个时代不兴"自由恋爱"，女儿跟人私奔，卓王孙感到丢了脸，发毒誓说：女儿我不忍杀，可她别想从我这儿得到一文钱！可怜相如自己本来穷得叮当响，再添上文君一张嘴，日子就更艰难了。

亏得卓文君有主意。她跟相如再回临邛，在闹市中开起一家小酒店。文君亲自卖酒，相如则穿了短裤，跟打杂的一起刷碟子洗碗。这下子卓王孙可坐不住了：女儿女婿竟操起这种下贱的职业，让当爹的老脸往哪儿搁？没办法，他只好拿出百万钱财，又拨了百名奴仆给文君。相如两口子这才高高兴兴回成都去。

《子虚》《上林》，汉赋高峰

过了些时候，汉武帝偶然读到相如的《子虚赋》，非常欣赏，叹气说：可惜我见不到这位老前辈了！武帝身边有个管猎狗的小官儿刚好是蜀人，对武帝说：这作赋的是我的同乡，听说这个人还健在。武帝大喜,马上派人请相如到长安,当面奖赏他,还留他在身边做官。相如于是又写下《上林赋》。

《子虚赋》虚构了两个人物,一位叫"子虚",另一位叫"乌有"。子虚先生是楚国人,他出使到齐国,在齐人乌有先生面前夸说楚国的云梦泽如何广大、物产多么丰美,又夸耀楚王出猎的场面何等隆盛。

那位乌有先生反驳说:你不称颂楚王的德行,反倒把什么云梦泽夸来夸去,还把射猎游乐这种奢侈的事吹得天花乱坠,你说的若是真话,这简直是给楚王抹黑;若是假话,你老先生的品行可就成问题啦!——乌有先生把子虚先生评判了一通,他自己也同样犯了子虚的毛病,把齐国的疆域之广、物产之富大大夸耀了一番,意在压倒子虚。

《上林赋》是《子虚赋》的姊妹篇。它写"亡是公"听了子虚、乌有的对话,批评两人不谈"君臣之义""诸侯之礼",却在"游猎之乐""苑囿之大"上争论不休,这只能损坏两国君主的名誉。可是词锋一转,亡是公也夸耀起来:你们都没见过真正的宏伟壮丽,还是让我说说大汉天子的上林苑吧!

接着,作者用了大量笔墨来夸说上林苑的富贵壮丽和天子射猎的空前盛况。司马相如几乎用尽一切形容词,熟典用完了,又挖掘各种生僻的字眼儿,极力摹写铺张,制造宏伟壮观、气势磅礴的效果。

《上林赋》的结尾,写汉天子幡然悔悟,感到实在太奢侈了,"乃解酒罢猎",命令把苑囿开垦为农田,于是乎"天下大悦"。全篇洋洋数千言,只有在最后一节里才露出一点讽喻劝诫的意思。

明人绘《子虚上林图》(局部)

因为这,有人批评它是"劝百而讽一"——欣赏、赞美的话说了一大车,最后点缀一点儿正面的讽诫,实在很难收到讽谏的效果。

司马相如赋中极力铺陈夸饰的风格,跟汉代这个空前大一统王朝的宏阔气势正相符合。可以说,《子虚赋》《上林赋》二赋是时代的产物,又是汉赋的定型之作。此外,司马相如的作品还有《大人赋》《长门赋》等,那可都是骚体了。还有一些散文,像《喻巴蜀檄》《难蜀父老》等,是他奉命出使西南时写的,对沟通汉朝与西南少数民族,起了一定的作用。

一八、司马迁与《史记》

司马迁开创"纪传体"

在西汉文坛上,还有一位姓司马的文学家,比司马相如的

壮年司马迁（孙文然绘）

名气还要大。他就是伟大的史学家、文学家司马迁（前145—前90）。他的那部了不起的历史著作《史记》，成为中国后世一切"正史"的楷模。

《史记》最早叫《太史公书》，或干脆叫《太史公》，这是因为司马迁官拜太史令的缘故。每当他在书中发议论时，总要说"太史公曰"如何如何，书也由此得名。到了魏晋时，人们才把它称作《史记》。

咱们前边讲过两种历史体裁，《春秋》是"编年体"，《国语》《战国策》是"国别体"。司马迁撰写《史记》，则开创了"纪传体"的模式。一部史书由一篇篇人物传记构成，每篇传记都是一朵浪花，共同汇聚成历史的洪流。

《史记》所记录的不是某朝某代的历史，而是从传说中的黄帝直到汉武帝、长达三千年的中国历史。全书五十多万字，分为一百三十篇；包括十二本纪、三十世家、七十列传以及十表、八书。

"本纪"是记述帝王事迹的篇章，"世家"则记述诸侯的传承情况，"列传"是各类人物的传记，"表"是按时间顺序编写的历史大事记，"书"则是记述典章制度沿革的专文。

司马迁充分重视人的价值，把人当作历史主体来对待，这无疑是巨大的进步。《史记》以后的正史连同《史记》共有二十四部，称"二十四史"，也都以《史记》做样板，采用了"纪传体"的形式。司马迁的伟大，由此可见一斑！

遭受冤屈，发愤著书

今天的陕西韩城有个叫龙门的地方，两千多年前，司马迁就出生在那儿。他的爹爹司马谈是朝廷上的太史令，那是个记录历史又兼管天文、历算、占卜的官，地位不高。司马迁自幼在家乡耕田放牛，后来便跟着爹爹到京城去读书。他很聪明，十岁时就能读通难懂的古文了。

二十岁以后，他又到各地游历，考察了大禹治水的遗迹，又到汨罗江边凭吊过屈原，还在孔子的家乡瞻仰了孔子的居室和礼器。在淮阴，他搜集韩信的传说；在丰沛，他寻访萧何、樊哙等人的坟墓。几乎所有名山大川、古人遗迹，他都饶有兴趣地游历、探索一番。这不但使他收集了大批鲜活的历史资料，还大大开阔了他的胸襟，为日后写好《史记》，打下了深厚的基础。

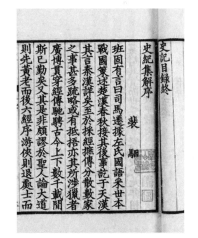

南朝宋裴骃纂《史记集解》书影

他的爹爹司马谈曾立志写

一部史书，把《春秋》以后发生的历史事件无一遗漏地记录下来。可书只写了一部分，司马谈便一病不起。临死前，他把书稿和资料交给儿子，千叮咛万嘱咐，要儿子一定要完成这部大著作。司马迁含泪答应了，那一年他三十六岁。

司马迁子承父业做了太史令。他有机会看到大量皇家图书及各国史料，为续写史书做了充分准备。可十年后正当写作进入高潮时，一场飞来横祸，几乎断送了他的性命。

原来，当时汉朝正跟匈奴作战。汉将李陵提兵五千到沙漠中追击匈奴，遭到匈奴八万大军的围困。李陵率部突围，杀敌万人，自己的部队也死伤过半。就那么坚持了八天，箭尽粮绝，救兵又不到，李陵只好投降。

武帝闻讯大怒，朝廷中的大臣们也都顺着皇上的意思，纷纷说李陵的坏话。司马迁却另有见解。他说：李陵平日待人诚恳，带兵又很有一套。这回以少敌众，杀死不少敌人，不能说一点儿功劳没有。他虽然不得已投降了，保不齐将来还要找机会报效汉朝呢。

不想汉武帝听了，如同火上浇油。因为李陵此次失利，责任全在他的上司、贰师将军李广利指挥不当；可是李广利是汉武帝的大舅哥，司马迁为李陵开脱，不正暗示着李广利过失严重吗？汉武帝是个专横暴虐的君主，绝不能容忍这种指责！他暴跳如雷，下令把司马迁处以宫刑。

宫刑是一种极端污辱人格的残酷刑罚。司马迁受了宫刑，简直不想活下去了。可是他转念一想，自己一死倒容易，可这部史书就没人来完成啦。为了这个伟大的目标，就是苦难再多、屈辱再大，也得咬着牙活下去！

从此，司马迁日夜发愤著书，前后用了十几年时光，终于完成了《史记》这部大部头的历史著作。

小人物也登上历史殿堂

由于司马迁自己受过委屈，他对历史上那些遭遇不幸的人也给予深切同情，在不少传记中寄寓了深深的人生感慨。这使《史记》带上浓厚的感情色彩，跟一般冷静枯燥的历史记录大不相同。近代学者评价《史记》，称它是"无韵之《离骚》"，说的正是这个特点。

司马迁对待历史有着独立的见解和超越时代的眼光，不以当时人的爱憎为转移，更不阿顺统治者的意思。楚霸王项羽曾跟汉高祖刘邦争夺天下，兵败后在乌江自刎。可司马迁并没有因此贬低他，还把项羽的传记列到级别最高的一档——"本纪"里，并把他描写成慷慨悲壮的英雄！

而刘邦呢，他是汉朝的开国皇帝，司马迁总该对他多一点尊敬吧？可是在《高祖本纪》里，司马迁把他年轻时游手好闲的无赖行径揭了个底儿掉，一点也不给这位开国皇帝留面子。

陈涉是位农民英雄，出身微贱，不过是个小卒。可是他敢于向强大无比的秦王朝挑战，头一个站出来反抗暴秦。司马迁敬重他，把他的传记列在"世家"中，让他跟诸侯平起平坐。

对于像孔子、屈原那样的杰出人物，司马迁毫不吝惜他的赞颂之辞；而对一些被人看不起的小人物，他同样给予很高的评价。在《魏公子列传》里，司马迁就描写了两位平民义士。

信陵君是春秋时著名的四公子之一。他出身魏国大贵族，门下养着三千食客。大梁有个看城门的老卒叫侯嬴，七十多岁了，家里穷得很。信陵君听说他是位贤者，就带了厚礼去拜访他，侯嬴不肯接受，说：我几十年来修身养性、保守节操，总不能以看城门太穷为理由接受你的钱财吧！

信陵君不死心。他在府中大摆酒席，等贵客们都到齐了，他便驾了车子，特意到城门去接侯嬴。侯嬴也不客气，穿着那身破衣服，大大咧咧坐在车子上，听任信陵君为他驾车。

车行半道，侯嬴又借口下车看朋友，跟一位杀猪卖肉的聊个没完，信陵君却始终恭恭敬敬在旁边等待，一点儿没露出不耐烦的神情。侯嬴终于受了感动，后来在关键时刻替信陵君出谋划策，最终还以一死报答他！

侯嬴曾向信陵君推荐过一位勇士——也是平民出身，就是他那位杀猪的朋友朱亥。信陵君曾几次去拜访朱亥，朱亥却没一点儿感激的意思。后来信陵君要干一番大事，需要一名勇士，于是来请朱亥。朱亥笑着说：我不过是市井间一个操刀屠户，您却三番两次屈尊看望我。我为什么没回报呢？因为琐细的礼数没什么意义。如今您有急难，我为您拼命的时候到了！说完他便带上四十斤重的大铁锤跟着信陵君前去，果然马到成功，为信陵君出了大力！

司马迁写这两个人物，本意是映衬信陵君能礼贤下士，可是从另一个侧面，也写出"市井小民"的尊严、智慧和力量，使老百姓的形象，进入堂皇的史书里来！

为受屈者鸣不平

司马迁的笔下,还写了一些功劳赫赫却备受统治者排挤、压制的优秀人物,李广就是其中的一位。

李广是有名的将军,骁(xiāo)勇善战,特别会带兵。他的箭射得又准又狠。有一回他见远处草丛中趴着一只老虎,便一箭射去。奇怪,老虎动都没动!靠近了才发现,原来是一块大石头,而这一箭,整个箭头都射进去啦!

李广在北方边境跟匈奴作战,以少胜多、出奇制胜的事例多着呢!他一生作战七十余次,匈奴怕他,称他"飞将军"。因为他在,匈奴好多年不敢侵犯边境。——可是李广却受到统治阵营的排挤和压制,一辈子也没能升官封侯。

在一次大战役中,无能的上级调度失当,放跑了匈奴单于,却把过错推在李广身上。李广这时六十多岁了,他不愿让下级校尉受连累,就把过错揽在自己身上,拔剑自刎了。

不仅李广如此,他的孙子李陵也是个悲剧人物;就连司马迁自己,只因替李陵主持公道,也蒙受了巨大屈辱,他的一生,同样是悲剧性的。《史记》里记载的杰出人物,有一大批都是被杀或自杀的,他们身上,都呈现着悲剧色彩——因为那个时代,就是压制人才、摧残人才的时代呀!

《史记》所记述的历史人物中,有些虽然受到统治者一时利用,却得不到真正的信任。韩信的情况就是这样。

韩信年轻时挺穷,名声不大好,也没有谋生的本事,东家吃一顿,西家要一口的。市上有个年轻人看不起他,扬言说:别看

韩信

韩信个头大,总是带刀挎剑的,其实是个脓包!并当众侮辱韩信说:你不怕死就杀了我!不然啊,你从我裤裆底下爬过去!——韩信怎么样呢?他想了一会儿,便真的从那个人的两腿间爬过去了。

韩信大概这么想:我杀了他有什么好处呢?暂时委屈一下,成大名的日子在后头呢!果真,韩信在刘邦手下得到大展身手的机会,汉家大半个天下,都是韩信打下来的!当韩信兵权在手时,有人劝他挑大旗单干,可韩信重感情、讲义气,说汉王对我这么好,我不能见利忘义,背叛人家。

刘邦可不这么想。他见天下大局已定,生怕韩信位高权重,威胁自己的统治,便寻机把韩信抓起来,夺了他的兵权!韩信这时才醒悟过来,叹气说:人家都说兔子一死,猎狗就该下汤锅了;鸟打光了,弓还有什么用?敌国消灭,功臣也该掉脑袋啦!如今天下平定了,我的死期到了!——后来韩信到底被杀掉了,连家人亲戚也没能逃脱厄运!

风萧萧兮易水寒

《史记》里还有不少精彩篇章。像《廉颇蔺相如列传》,歌颂了蔺相如的机智勇敢和宽容大度，同时肯定了廉颇的知错能改。"完璧归赵"和"负荆请罪"的典故便是打这儿来的。

《魏其武安侯列传》则揭露了贵族内部的相互排挤和倾轧。《游侠列传》写了一群活跃在民间、专门为人排难解纷的侠义之士。《刺客列传》则歌颂了几位重义轻生、慷慨激烈的刺客，其中荆轲一段写得最为生动。

荆轲是卫国人，喜欢读书、击剑。他客居燕国时，终日跟两位平民朋友饮酒高歌，不务正业。然而有见识的人都知道，荆轲绝非等闲之辈。

当时的秦国如日中天，四出侵略，眼看要打到燕国。燕太子丹心情焦虑，忙着寻访贤士，共谋抗秦。高人田光把荆轲推荐给他，太子丹向荆轲跪拜叩头，说出自己的计划：请荆轲带刀入秦，寻机劫持秦王，逼他息兵罢战；不行就把他杀掉。荆轲被太子丹的诚恳所感动，慨然应允。

荆轲提出条件，要逃到燕国的秦将樊於期的人头，以取信于秦王。太子丹答应下来，并为荆轲准备了锋利的匕首，又派勇士秦舞阳给他做助手。

一切准备停当，荆轲却迟迟不肯动身。眼看秦军逼近，太子丹心急如焚，对荆轲说：日子不多了，要不我派秦舞阳先去如何？荆轲大怒说：你这是什么意思？我岂是那种只管去、不管回的无用之辈？何况手提匕首深入虎狼之秦，可不是闹着玩儿的！我在等一个朋友，有他的参与，把握更大些。既然太子催促，我现在出发就是了！

太子及宾客知其事者,皆白衣冠以送之。至易水之上,既祖,取道。高渐离击筑,荆轲和而歌,为变徵之声,士皆垂泪涕泣。又前而歌曰:"风萧萧兮易水寒,壮士一去兮不复还!"复为羽声慷慨。士皆瞋目,发尽上指冠。于是荆轲就车而去,终已不顾。

◎祖:饯行之礼。◎高渐离:荆轲的好朋友。击筑:筑是一种乐器,击:击打,演奏。变徵(zhǐ)之声:凄怆悲凉的音调。"变徵"是音乐七声音阶中的一个音级。下文中的"羽声"是慷慨激昂的音调。◎瞋目:瞪圆眼睛。发尽上指冠:因怒气勃发而头发竖起,顶起帽子。◎就车:登车。不顾:不回头看。

太史公用他那有声有色的文字,渲染出一幅动人的图画,画中的荆轲面容冷峻、豪气干云!易水送行的场面被作者烘托得如此悲壮,两千年后读了,仍有着打动人的力量!

荆轲以奉献燕国地图和樊於期头颅为由,进见秦王。秦王接过图轴打开,展到尾端时,藏在图中的匕首露了出来。荆轲夺过

荆轲刺秦画像砖

匕首、拉起秦王的衣袖便刺，可惜被秦王挣脱了。几经搏击，荆轲反被秦王的长剑砍断了腿。荆轲飞起匕首投掷，结果只刺中殿上铜柱。荆轲身受重伤，倚柱而坐，笑骂秦王，就那么死于乱刀之下！

以前荆轲曾跟一位剑客论剑，一言不合，剑客怒目而视，荆轲一声不响地走掉了。后来听说刺秦之事，剑客才明白荆轲并非懦弱之辈，只是不愿跟他纠缠罢了。他叹息说：可惜荆轲还是败在剑术不精上！

跟随荆轲使秦的助手秦舞阳，十三岁就杀过人，没人敢跟他对视。可一登秦廷，他就体似筛糠、抖个不停；多亏荆轲笑着替他掩饰过去。——太史公透过这些细节点染告诉读者，真正的勇士应该是什么样子。

场面如戏剧，对话最传神

《史记》虽然是历史著作，却有着极高的文学价值。在司马迁笔下，历史人物个个栩栩如生，场面也富于戏剧性。《项羽本纪》记述鸿门宴那段，就是个精彩的例子。

刘邦与项羽本是破秦的同盟军；但秦朝一亡，两人便转变成了争夺天下的敌手。鸿门宴就是在秦朝已亡、刘项将要翻脸时发生的事。那时刘邦只有十万军队，项羽却有四十万大军。项羽请刘邦到楚军驻地鸿门来赴宴。刘邦明知这杯酒不好喝，可还是来了。

席间，刘邦竭力做出温顺的姿态，表示自己并不想跟项羽争天下。头脑简单的项羽相信了他的话。但项羽的谋士范增却没上当,他怕项羽"放虎归山",就派楚将项庄到席前表演舞剑,嘱咐他找空子杀掉刘邦。

项羽的叔叔项伯跟刘邦有点交情,他见事情紧急,便"胳膊肘朝外拐",拔出宝剑跟项庄对舞起来,暗中却拿身子护住刘邦,让项庄下不了手。

刘邦的谋士张良见势头不好,急忙溜出帐外,去找刘邦的卫士樊哙,叫他赶紧去保护主人。樊哙一来,震住了楚军上下,缓和了气氛。过了一会儿,刘邦借口去厕所,偷偷抄小道跑回自己营垒去。——项羽错过这次机会,后来到底死在刘邦手中。

阅读鸿门宴的故事,读者的心始终被紧张的情节牢牢抓住。在场人物的性格心态,也在瞬息万变的事态发展中显露无遗。刘邦的狡猾与怯懦、项羽的坦率无谋、范增的忠诚、张良的机智、樊哙的勇猛无畏,都让人忘不了!

《史记》完全用散文写成,平易通俗,即便今天读来也不觉费力。倒推两千年,文中语言大约跟当时的口语十分接近。行文中还夹着不少当时的俗语、谣谚,带着很浓的生活气息。人物的语言更是各有特色,能让人从话语里,看出人物的音容笑貌、脾气禀性来。

例如项羽和刘邦都见过秦始皇,项羽站在人堆儿里说:"彼可取而代之!"——这家伙我可以代替他!说得多痛快,多豪迈!刘邦却说:"嗟乎!大丈夫当如此也!"——哎!一个人就该这样活着呀!这话就不那么直截了当,刘邦内心的贪婪、对帝王的艳羡,也都流露出来。

在《酷吏列传》里,司马迁写了一个专用严刑酷法对付百姓的酷吏王温舒，他身为太守，最好杀人，郡中被杀的数以千计，血流十几里。

汉朝有个规矩：春天不准杀人。王温舒见树叶绿了，竟急得咬牙跺脚，说："嗟乎，令冬月益展一月，足吾事矣！"咳，让冬天再延长一个月，我的事就办好了！——他要办什么事？原来就是杀人！可叹的是，正是这些杀人不眨眼的魔鬼，受到了封建皇帝的真正信任和重用！

陕西韩城司马迁祠

唐代古文大家韩愈十分推崇司马迁，他把《史记》看作文章的典范。宋代大散文家欧阳修的文章也深受《史记》影响。明代的归有光、清代的桐城派，对司马迁更是推崇备至。后世的小说也继承了《史记》的文学传统。《史记》里的不少人物和故事，也都广为流传、家传户诵。

一九、扬雄等辞赋家

冷嘲热讽的东方朔

司马相如之后，还有几位辞赋名家，如东方朔、扬雄等。

东方朔

东方朔（前154—前93）见多识广，性格诙谐。头一回给皇帝上书，他一气写满三千片奏牍（dú），用了两个人才勉强抬得动；皇上读了两个月才读完。

东方朔活动于汉武帝时代。他空有才学，却得不到重用，只是不时陪武帝聊聊天、说说笑话。他很会看脸色，有时乘皇上高兴，也提一些劝谏意见，可武帝始终把他看作供人取乐的戏子弄臣，并不认真对待。东方朔内心痛苦，就常常借酒装疯，做出些古怪举动；还声称隐士何必到深山里隐居，我就是这宫殿里的隐士！

文如其人，东方朔的文章也跟他的为人一样，语言诙谐，又隐含着讥刺。《答客难》就是这么一篇文章，开篇先假托有位客人向东方朔发难说：人家苏秦、张仪当上了卿相，您老先生天天读圣贤书，嘴唇磨破了，牙齿也脱落了，怎么几十年的工夫才混个侍郎呀？

东方朔回答：彼一时也，此一时也。苏秦、张仪的时代，天下大乱，英雄不难找到用武之地。现在"天下平均，合为一家"，用不着贤人了；有才的、没才的，还不都是一个样儿！用谁谁就是老虎，不用谁谁就是老鼠。苏秦、张仪活到今天，没准顶多当个管档案的小吏，还赶不上我呢！

接下去，东方朔又冷一阵、热一阵的，为自己的地位、处境做辩解，既是抒发不满，又在自我解嘲。这种解嘲之作对后世很有影响。扬雄有一篇《解嘲》，就是模仿《答客难》写成的。

跳楼扬雄才自高

扬雄（前53—18）也是位辞赋家，又是位大学者。他有个口吃的毛病，不善言谈，终日闭门深思，可写起文章来，却下笔千言，十分流畅。在辞赋方面，他最佩服司马相如，他的《甘泉赋》《羽猎赋》二赋，就是模仿《子虚赋》《上林赋》写成的。

《甘泉赋》用两大篇幅铺陈描绘汉成帝甘泉宫的壮丽辉煌。甘泉宫本是秦代离宫，汉武帝又在此基础上增建了许多宫殿，穷极奢华。成帝继续在这里享受奢靡的生活。扬雄打算有所劝谏，话又不知从何说起，只好在《甘泉赋》中夸张宫殿的峥嵘华美，甚至比于天上宫阙，以此警诫成帝。——然而效果并不明显，让人读了，倒像是为帝王的豪奢生活"点赞"加油！此外《羽猎赋》描摹帝王田猎的场面，也有这个倾向。——不过扬雄的文笔确实了得，他的文学才能在西汉末年可谓首屈一指！人们把他跟司马相如并论，合称"扬马"。

扬雄的《解嘲》模仿东方朔的《答客难》，也采用一问一答的形式，可内容上却透露了西汉末年的社会现实，因此自有一番意义在。他在赋中说，世上庸夫充斥，有才能的得不到任用。

"县令不请士，郡守不迎师"，知识分子得不到尊重。又说"位极者宗危，自守者身全"，意思是爬到权力顶峰的人随时有灭族的危险，大家还是洁身自好、保全身家性命为妙。

西汉末年，王莽篡夺帝位，改立新朝。多年未得升迁的扬雄写了文章歌颂王莽，因而留下污点。后来他又被牵连到政治事件中，因心中害怕，从高阁跳下，所幸未死。以后他闭门读书，钻研学问，模仿《论语》作《法言》，又仿《周易》作《太玄》，用来表述自己对社会、政治、哲学的看法。他还写了一部《方言》，那差不多是最早的语言学专著了。

扬雄早年以辞赋闻名，可是到了晚年，他的看法起了变化，说辞赋是"雕虫小技"，是小孩子捣鼓的玩意儿，"壮夫不为"。——"劝百而讽一"的评语，也是他下的。此外，扬雄散文写得也很漂亮，唐代大文豪韩愈就很佩服他呢！

东汉文学家班固、张衡、王充

扬雄要算西汉最后一位大文学家了。那么接下来东汉文坛又如何？

东汉也有几位著名的辞赋家，班固（32—92）就是其中一位。他又是有名的史学家，撰有史籍《汉书》。这里说说他的《两都赋》。

西汉建都长安，到了东汉，首都改在洛阳。有一班老臣总希望把都城迁回长安去。班固却不这么看，他写了《两都赋》来表达自己的看法。赋中假托西都宾，向东都主人夸说西都长安的关山之险、宫苑之大、物产之盛。东都主人批评他在秦地住久了,眼光狭小,不知大汉开国奠基的根本。——班固的《两都赋》开创了汉赋铺写大都会的先例,后来张衡写《二京赋》、左思写《三都赋》,全都受它启发。

张衡(78—139)堪称全才,不仅是文学家,更是杰出的科学家,对天文、历法都有研究。他发明制造的浑天仪、地动仪,名扬世界。他的辞赋、诗歌也是一流的。代表作《二京赋》篇幅很大,都市里的商人、侠客、辩士乃至杂耍艺人等小人物,也都出现在赋中。

《文选》第一篇即班固《两都赋》

不过并不是所有文人都对辞赋感兴趣。东汉有个叫王充(27—约97)的,就批评当时的辞赋文学"华而不实,伪而不真"。——王充是位很有独立思想的学者。他年轻时家里穷,便到书肆站着看书,读一遍,便都记住了。他家里到处放着刀笔,以便随时把自己的思想记录下来。他主张写文章要有实在内容,文字要通俗易晓,反对模拟,提倡创新。这些都说中了当时文坛的病根儿。

王充的《论衡》是著名的哲学著作,里面的观点论述精辟。例如他认为世上根本没有鬼。人活着,是因为有精气血脉,人死了,血脉枯竭,精气灭散,形体腐朽成灰,鬼又从何而来?

这跟火的道理是一样的,火灭了,哪里还会有光呢?

他还在《订鬼》一篇中解释说,之所以有人见到鬼,多半是因为身体患病、精神恍惚,疑心生暗鬼的缘故!——在今天看来,这些说法没啥了不起,可是在那个普遍迷信鬼神的时代,王充的思想如同一道闪电,照亮了夜空。

单从文学上看,王充的文章写得很有个性,逻辑性强,语言生动,是很好的论说文字。

二〇、东汉乐府诗

汉乐府与乐府诗

汉代的辞赋和散文讲过了,汉代的诗歌创作又如何?

与《诗三百》相类,汉代诗歌也多半来自民间,如"乐府诗"。另外还有一些无名文人的作品,像《古诗十九首》。虽然没出现屈原那样的大诗人,汉代诗歌却是中国诗歌演进的重要一环,不可忽视。

提到乐府诗,先得说说"乐府"。乐府是汉代官方掌管音乐的衙门,汉武帝时开始设立。它的任务是编写乐谱、训练乐工和搜集歌词儿。等朝廷举行典礼或国宴,就让乐工们奏乐演唱。

演唱的歌曲大多是从民间搜集来的——这还是周代采风的传统呢。人们把这类诗歌称为"乐府诗",或干脆叫"乐府"。久

《乐府诗集》

而久之,连汉代以前的国风,汉代以后的南北朝民歌,唐代的五七言古体诗,五代及宋的词,元明的曲子,明清的俗曲时调,也都统统称作了"乐府"。

乱世百姓唱悲歌

乐府民歌出自民间,自然反映的是老百姓的心声。东汉末年,战乱频仍,最遭罪的是百姓。他们一会儿被拉去当兵,一会儿又要服徭役,还要受贪官暴吏、地主豪强的欺负压榨,简直难得活命。乐府诗里有一首《东门行》,便写出百姓的反抗情绪:

出东门,不顾归。来入门,怅欲悲。盎中无斗米储,还视架上无悬衣。拔剑东门去,舍中儿母牵衣啼:"他家但愿富贵,贱妾与君共餔糜。上用仓浪天故,下当用此黄口儿。今非！""咄，行！吾去为迟！白发时下难久居！"

◎"出东门"二句：说男子出城邑东门，不再顾念其家。以下倒叙其离家出走的原因。◎怅欲悲：由惆怅转为悲痛。◎盎（àng）：盛米罐。斗米储：斗米的储存。悬衣：挂着的衣服。◎贱妾：旧时妻子自称。共餔（bū）糜（mí）：一同吃粥。餔，吃。◎用：因，为了。仓浪天：青天。黄口儿：小儿。◎今非：现在的做法是不对的。◎"咄行"句：诗中男子对妻子说的话。咄，呵斥责骂声。行，走开。吾去为迟，我现在走已经晚了。◎"白发"句：我的白头发频频脱落，这日子过不下去了。

一个穷汉子，一回家就犯愁：罐儿里连点儿米也没有，衣架空空，没件衣裳。他拔剑就走，出了东门，头也不回。他想干什么？可能要去杀富济贫吧！

妻子拉住他的衣襟说：人家都想着富贵发财，我却宁愿跟着你喝稀粥。看在老天爷和孩子的份上，你可千万别去干傻事！汉子说：走开，别拦着我！你看我白头发快掉光了，这日子没法过了！——是啊，由于生活的逼迫，走投无路的人只好铤而走险了！

战争给人民带来的痛苦更深重。有一首《十五从军征》从侧面描写出战争的残酷：

十五从军征，八十始得归。道逢乡里人，"家中有阿谁？""遥看是君家，松柏冢累累。"兔从狗窦入，雉从梁上飞。中庭生旅谷，井上生旅葵。舂谷持作饭，采葵持作羹。羹饭一时熟，不知贻阿谁。出门东向望，泪落沾我衣。

◎阿谁：谁。◎冢累累：坟墓连成片。◎狗窦：狗洞。雉：野鸡。◎旅谷、旅葵：野生的谷子和葵菜。◎舂（chōng）谷：用石臼舂稻谷去皮。饭：即饭。羹：菜羹。◎贻：送。

一位白发满头的老兵退伍回来了。他十五岁参军当兵，八十岁才退伍还乡。家里还剩有谁啊？只留下一片荒坟累累。老屋变成野兔和野鸡的巢穴，院中、井边长满野谷、野菜。采了野谷、野菜凑合着做一餐饭吧，饭倒是做熟了，可端给谁一块儿吃呢？——老人出门看着远方，眼泪串串打湿了衣裳！

这个老兵尽管不幸，可总算保住了一条性命。至于《战城南》里那个战死的士兵，乞求乌鸦为他唱挽歌，说是你替我这个孤死鬼嚎几声吧，死在野外的人谅必不会被埋葬，你要吃烂肉，有的是时候！——这境况可有多惨！

美女巧答无良高官

不过生活再艰苦，也挡不住人们对美好爱情的追求。乐府诗里爱情题材的真不少，有一首真挚热烈的情歌《上邪》，可以做代表：

> 上邪！我欲与君相知，长命无绝衰。山无陵，江水为竭，冬雷震震，夏雨雪，天地合，乃敢与君绝！
>
> ◎上邪（yé）：天哪。◎相知：相亲相爱。"长命"句：让我们感情永不破裂、不衰减。◎山无陵：犹言高山变平地。竭：干枯。震震：雷声。雨（yù）雪：下雪。

这大概是一位少女在向心爱的人发誓：老天在上，我要跟你相亲相爱，白头到老不分离。除非高山成了平地，江水干枯见底，冬天打响雷，夏天下大雪，天地合到一块，我才跟你断绝呢！——这几件事都是不可能发生的，所以这位少女注定要跟心上人好一辈了啦！

有些乐府诗里虽然也出现了美女，可主题却是揭露无耻的统治者。像那首《陌上桑》，刻画了女主人公罗敷的美貌。你看她有多美：

> ……行者见罗敷，下担捋髭须。少年见罗敷，脱帽著帩头。耕者忘其犁，锄者忘其锄。来归相怨怒，但坐观罗敷。
>
> ◎下担：放下担子。◎帩（qiào）头：包头发的纱巾。◎但坐：只因。

大家被罗敷的美丽惊呆了，他们忘了赶路，忘了干活，甚至争争吵吵、颠三倒四的，这全是为了贪看罗敷的缘故。

这时，有个大官儿出场了，他坐着五匹马拉的车子，神气活现的，妄图仗着官高势大把罗敷带走！罗敷可不怕他。她上前说：你怎么这么糊涂！你已是有妻室的人了，我也是有丈夫的呀！我的丈夫嘛，在东方统领着千军万马，骑着戴金络头的白骏马，腰间挎着名贵的宝剑，相貌堂堂、仪表不凡，在几千人里也是拔尖的。他的官儿也大得很哪！

诗歌到这里就结束了。我们猜想，那个厚脸皮的太守这时一定是灰溜溜的。同时，我们对这个又机灵又刚强的罗敷，都有点爱慕啦！

孔雀为谁而徘徊

汉乐府最著名的爱情悲歌是东汉末年的叙事长诗《焦仲卿妻》，也就是常被人们称作《孔雀东南飞》的。

"孔雀东南飞，五里一徘徊。"长诗一开头，写一只美丽的孔雀向东南飞去，可它似乎留恋着什么，飞不了几里，总要徘徊一阵子。诗人运用比兴的手法，引出了一个悲惨的故事。

汉末建安年间，庐江府有个小吏叫焦仲卿，他的妻子刘兰芝又贤惠又有教养。自从嫁到焦家，她每天"鸡鸣入机织，夜夜不得息"，小两口的感情也非同一般。可焦仲卿的母亲却是个刁钻的老太太，她对儿媳横挑鼻子竖挑眼，责怪兰芝不能干，还凭空指责她没有礼貌，不听调遣，非逼着儿子把她赶回娘家不可！

焦仲卿是个孝顺儿子，他所接受的封建教育不允许他违抗母命。他哽哽咽咽地跟妻子商量，说是准备把她先送回娘家住一阵，日后再想法子接回来。

刘兰芝对焦母却不抱任何幻想。她知道，自己这一去大概再也回不来了。她把所有嫁妆都留给丈夫做纪念。鸡叫天明，她打扮得整整齐齐，从容地向婆婆辞行——大概她不愿在不通情理的婆婆面前表现出软弱来吧。可是跟小姑告别时，她却落了泪。等到出门登车，她早已哭成了泪人。

仲卿远远送她到大道口，两人恋恋不舍，还盼着有一天能重新团聚呢。兰芝发誓说："君当作磐石，妾当作蒲苇。蒲苇纫如丝，磐石无转移！"一个像磐石一样坚定，一个像蒲苇一样坚韧，他们的爱情就是这样坚贞不渝。

回到娘家，兰芝的母亲倒还同情她，她哥哥却老大不耐烦，逼着妹妹改嫁。没办法，兰芝答应嫁给太守的公子，可她的心里却另有主张。

仲卿听得消息，立刻告假来见兰芝。他心情沉痛地对兰芝说：祝贺你攀上高枝啊！我这块磐石倒还是这么坚牢，你那蒲苇怎么一天半日的就没了韧劲儿？好，愿你一天天富贵，我可要先走一步了！兰芝说：你这是什么话，咱们同病相怜，都是受人逼迫。咱们黄泉下相见吧，谁也别违背诺言。

仲卿回到家中，跟母亲告别。看着空荡荡的屋子，长叹一声，打定了主意。出嫁的日子到了，兰芝被送进洞房。就在"奄奄黄昏后，寂寂人定初"的时刻，她"揽裙脱丝履，举身赴清池"，投水自尽。仲卿听到消息，也"徘徊庭树下，自挂东南枝"，拿一死来报答兰芝的深情。——一对恩恩爱爱的夫妻，就这样被无情的封建礼教逼上了绝路！

焦生的软弱与坚强

《焦仲卿妻》一千七百多字，是中国诗歌中少有的长篇叙事诗。诗人的丰富感情和鲜明爱憎，就浸透在人物刻画中。兰芝的形象最为感人，她虽然处在被损害的地位，却始终从容镇定、自尊自重，一点也不怯懦。相比之下，焦仲卿就显得有些懦弱，缺少点男子汉的刚强劲儿。可是他用死来表达对封建礼教的抗议，也是很了不起的！

至于焦母和刘兄，诗人虽然一个字儿都没有斥责，可他们的恶声恶貌却从寥寥几笔的描述中透出来，诗人显然是憎恶他们的。诗中还运用比兴的手法，叙述中夹着抒情。铺陈、夸张、对比、衬托的手法也运用得自然纯熟，显出很高的文学技巧。

长诗结尾，两人被合葬在华山旁。"东西植松柏，左右种梧桐。枝枝相覆盖，叶叶相交通。中有双飞鸟，自名为鸳鸯，仰头相向鸣，夜夜达五更。"这个浪漫的结尾，象征着两人精神不死。神奇的想象里，蕴含着百姓们的美好心愿和深切同情。

乐府民歌出自百姓之口，它的语言朴素而自然，跟口语十分接近，就是现在读起来，也不难读懂。句式也由《诗经》的四言体，发展为五言体和杂言体。

所谓杂言体，就是指诗句长短错落，并不整齐划一。最短的句子可以是一两个字，长的句子却可以有八九个字甚至十个字。

五言体呢，当然是指每句五字了。这比《诗经》的四言体进了一步。因为二、三的节奏显然要比二、二灵活多了。——咱们前边讲的《东门行》《上邪》就属于杂言体。《陌上桑》《孔雀东南飞》《十五从军征》,可就都是五言体了。

二一、古诗十九,文人情思

最早的文人五言诗

不过文人五言体诗形成较晚,大约在东汉末年。梁代萧统选编的《文选》中收有《古诗十九首》,那可是最早的文人五言诗。——别小看这几首诗,它们在文学史上占着一席之地位呢,后世文人不约而同地赞美它们,因为它们标志着五言诗进入了成熟的阶段。

《古诗十九首》不是一人所作,思想内容也比较复杂,但大多数是抒情作品,这一点跟乐府诗以叙事为主不太一样。

《古诗十九首》大都抒写感伤的情怀,像那首《孟冬寒气至》,借妇人的口吻感伤离别。诗中先写冬夜风寒,思妇夜不能眠,仰观星月,愁思满怀。"三五明月满,四五蟾兔缺"(蟾兔:指月亮。相传月中有蟾蜍、玉兔);月圆月缺,时光流转,亲人怎么还不回来?"客从远方来,遗我一书札。上言长相思,下言久离别。置书怀袖中,三岁字不灭。一心抱区区,惧君不识察。"[遗(wèi):赠、送。"置书"句:指把书信贴身收藏。区区:心中的思念、爱慕之情。]

三年前丈夫托人捎来一封信,妇人至今还珍藏在身边哪。

"三岁字不灭",象征着心中的爱永不磨灭,怕只怕丈夫不能体察、珍惜!那个时候,社会动乱,十家有八家不得团聚。诗中的情绪是很有代表性的。

也有写游子在外怀念家乡的,这是从另一个角度来写离别。像这首《去者日以疏》:

> 去者日以疏,来者日以亲。出郭门直视,但见丘与坟。古墓犁为田,松柏摧为薪。白杨多悲风,萧萧愁杀人。思还故里闾,欲归道无因。
>
> ◎"去者"二句:过去的日子一天天疏远,未来的时日一天天接近。◎郭门:城门。郭,外城。丘与坟:即坟墓。◎"古墓"二句:指坟墓年代久远,被农夫犁为田地,墓边栽种的松柏也被当作柴薪摧折。◎萧萧:树木被风吹发出的声音。◎故里闾:指故乡。道无因:没机会找到归去的路径。

这位游子在异乡作客。他看到古老的坟墓被犁为田地,墓边的松柏也被砍作柴薪。而新的坟墓又不断增添,墓地的白杨树在风中发出凄凉的悲音。他感到人生的短暂,更加思念自己的家乡,然而却没法回去。

全诗笼罩着深深的悲哀。景色描写和诗人的心情融为一体,这一切又都印证了开头所说的"去者日以疏,来者日以亲"的人生感慨,因此显得格外伤感。

《古诗十九首》不容小觑

《古诗十九首》里还有一类诗是宣扬"及时行乐"的。像那首《生年不满百》就说:人生不过百年,干吗老是想得那么长远啊!应当抓紧时间,及时行乐,白天不够用,就点着蜡烛夜游才对("人生不满百,长怀千岁忧。昼短苦夜长,何不秉烛游")!

明人书《古诗十九首》(局部)

另有一首《今日良宵会》,则鼓吹人生短暂,就像狂风中的尘土,一会儿就不知去向了!赶紧去攫取富贵吧,先下手为强。何必守着穷神,苦一辈子呢!("人生寄一世,奄忽若飙尘。何不策高足,先据要路津。无为守贫贱,坎坷长苦辛。""人生"句:人生在世如同寄居,如同扬尘,一忽就过去。奄,急遽。飙尘,狂风中的尘土。策:鞭打。高足:快马。要路津:重要的职位。坎坷:本指车行不利,这里指人生不顺利。)

这类诗,反映了士大夫阶层消极颓废的情绪;但也有人认为,这里流露的是对人生价值的觉醒和追求,是对旧的宿命论和封建道德的怀疑和否定。

回头来跟《诗三百》比较,我们看到五言代替四言,成了汉代诗歌的主要形式。不错。五言体是最有生命力的诗歌形式,七言体就是在五言的基础上发展而来的。五言诗的源头在汉乐府民歌中，《古诗十九首》则代表了文人五言诗的最高成就，古代文人没有不推崇它的——不但推崇它的形式，也欣赏它的内容和情调。它对中国文坛的影响可真大，近代学者梁启超曾半认真半开玩笑地说："千余年来中国文学，都带悲观消极的气象，《古诗十九首》的作者怕不能不负点责任哩！"

今天人们能见到的汉代乐府诗，大多收在宋人郭茂倩（1041—1099）编辑的《乐府诗集》里。此外，梁代萧统的《文选》、陈代徐陵的《玉台新咏》，也收了一些。不过以现代人编辑的《先秦汉魏晋南北朝诗》，所收最全。

二二、宰相诗人曹操

皇帝、宰相也作诗

《古诗十九首》的作者是一些不得志的文人，汉乐府的作者更是些里巷小民、田夫野老。可是到了汉末魏初，诗人中出现了官高爵显的大人物，连皇帝也热衷起文学来。

说说汉末宰相曹操以及他的两个儿子曹丕、曹植吧。在汉末建安年间（196—220），"三曹"的文坛名声响亮得很！"三曹"周围又聚集了一批文人，他们的创作活动使建安和魏初的文坛变得生气勃勃。文学史上称之为"建安文学"。

在后世的戏剧舞台上，曹操被涂成大白脸，成为奸诈与残暴的统治者典型，其实这有点冤枉了他。事实上，曹操的政

曹操

治才能、军事才能,远远超越他的敌手刘备和孙权;他的文学才能,更是让那两位望尘莫及!

曹操(155—220)字孟德,小字阿瞒,出生在官宦之家。开头他的官儿并不大。后来赶上天下大乱,借着镇压黄巾军的机会,他迅速扩展实力。在军阀混战中占据中原,又把皇帝控制在自己手里,"挟天子以令诸侯"。他活着的时候,天下的一大半都掌握在他的手心儿里。他自封魏王,可始终没敢篡汉自立。他死后,儿子曹丕可不管那一套,废掉汉献帝,改国号为魏,追尊曹操为魏武帝。

人不可貌相。据说曹操个子不高,其貌不扬。一次匈奴使者来见他,他怕自己不能震慑敌国,特意选了个仪表堂堂的部下装扮成自己,自己则扮作侍卫模样,在一旁提刀站立。

等那位使者离开,曹操派人去刺探使者的印象。使者说:魏王仪表不凡,的确很威风,可是他身旁那位"捉刀人",才是真正的大英雄啊!

曹操活着时,便有"奸雄"之名。相传他去见名人许劭(shào),许劭对他的评价是"治世之能臣,乱世之奸雄"。曹操听了,哈哈大笑。大概他认为许劭说得有理吧。

不错,当天下太平时,曹操可以辅佐君王,成就事业,当个贤臣;若逢乱世,以他的能力,又有什么能约束他的呢?所谓

"奸雄",便是指野心勃勃,不按"礼制""王法"办事的人吧?

对酒当歌,人生几何

曹操留下的诗不多,总共只有二十来篇,如《蒿里行》《苦寒行》《短歌行》《步出夏门行》等,或写时事,或抒悲苦,或展示自己的政治抱负,篇篇都有分量。

《蒿里行》如同一首简短的史诗,记录了"关东义士"会盟讨伐董卓的经历。诗人叹息诸侯们各怀鬼胎、自相残害,袁术还私刻玉玺、自封皇帝,苦的是士兵和百姓:

……铠甲生虮虱,万姓以死亡。白骨露于野,千里无鸡鸣。生民百遗一,念之断人肠。

◎"铠甲"句:写战乱日久,将士衣甲难解,生满虱子。虮,虱子的幼虫。

战乱给社会和人民带来巨大危害,手握兵权的诗人不仅心怀悲悯,更有一种责任和担当。曹操的政治抱负在《短歌行》里表白得最明白,然而诗的开头几句,看上去却有点"消极":

对酒当歌,人生几何?譬如朝露,去日苦多。慨当以慷,忧思难忘。何以解忧,唯有杜康。……

◎"譬如"二句:是说人生太短,如早上的露水;过去的日子苦于太多。◎慨当以慷:就是慷慨的意思。◎杜康:相传是最早造酒的人,这里是酒的代称。

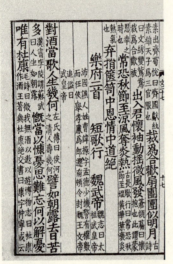

曹操《短歌行》,载《文选》

不过曹操不是借酒浇愁、麻痹自己。他接下来说:"青青子衿,悠悠我心。但为君故,沉吟至今。"——即便在醉中,诗人也在惦念着如何延揽贤才。这里借《诗经》中的句子,表达自己思慕贤人的心情。

以下诗中又描绘鼓瑟吹笙迎接"嘉宾"以及跟老朋友"契阔谈䜩"(久别重逢,交谈欢宴)的场面。诗的最后说:

月明星稀,乌鹊南飞。绕树三匝,何枝可依?山不厌高,海不厌深,周公吐哺,天下归心。

◎乌鹊:乌鸦。◎匝(zā):周。◎"周公"二句:周公即周成王的辅佐大臣姬旦,他爱才如渴,相传为了接见投奔者,"一沐三握发、一饭三吐哺"(洗澡时三次拧干头发、吃饭时三次吐掉食物,形容唯恐失去贤人的紧迫心情)。哺(bǔ),食物。

乌鹊绕树,是形容那些漂泊无依的智者贤才吧?曹操说:泰山不让土壤,故能成其高;大海不辞细流,故能成其深。我要学那

"一沐三握发、一饭三吐哺"的周公,何愁不能聚拢人心!——周公是儒家推崇的圣人,曹操以周公自比,雄心不小!

碣石观海,老骥伏枥

曹操的诗有一种磅礴的气势。那首《观沧海》是曹操出征时路经渤海边写的,此诗是《步出夏门行》中的一首。诗人站在碣石山上,面对浩瀚的大海,慷慨之情勃发:

> 东临碣石,以观沧海。水何澹澹,山岛竦峙。树木丛生,百草丰茂。秋风萧瑟,洪波涌起。日月之行,若出其中。星汉灿烂,若出其里。幸甚至哉,歌以咏志!

◎碣石:碣石山,在今河北省。◎澹澹(dàn):水波摇荡貌。竦(sǒng)峙(zhì):耸立。◎洪波:大浪。◎星汉:银河。◎"幸甚"二句:这两句是合乐时所加,与诗的内容无关。

在曹操之前,还没有专门写景的诗,更没有谁能把诗写得这样气势宏大。你看,大海上水波摇荡,海岛高耸,草木茂盛。一阵秋风吹来,海中涌起巨浪。运行的日月、灿烂的银河,仿佛都包容在这海天之中,场面是何等宏伟!

只有心胸阔大的人,才能写出如此宏大的境界。而曹操,正是这样一位胸怀天下的人!生活在那个兵荒马乱的时代,他的志向,就是结束乱世,使社会重新归于安定统一。

曹操的雄心壮志,到老也没有被消磨。他的《步出夏门行》

中还有一首《龟虽寿》，诗中吟咏道：

> 神龟虽寿，犹有竟时。螣蛇乘雾，终为土灰。老骥伏枥，志在千里；烈士暮年，壮心不已。盈缩之期，不但在天；养怡之福，可得永年。幸甚至哉，歌以咏志。
>
> ◎"神龟"二句：龟是古人心目中长寿的动物。竟，终了，完结。◎螣（téng）蛇：又作腾蛇，是传说中的神物，与龙同类。◎骥：千里马。枥（lì）：马棚。◎烈士：指重义轻生或积极建功立业的人。暮年：晚年。不已：不止。◎盈缩之期：这里指寿命长短。◎养怡：养生，修养。永年：长寿。

诗的前四句说，龟和蛇虽然寿命很长，但终有死去的一天。寿命不过百年的人，是不是更应及时行乐呢？——曹操可没有重复这些老调。他要在有限的暮年建功立业，他的志向还大着呢！"老骥伏枥，志在千里；烈士暮年，壮心不已"，这表达的，正是曹操非凡的抱负和不可磨灭的雄心壮志！

这就是曹操的诗，苍凉悲壮，气度不凡，的确跟一般文人的作品不同。

曹操的散文也写得别具特色。他在《让县自明本志令》中说："设使国家无有孤，不知当几人称帝、几人称王！"（孤：我。）——这话也只有曹操说得出来。他写文章想到哪里就写到哪里，挥洒自如，很有大家风范。难怪鲁迅称赞他是"改造文章的祖师"！

二三、曹丕与曹植

皇帝诗人曹丕

曹操的儿子曹丕（187—226）可就远不及老爹了。不说政治才能，诗歌创作上也缺乏慷慨的气势。不过相传最早的七言诗是出自曹丕笔下，就是那首《燕歌行》：

> 秋风萧瑟天气凉，草木摇落露为霜。群燕辞归鹄南翔，念君客游多思肠。……
> ◎摇落：凋残。◎鹄：天鹅。

诗中写一位妇女在秋夜思念丈夫，开头几句既是描写景物，也是烘托心情。这里继承的，仍是《诗经》的比兴传统。然而诗行的结构既非《诗经》的四言体，也非汉乐府的五言体，而是当时人很少用的七言体。——日后七言体成为中国近体诗的主要形式之一，而这首《燕歌行》，就像给七言体埋下一块基石。

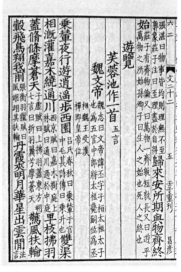

曹丕五言诗《芙蓉池作》，载《文选》

曹丕还写了一部《典论》，其中有一篇《论文》，对建安时期的文学家做了评价。他反对"文人相轻"的风气，说文人之间不该你看不起我，我看不起你的。他提出"文以气为主"，说文学家各有各的性格和气质，文章的风格自然也不一样，何必抬高这个、贬低那个呢？

曹丕又是第一个把文学的地位举得很高的人。他说文章是"经国之大业，不朽之盛事"（经国：治理国家），说人的寿命有尽头，荣华富贵也只能活着时享受，可文章却可以永垂不朽！

据说曹丕人很随和，不摆王子架子。他的朋友王粲死了，他跟一伙朋友到墓地去追悼，提议说：王粲活着时最喜欢听驴叫，咱们就来学声驴叫，送送他吧！于是墓地上响起一片驴鸣！

不过曹丕毕竟是统治者，在争夺继承权上是毫不手软的，对待自己的骨肉兄弟时，表现出冷酷的一面来。

心羡游侠的曹子建

在"三曹"中，最有文学才华的应数曹植（192—232）。曹植字子建，自幼受到曹操的赏识，还差点被立为王储。可是他喜欢饮酒，又很有个性，最终失掉曹操的欢心，王储到底没当成。

曹植生在乱世，跟着父亲在军营里长大，从小培养起报效国家、建功立业的雄心壮志。他有一首《白马篇》，赞扬了北方的游侠儿，其实是借此表达自己的志向和情怀：

白马饰金羁，连翩西北驰。借问谁家子，幽并游侠儿。少小去乡邑，扬声沙漠垂。……

◎羁：马笼头。连翩：翻飞不停状。◎幽并：二州名，相当于今河北、山西、陕西的一部分。◎乡邑：家乡。扬声：扬名，垂：边陲。

幽并是汉时的边塞地带，那里民风强悍，多出豪侠。上面几句是诗的开头，写幽并好汉骑着戴金络头的白马向沙场上飞奔，他们从小就离开家乡，到沙漠边陲去建功扬名。

诗歌接着赞美游侠儿箭法出众，英勇矫捷。诗的最后，边城发出了警报，匈奴和鲜卑人又来入侵，游侠儿迎着刀尖冲上前去，父母、妻儿、自己的性命全都抛在脑后：

……名编壮士籍，不得中顾私。捐躯赴国难，视死忽如归！

自己的名字编在壮士的花名册上，又怎么能怀着私心呢！在国家危难时，游侠儿把为国捐躯看得像回家一样轻松！

曹植的诗才情四溢，热情奔放。读着这首诗，你能想见作者的为人：那么昂扬矫健，那么激情焕发。诗中的游侠儿形象，就是诗人自己呀！

相煎何太急

曹操在世的时候，曹植还算自由，可曹操一死，哥哥曹丕当了皇帝，曹植的好日子算是到了头。——大凡做皇帝的人，最担心人家抢自己的位子；对自己的亲兄弟，更是严加防范。曹丕一上台，自然先把兄弟们控制起来。曹植、曹彰等哥儿几个虽然名义上是王侯，实际跟囚徒差不了多少。

有一回，曹丕为了难为曹植，命令他在七步之内作出一首诗来。没想到曹植还没走完七步，诗已作出来了：

煮豆持作羹，漉菽以为汁。萁在釜下燃，豆在釜中泣。本自同根生，相煎何太急。

◎漉（lù）：过滤。菽（shū）：豆类总称。◎萁（qí）：豆秆。釜（fǔ）：锅。

意思是说，煮豆子作豆豉（chǐ）时，锅底下烧着豆萁子。豆子在锅里哭着说：豆萁儿呀，咱俩本是一条根生出来的，干吗这么逼人太甚呀！——据说曹丕听了，十分惭愧。他听出了这双关语中的另一层意思：咱哥儿俩是一母同胞，你何必这么欺压人呢！

曹丕对其他几个弟弟也不放过，曾借口和弟弟曹彰下棋，用有毒的枣子害死了他。而曹植和曹彪离开洛阳回封地时，曹丕又怕两人合谋造反，命令两人分道而行，不得同宿。曹植满腔愤恨，挥笔写下《赠白马王彪》。诗中抒写了旅途的艰辛、景色的荒凉，也表达了兄弟间依依惜别的心情，可早年那种昂扬向上的精神已经不见。

《洛神》一赋诉深情

除诗歌之外,曹植的散文和辞赋也很出色。有一篇《洛神赋》是他途经洛川时写的。赋中这样描摹洛水神女的美貌:

> 翩若惊鸿,婉若游龙。荣曜秋菊,华茂春松。仿佛兮若轻云之蔽月,飘飖兮若流风之回雪。远而望之,皎若太阳升朝霞;迫而察之,灼若芙蕖出渌波。……
> ◎"翩若"句:意为宓妃如同翩翩惊飞的鸿雁。◎回雪:回旋的雪花。◎芙蕖:荷花。渌(lù)波:清澈的水波。

战国时,楚人宋玉曾写过一篇《神女赋》,曹植这一篇,显然是受宋玉启发而作。赋中说自己从京师返回封地,路经洛水时,忽见有丽人立于水边石岩上。诗人问驾车的御者,御者却毫无所见,说:别是洛川的神女宓(fú)妃吧?您说说看,她长得有多美?——诗人于是有了"翩若惊鸿"的描摹。

诗人解下玉佩,表示爱慕之意。神女也含情脉脉,准备以琼玉回赠,并指河水为誓。诗人此刻反而犹豫不决,最终还是理智占了上风,敛容定心,以礼自持。

洛水神女乘着六龙车,在众神簇拥下伴着环佩之声飘然而去,车过沙洲山岗,女神犹自回眸眺望、情意绵绵。——人神阻隔,无法交往,诗人的爱慕里,带着徒然的惆怅!

曾有学者说,赋中的洛神,一定有生活中的原型。甚至有人说,《洛神赋》原名《感甄赋》,是曹植暗恋嫂子甄妃所写;后来为了避嫌，才改称《洛神赋》的。是真是假，已无法考证。

在魏晋南北朝时，曹植的诗文极受推崇。大文学家谢灵运曾说："天下才共一石，子建独得八斗……"——"石"（dàn）是古代称粮食的单位，一石合十斗。你看，十斗里面，曹植一人就占了八斗，有点夸张，却也表达了后人对他的仰慕。后来人们恭维别人有才，就常用"才高八斗"这个词儿。

赵孟頫书曹植《洛神赋》（局部）

二四、建安文学家

建安七子：陈琳饮马与王粲登楼

除"三曹"之外，建安时期还有七位成就很高的文学家，号称"建安七子"。他们是孔融、陈琳、王粲、徐干、阮瑀（yǔ）、应玚（yáng）和刘桢。他们聚拢在曹氏父子身边，形成建安文学集团。

孔融（153—208）曾在曹操手下为官，后因跟曹操意见不合，被杀掉了。他的作品以散文见长，有一篇《论盛孝章书》，内容是向曹操推荐盛孝章这个人，同时还阐述了招揽贤才的意义，写得极为恳切。曹丕称赞他的文章"体气高妙，有过人者"。——对了，有个"孔融四岁让梨"的故事，就是关于他的传说。

七子中的另一位陈琳（？—217），有一首《饮马长城窟行》很著名。诗歌汲取了乐府民歌的营养，以对话形式诉说了百姓修筑长城的痛苦。诗中那个被迫筑城的"太原卒"写信给妻子，劝她改嫁说：

身在祸难中，何为稽留他家子。生男慎莫举，生女哺用脯。君独不见长城下，死人骸骨相撑拄。

◎稽留：滞留。他家子：人家的儿女，指妻子。◎慎莫举：千万别抚育。◎哺用脯：用肉干来喂养。

士兵说：我身陷这永无归期的祸难中，干吗还要耽误人家的女儿？如今生了女孩倒可以喂养，生了男孩干脆扔掉！你没看见长城脚下吗？死人的白骨乱堆在一块，养大男孩儿不过就是这个下场啊！

陈琳本是袁绍的部下，跟曹操是死对头。他替袁绍草写檄文，把曹操骂了个痛快。曹操有头风病，躺在床上读陈琳的文章，竟出了一身汗！他一跃而起说：陈琳的文章，可以治病！

后来陈琳兵败被俘，曹操质问他：你骂我也就罢了，为什么还要骂我祖宗三代？陈琳从容回答："箭在弦上，不得不发！"——我是一支箭，被人搭在弓上，身不由己啊！曹操爱才,竟没有杀他,还把他收在帐中,从事文牍工作。

七子中的王粲(177—217)——就是曹丕在他墓前学驴叫的那位,生前也在曹操手下任职。王粲又瘦又矮,长得挺丑,人却蛮聪明。路边的碑文,他读一遍就能背诵。下棋时打翻了棋盘,他能把棋局重新摆出,一子不差。

王粲的诗赋很能反映乱世景象,情调悲凉,在七子中成就最高。他的《七哀诗》就描画了这样的场景:

出门无所见,白骨蔽平原。路有饥妇人,抱子弃草间。顾闻号泣声,挥泪独不还。"未知身死处,何能两相完!"

◎顾:回头。◎完:保全。

这个饥饿的母亲把孩子扔在草丛里,挥着泪一步三回头地走了。她说得对:连我自己死在哪儿还不知道呢,又怎么能保全母子俩!

王粲有篇《登楼赋》最有名,那是他在荆州时写下的。他去投奔刘表,因其貌不扬,不受重用。他满腹牢骚,登楼眺望,见到"华实蔽野,黍稷盈畴",于是想到自己的故乡,又感叹自己怀才不遇,顿时觉得秋风萧瑟,天色昏暗。全文就在一片惨淡忧伤的气氛里结束。后人还把他的事迹编成戏曲,就叫《王粲登楼》。

建安诗人们大都继承了乐府民歌的传统,其作品内容实在,感情真切,语言质朴。不少诗歌是采用乐府的旧题,抒写了新的时代内容。又由于这一时期时势动乱，因而诗文作品大都显现出苍劲刚健的特色来，后人称之为"建安风骨"。

文姬归汉抒悲愤

别以为建安文坛只是男人的世界，其中还有一位很有名的女诗人，名叫蔡琰（约178—?）。蔡琰字文姬，是大学者蔡邕（yōng）的女儿。蔡邕是汉末极有名的学者，又是出色的书法家，只是政治上有点糊涂。他听说董卓死了，便掉了几滴眼泪，最终被人以"怀卓"的罪名杀掉了。

文姬自幼虽是女孩儿家，却喜欢文学和音律。汉末天下大乱，董卓占据洛阳。文姬在混乱中被匈奴的兵马掳去，被迫嫁给左贤王，以后还生了两个儿子，在那边一住就是十二年。

曹操很关心这个学者的女儿，于建安年间派使者把她赎回。文姬归汉后，用心整理父亲的遗著，自己也写了一些诗歌。

她有一首《胡笳十八拍》，是琴曲歌词，共十八段。诗中抒写自己的人生遭遇，哀婉动人。不过也有人认为这是后人的伪托之作。另有两首《悲愤诗》，一首是骚体，据考也是伪作；另一首是五言体，可以断定是她的作品。

这首五言体《悲愤诗》长一百零八句，起首几句写道：

> 汉季失权柄，董卓乱天常。志欲图篡弑，先害诸贤良。逼迫迁旧邦，拥主以自强。海内兴义师，欲共讨不祥……

◎汉季：汉末。失权柄：指朝政被宦官把持。天常：天地的常轨。◎篡弑（shì）：臣夺帝位，以下杀上。◎迁旧邦：指董卓胁迫汉献帝迁都长安。◎不祥：指董卓。

这是用诗的语言记录汉末董卓篡逆的史实。而女诗人的悲剧，也就此展开。她在诗中自叙坎坷遭遇，描述了战乱中情景："斩截无孑遗，尸骸相撑拒。马边悬男头，马后载妇女。"[无孑（jié）遗：一个不留。撑拒：形容尸体胡乱堆积的样子。]——人被杀光了，尸体杂乱地堆积着；士兵们马前挂着男人头颅，马后载着抢来的妇女。那些妇女中，就有诗人自己啊！

明人书蔡琰《胡笳十八拍》（局部）

在异域，文姬日夜思念家乡。可是临到要回国，她却又舍不得孩子。儿子抱着娘的脖子哭喊，一同被掳的人羡慕文姬的好运气，也都哭得撕心裂肺。直至回到中原，她的心仍得不到安宁。全诗写出乱世中一位知识女性的痛苦，也写出整个时代的哀痛。这种情感，跟三曹、七子所反映的时代面貌是一致的。

这首《悲愤诗》是文学史上第一首由文人创作的五言长篇叙事诗，跟乐府《孔雀东南飞》合称建安长篇叙事诗的"双璧"。

诸葛亮："万古云霄一羽毛"

建安、三国时期的文学家多半出自中原，如三曹、七子和蔡琰。在素有文学传统的蜀地，有没有文学家在活动呢？——大名鼎鼎的诸葛亮就是一位。

诸葛亮（181—234）字孔明，其实也是中原人。他年轻时即胸怀大志，自比古代有名的将相管仲、乐毅。他先后辅佐蜀汉两代君主刘备和刘禅，力图恢复中原，可到底没能成功，最终病死在军中。

诸葛亮之死，实践了他在《出师表》中写下的誓言。前后《出师表》是他写给后主刘禅的奏章，在文中，他分析了天下形势，又对那位不谙政事的年轻皇帝诚恳地提出建议和希望，同时表达了恢复中原的决心。

在《后出师表》的结尾处，有两句誓言格外有名，便是"鞠躬尽力，死而后已"！——一位老臣对事业的忠诚，全都熔铸在这八个字里！

诸葛亮有一篇《诫子书》，是写给儿子的。中间有这样一段话："夫君子之行，静以修身，俭以养德。非淡泊无以明志，非宁静无以致远。"这后面两句，

岳飞书诸葛亮《出师表》拓片（局部）

常被后世仁人志士当作座右铭。

如今的四川成都，还保存着一座武侯祠，那是后人为纪念这位忠臣贤相修建的。匾额上题有杜甫的赞辞——"万古云霄一羽毛"，在诗人杜甫看来，诸葛亮就是那历史天空中振翅高飞、令人景仰的一只苍鹰啊！

二五、竹林七贤

竹林七贤，分道扬镳

仿佛是跟汉末"建安七子"相呼应，到了曹魏末期，文坛上又出现七位名士，人称"竹林七贤"。他们的文学风貌也有个名称，叫"正始体"——正始（240—249）是曹魏第三代皇帝曹芳的年号。到了西晋太康年间（280—289），又有一种诗风兴盛起来，称"太康体"。正始文学夹在建安和太康中间，起着承上启下的作用。

"竹林七贤"是这七位：嵇康、阮籍、山涛、向秀、刘伶、阮咸和王戎。他们有着共同特点，都好读老庄的书。他们交往密切，曾同在山阳的竹林中高谈阔论，"竹林七贤"便是人们送给这七位的雅号。

其实七个人并非铁板一块。其中嵇康、阮籍、刘伶向往自然，文学成就也较高；又都反对名教，跟统治者格格不入。山涛和王戎却偏重儒术，后来都当了大官儿，嘴巴上能说一套，

"竹林七贤"画像砖

笔底下却没什么功夫。正因如此,七贤中后来产生了裂痕——不过这是后话,还是走近看看吧。

借酒消愁阮步兵

说说阮籍(210—263)吧,"建安七子"中有个阮瑀,阮籍便是他的儿子,可儿子名气却比老子大。阮籍三岁丧父,家境贫寒,全仗着勤学而成才。他投身政治时,曹家的政权实际已被司马氏篡夺。阮籍心中对司马氏不满,又不敢表露出来,只好整天装聋作哑;要不就喝得烂醉如泥,来个明哲保身。

阮籍好喝酒是出了名的。他听说步兵营有人擅长酿酒,还存着三百瓶老酿,就请求去当步兵校尉——所以后人称他"阮步兵"。

司马昭想跟阮籍结为儿女亲家。阮籍心里不乐意，嘴上又不好说，便拼命喝酒，一连醉了六十多天。司马昭没机会提亲，只好作罢。可见阮籍好喝酒常常是另有目的。

有时司马氏要探听他对时事的看法，他就故意东拉西扯，说些不着边际的话；但对当前人物，却闭口不提一个字，不让对方抓住小辫子。当然，他并不是油滑的人，他心里的是非观念很鲜明。据说他善做"青白眼"，对朋友用黑眼珠看，见了口谈名教的讨厌家伙，就用白眼珠去瞪对方，因此也得罪不少人。

阮籍生活在这样的环境里，心情当然是很压抑的。有时候，他独自乘一辆车子，离开大路，任马儿随意走去。走到没路的地方，他便大哭着返回来。他心中的痛苦，就靠这样来发泄。

另一个发泄的途径就是作诗。阮籍的五言诗成就最高。他有一组《咏怀》诗，共有八十二首，应该不是一时写成的。大部分诗是感叹身世的内容，也有讥刺时事的，但写得很隐讳。看看这首《驾言发魏都》：

> 驾言发魏都，南向望吹台。箫管有遗音，梁王安在哉！战士食糟糠，贤者处蒿莱。歌舞曲未终，秦兵已复来。夹林非吾有，朱宫生尘埃。军败华阳下，身竟为土灰。（《咏怀》第三十一）

◎"驾言"二句：魏王从魏都驾车出发，向南前往吹台。言，语助词。吹台，魏王饮宴之所。◎"箫管"二句：当时的音乐流传下来，魏王又到哪里去了？箫管，音乐。梁王，即魏王。◎蒿莱：指草野，与朝廷对言。◎夹林、朱宫：都是魏王当年的游览之所。◎华阳:在河南,魏王兵败于此。

诗人借战国时魏王婴不用贤才,终于身死名裂的历史,讽刺曹魏统治者的腐败与昏庸。"战士食糟糠,贤者处蒿莱",这正是当时社会的写照啊!

阮籍的五言诗风格浑朴洒脱,诗句随着感情流出,不做刻意的雕琢。在阮籍手里,五言诗更加文人化了。

阮籍讽"君子",刘伶颂"酒德"

《大人先生传》是阮籍的散文名作。文中虚构一位超世绝俗的大人先生,跟虚伪又自以为是的礼法君子辩论。大人先生有个生动的比喻:你们见过裤裆里的虱子吧?它们逃在裤缝里,藏在破棉花中,还以为找着风水宝地了呢。一举一动不敢离裤裆一步,以为自己守着什么规范。饿了就咬人,又认为有享用不尽的美味。可等到南方的热浪袭来,城市都给烤焦了。成群的虱子只好死在裤裆里,出都出不来!你们这些"君子"活在世上,跟虱子待在

阮籍

裤裆里有什么两样！——阮籍骂得真痛快。这种寓言式的论辩，显然是受了《庄子》的影响。

七贤中的刘伶（约221—300）也好喝酒，曾写过一篇《酒德颂》，借一位贪杯好酒的"大人先生"之口，称说饮酒的妙处，并对礼法之士表示了极大的蔑视。

生活中的刘伶也是个酒徒。相传他常常乘一辆鹿车，带上一壶酒，让仆人扛着铲子跟在车后，吩咐说：我什么时候喝死了，把我就地挖坑埋掉算了！——他真称得上是酒鬼的祖师爷了！由此也可见他心中的苦闷。

嵇康为啥与山涛绝交

七贤中的嵇康（224—263）与阮籍齐名。相传嵇康相貌堂堂，身材高大，却不喜欢修饰打扮。他的性格自然恬淡，跟那些追名逐利的庸俗之辈格格不入。

嵇康年轻时家里很穷，靠着打铁的手艺换碗饭吃。有位贵公子叫钟会，听说嵇康是位名士，想跟他攀交情，便带了一群附庸风雅的家伙去拜访他。

这天嵇康正在大柳树下打铁，朋友向秀给他拉着风箱。见钟会一帮人来了，嵇康连个招呼也不打，仍然不紧不慢地抡着锤子。钟会自讨没趣，刚要离开，嵇康发问道：你听见什么来我这儿啊？钟会打着名士腔说：我听到我听到的就来了，看见我看见的就要离开。他嘴上不痛不痒地说着，心里却恨得不行，后来到底找机会在司马昭面前说了嵇康的坏话，司马昭由此起了杀心。

嵇康对待钟会还算客气，对山涛可就不留情面了。山涛（205—283）字巨源，也是"竹林七贤"之一。他们本是一同隐居的好友，可山涛耐不住寂寞，出山做了大官。在升任之际，他还推荐嵇康接替他的位子。嵇康不愿替司马氏效力，于是写了那封有名的书信《与山巨源绝交书》。

嵇康在书信中指责山涛中途变节，跟统治者同流合污；又述说了自己的刚直性格和古怪脾气，强调说，做官对于自己有七种不能忍受之处，又有两种不可超越的障碍——也就是"必不堪者七"和"甚不可者二"。

"七不堪"中包括喜欢睡懒觉，受不了守门差役的呼唤，爱抱着琴边走边唱或在草野间射鸟垂钓，不乐意老有卫兵守着，又说身上虱子多，痒起来搔个没完，总要衣冠齐整地拜见长官可受不了，等等。这些理由，无不含着讽刺意味。

"二不可"就更触犯统治者。他说自己说话随便，经常抨击商汤周武，还看不起周公、孔子，这显然是礼教不能容忍的；又说自己脾气刚直，疾恶如仇，火暴性子一点就着，这种性格怎么能跟你们混在一起？

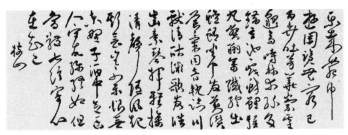

明人书嵇康《酒会诗》

在书信末尾，嵇康讽刺山涛说：有个农夫觉得太阳晒脊梁很舒服，就把这办法献给皇上。——你可别学这个农夫的样儿。言外之意是说，你觉着做官儿是件了不起的美事，我还不稀罕哪！

《与山巨源绝交书》嬉笑怒骂，不拘章法，把讽刺发挥得淋漓尽致。这封"公开信"表面上是骂山涛，实则是向司马氏表明自己不合作的态度。这也为他引来杀身之祸。

嵇康还是位大音乐家。有一曲《广陵散》，是天底下最动听的曲子，可惜只有他一个人会弹。据说嵇康被杀那天，远近的人都赶来为他送行。他神情自若，要了一张琴，弹起《广陵散》，弹罢叹口气说：当初有人向我学这支曲子，我没教他。唉，《广陵散》今天算是绝响啦！说罢从容就戮，死时只有四十岁。

二六、太康诗人多，左思执牛耳

陆才如海，潘才如江

司马氏取代曹魏建立西晋，文学的风气又有了新的变化。这时的诗歌讲究形式的华美，内容上则因模仿古人而跟现实脱了节。文学史上称这一时期的诗风为"太康体"。

简要地说，太康时期的作家有三张、二陆、两潘、一左。"三张"指张载、张协、张亢三兄弟，"二陆"指陆机、陆云哥儿俩，"两潘"指潘岳、潘尼叔侄，"一左"是左思。太康诗风的主要代表人物是陆机和潘岳。左思则独树一帜，创造了西晋文学的最高成就。

陆机（261—303）兄弟是将门之后，他们的爷爷就是三国时火烧刘备大军的东吴名将陆逊。陆机十四岁就能带兵打仗。后来晋灭东吴，陆机兄弟闭门读书，不久又去了洛阳。

洛阳有位文学权威叫张华（232—300），非常赏识陆家兄弟，说：我们这回灭掉东吴，最大的收获就是得到两位文学俊杰！张华这么一宣扬，陆氏兄弟顿时身价倍增，京师甚至流传着"二陆入洛，三张减价"的说法。

陆机作诗，喜欢模仿前人，缺少感情的抒发。但他注重写诗的技巧，追求一种典雅的风格。他的《招隐诗》就是代表，反映了太康文学的风貌。

陆机有一篇《文赋》很引人注意。它以赋的形式讨论文学理论问题，是一种创新。赋中系统论述了文学的创作过程以及灵感、文体、声律等问题，后来的文学批评家从中受到不少启发。陆机多才多艺，书法也很有名，有一幅章草的《平复帖》，一直流传至今，是书法中的珍品。

潘岳（247—300）字安仁，跟陆机同处一个时代，才气不相

唐人书陆机《文赋》（局部）

上下,因而流传着"陆才如海,潘才如江"的说法。他们的诗风相近,都有重形式不重内容的毛病。不过潘岳有三首《悼亡》诗,写得真挚感人,那是他为悼念死去的妻子写的。第一首中写道:

> 望庐思其人,入室想所历。帏屏无髣髴,翰墨有余迹。流芳未及歇,遗挂犹在壁。……
> ◎历:经历。◎帏屏:帏帐和屏风。髣髴:相似的形影。翰墨:笔墨。◎流芳、遗挂:都是指妻子的笔墨遗迹。

看见屋子就想起了人,一进门就止不住想起往事。可是帏帐屏风后已见不到人影,只有妻子的墨迹还在,清香没有散尽,依旧挂在墙壁上……人去楼空,睹物伤情,那感情是很真挚的。后来的文人死了妻子要写"悼亡"诗,这风气还是潘岳开的头呢。

相传潘岳小伙儿长得很帅,出门时常有女"粉丝"追着往他怀里扔水果。——后世小说、戏曲夸奖一个人才貌双全,就常说"才过屈宋、貌比潘安"。

左思咏青史,豪右何足陈

太康诗人中唯一不搞"唯美主义"的是左思。左思(约250—305)跟潘岳正相反,其貌不扬,说话吭吭唧唧。年轻时学书法、练兵器,可没一样学成的。他爹瞧不起他,说是你这两下子,还不如我年轻时呢!左思被爹爹这么一激,反而来了劲头,从此专功文学,终于成了人家。

有八首《咏史》诗,是左思的代表作。这八首诗借着咏叹古人,抒写诗人自己的心胸。例如那首《郁郁涧底松》,就是针对当时的门阀制度写的。

当时那个社会非常讲究出身,"上品无寒门,下品无世族"。左思在诗中打了个形象的比方:"郁郁涧底松,离离山上苗。以彼径寸茎,荫此百尺条。"其意为:郁郁苍苍的百尺青松,就因为长在涧底,反被山头上寸把粗细、枝弯叶垂的树苗遮蔽着,这多像那些庸才凭借门第势力,压在有本领的寒士头上!

诗人接着感叹:"世胄蹑高位,英俊沉下僚。地势使之然,由来非一朝!"[世胄(zhòu):世代做高官的。蹑(niè):登。]读者不难从诗中感受到作者的激愤,也更能体会出世道的不平!

另一首《咏史》诗是歌颂荆轲、高渐离的。这二位也都是贫寒出身,却都出类拔萃:

荆轲饮燕市,酒酣气益震。哀歌和渐离,谓若傍无人。虽无壮士节,与世亦殊伦。高眄邈四海,豪右何足陈。贵者虽自贵,视之若埃尘。贱者虽自贱,重之若千钧。

◎酣:半醉。震:威。◎和(hè):与人合唱。渐离:高渐离。谓:以为。◎节:志操。殊伦:不同一般。◎眄(miǎn):斜着眼看。邈:小看。豪右:豪门贵族。陈:说,提起。◎钧:

古代重量单位，一钧为三十斤。

我们讲《史记》时说过，荆轲是战国时的勇士，受燕太子丹之托，刺杀秦王，并为此献身。他曾在燕市结交了琴师高渐离和一位杀狗的屠户，三人每日高歌狂饮。荆轲死后，高渐离替他报仇，也死在秦廷。左思吟咏的，就是这两位贫民出身的壮士。

诗人在这里提出两种尊严：贵族们自认为地位高贵，可是在诗人眼里，他们却尘土不如；荆、高地位微贱，他们的价值却有千钧重！可以说，左思的见识，远远超越了他的时代。

从诗的风格看，左思与陆、潘也大不相同，悲凉慷慨，与建安诗风接近。有人称之为"左思风力"。

纸贵洛阳《三都赋》

左思还有一篇《三都赋》，名气很大。"三都"是指蜀都益州、吴都建业和魏都相州。赋中借西蜀公子、东吴王孙和魏国先生之口，各自夸说本国都城的繁华宏大。这虽然是汉赋的老套子，跟班固的《两都赋》、张衡的《二京赋》没什么两样，但左思注重现实内容，赋中反映了当年都市的真实面貌，因而自有价值。

说起左思的《三都赋》来，还有个典故。据说这篇赋整整写了十年。为了写好它，左思还特意请求当秘书郎，好能看到更多的内府图书。平时，他家的居室、庭院甚至厕所里都搁着纸笔，想到一个好句子，别管在哪儿，马上记下来。

赋写成了，当时的文学名流皇甫谧（mì）为它写序，张载、刘逵为它作注，曾经提携陆机的张华也赞叹不已。《三都赋》一时名声大震，洛阳的豪贵之家都争相传抄，弄得纸价飞涨——"洛阳纸贵"这个典故就是由这儿来的。

当年陆机初到洛阳，也想写这样一篇赋。后来听说左思要写，就拍着巴掌对陆云说：听说有个乡巴佬要作《三都赋》；好啊，等写好了，正好拿来盖我的酒坛子！——如今左思的赋写出来了，陆机读了，打心眼儿佩服，自己那篇也就搁笔不写啦。

二七、五柳先生陶渊明

五柳先生陶渊明

从战国的屈原到唐代的李白、杜甫，这中间的一千年里，陶渊明差不多是最伟大的诗人了。他有一篇《五柳先生传》，写得格外潇洒：

> 先生不知何许人也，亦不详其姓字。宅边有五柳树，因以为号焉。闲静少言，不慕荣利。好读书，不求甚解；每有会意，便欣然忘食。性嗜酒，家贫，不能常得。亲旧知其如此，或置酒而招之。造饮辄尽，期在必醉，既醉而退，曾不吝情去留。环堵萧然，不蔽风日。短褐

穿结,箪瓢屡空,晏如也。常著文章自娱,颇示己志。忘怀得失,以此自终……

◎何许:何处。◎不求甚解:不刻意寻求深意。◎亲旧:亲戚朋友。◎造:到。辄:就。期:希望。曾不:一点也不。吝情:在意,拘泥。◎环堵:四壁。萧然:空荡贫困貌。◎短褐:粗布短衣。穿:破损。结:连缀,打补丁。箪(dān)瓢:食器饮器。晏如:安然自得貌。◎自娱:自我娱乐。

这篇传记挺有意思,不说传主叫什么名字、是哪里人,实在超脱得很!——其实"五柳先生"就是陶渊明自己,这是他自己给自己画像呢。

陶渊明(约365—427)字元亮,一说名潜,字渊明,后世又称他靖节先生。他的曾祖父陶侃(kǎn)做过晋代的大司马,战功卓著,但由于出身寒族,仍被贵族们看不起。陶渊明父祖也都做过官,不过到他这里,家世已经衰微。正像他在《五柳先生传》里说的,他家四壁空空,挡不住风又遮不住日,粗布短衣补了又补,饭箪和酒瓢也常常底儿朝天。

陶渊明

不愿"折腰",宁可"归去"

陶渊明的超脱是谁也比不了的。他喜欢读书,读得高兴,就什么都忘了,还常常写点文章自我欣赏,用来抒发自己的抱负。什么世俗的得啊失啊,他全不放在心上。

当然,吃饭的问题总得解决。陶渊明一生也当过几任官,但每回时间都不长。他是个自在惯了的人,受不了那份拘束。譬如他做彭泽县令时,有一回郡里派官员下来视察,县吏告诉陶渊明,得系好腰带、衣帽整齐地去迎接。陶渊明恼了,说:"我岂能为五斗米折腰向乡里小儿!"——我哪里能为那五斗米的薪水向那个乡下小子弯腰行礼呢!于是他当天就交还官印,回乡种田去了。

陶渊明有一篇非常有名的赋叫《归去来兮辞》,表达了他厌倦官场、向往田园的情思,大概就是这回辞官后写的。赋的一开头就说:

> 归去来兮,田园将芜胡不归!既自以心为形役,奚惆怅而独悲?悟已往之不谏,知来者之可追。实迷途其未远,觉今是而昨非……

◎归去来:即归去。来是语气词。芜:荒芜。胡:为什么。◎心:心灵。形:身体。役:役使。奚:为什么。◎谏:劝止,也有挽回的意思。追:补救。◎今是:指现在的归隐是正确的。昨非:指以前的入仕是错误的。

赵孟頫书《归去来兮辞》（局部）

陶渊明这是自己劝自己：回去吧，田园都荒芜了，为什么还不回去呢？既然为了养家糊口，让心受了委屈，干吗还要独自惆怅伤悲啊？如今算是知道了，过去的事不可挽回，今后却还可以补救。既然认识到昨天错了，今天才找到正道儿，那就走下去吧，好在弯路走得还不算远！

做了这番反省之后，诗人接着又写了一路归去时的兴奋急迫，以及到家后舒心惬意的生活——或是饮酒，或是游逛，或是读书弹琴，或是跟亲人聊天，享受天伦之乐，农忙时则亲自到田里去除草培土。生活是那么自然和谐！

"云无心以出岫（xiù），鸟倦飞而知还"，这哪里是写云写鸟，分明是写他那颗热爱自由、向往自然的心啊！

采菊东篱下，悠然见南山

就这么着，陶渊明脱离了尔虞我诈的官场，过起田园生活。他有《归园田居》五首，其中第一首这样描写乡村的生活：

……方宅十余亩，草屋八九间。榆柳荫后檐，桃李罗堂前。暧暧远人村，依依墟里烟。狗吠深巷中，鸡鸣桑树颠。户庭无尘杂，虚室有余闲。久在樊笼里，复得返自然。

◎暧暧（ài）：昏昧貌。依依：轻柔貌。墟里：村落。
◎颠：即巅，顶。◎樊笼：本为鸟笼，喻不自由的境地。

诗人选取了乡村里最迷人的景致放到诗中：一带草屋，屋后是浓郁茂密的榆树，房前是明艳照人的桃李。远方的村落若隐若现，轻柔的烟霭袅袅升起。狗不知在哪条深巷里吠叫，鸡飞上桑树引吭高歌……诗人悠然自得地生活在这闲暇恬静的气氛中，再没有尘俗杂事来打扰他，多像是久在笼子里的鸟，重又飞回到大自然里去！

诗人不但能从平凡的乡居生活里发现美，而且能用自然恬淡的语言把美的意境表达出来。——只有从一颗深深爱恋着田园生活的心里，才能流淌出如此美好、自然的诗句来！

诗人跟劳动者的关系也越来越密切，"时复墟曲中，披草共来往。相见无杂言，但道桑麻长（zhǎng）"。他还常常亲自下田劳作，听听《归园田居》的第三首：

种豆南山下，草盛豆苗稀。晨兴理荒秽，带月荷锄归。
道狭草木长，夕露沾我衣。衣沾不足惜，但使愿无违。

◎南山：庐山。◎兴：起床。荒秽：杂草。荷锄：扛着锄头。◎愿无违：不违背隐居的心愿。

田间的劳作是辛苦的，需要早出晚归。扛着锄头走在长满野草的小路上，晚上的露水把衣服都打湿了。没有亲身体验过的人，这样的细节是写不出来的。

陶渊明的生活,似乎跟农夫没有什么差别了。可是他的情趣,还是文人的。有这么一首诗:

结庐在人境,而无车马喧。问君何能尔,心远地自偏。采菊东篱下,悠然见南山。山气日夕佳,飞鸟相与还。此中有真意,欲辨已忘言。

◎人境:人类聚居的地方。◎尔:这样。远、偏:都有远离人境的意思。◎日夕:黄昏时分。◎"此中"二句:用《庄子》语,意为从大自然的启示领会到的真意,不可言说,也不必言说。

"采菊东篱下"诗意

这是《饮酒》的第五首,是陶诗中最有名的一首了。——在车马喧闹的人境居住,却可以不受打扰,这全是心摆脱了世俗纠缠的缘故。在篱笆边上采摘着菊花,不经意地欣赏着南山的景色。夕阳之下,山色更美,飞鸟结伴飞回山林。——这里面大有意趣,可又何必去探究呢,这本来也是无须说出口的!

一切都是那样漫不经心,恬静悠然。诗人的心远远离开了车马纷扰的世俗世界,进入一种超然物外、难以言状的境界。诗就是这么几句，并没有什么深奥之处，可是从那简淡闲远的意境中，我们却体会到无穷的意味！

陶渊明的《饮酒》诗共有二十首，大都是乘着酒兴写的。他好喝酒是出了名的，可是因为穷，却常常喝不上。亲戚朋友知道他的嗜好，一有酒就请他去。他呢，有请必到，而且一喝就喝个一醉方休。他自己若是有酒，也绝不吝惜。有客人上门，不管是贵客，还是穷朋友，他总要端出来跟客人同饮。

吾亦爱吾庐

闲暇时，陶渊明就陶醉在书本中。有一首《读山海经》，写出诗人的耕读之乐：

> 孟夏草木长，绕屋树扶疏。众鸟欣有托，吾亦爱吾庐。既耕亦已种，时还读我书。穷巷隔深辙，颇回故人车。欢言酌春酒，摘我园中蔬。微雨从东来，好风与之俱。泛览《周王传》，流观《山海图》。俯仰终宇宙，不乐复何如。

◎孟夏：初夏。扶疏：枝叶繁密四布貌。◎托：托身之所。◎穷巷：深巷。深辙：指车马来往的要道。辙，车轮轧出的轨迹。◎《周王传》：《穆天子传》。《山海图》：《山海经图》。◎俯仰：形容很短的时间。终宇宙：遍游宇宙。

初夏的季节，在树木环绕、众鸟鸣啭的环境里，趁着农事暂歇的当口，读读心爱的书籍。跟朋友饮酒畅叙，园中的新鲜菜蔬正好下酒。小雨如酥，东风吹拂，随意翻阅古代帝王的传奇，浏览《山海经》里的奇异图画，俯仰之间已遍游宇宙，还有比这更快活的事吗？

不求高官，不慕荣利，自食其力以换取自由之身，享受读书之乐，这就是诗人的生活目标，其中还带着点理想成分吧。诗中有一种恬淡和谐之美，又仿佛有音乐在其间流淌……

陶渊明不大懂得乐理，身边却总放着一张琴——一张没弦的琴。酒喝到高兴的时候，就取过琴来，手在上面比画着弹弄一番。虽然没有声音，可他心里一定是在唱着呢！

也有金刚怒目诗

陶渊明归田后不久，家里遭了一场大火，屋子全烧光了。这以后，他全力耕种，仍不免饥一顿、饱一顿；甚至由于饥饿的驱使，竟至向朋友去乞食。然而贫困没能逼迫他放弃操守。

一次，他连病带饿，躺在床上已经好几天了。江州刺史檀道济去探望他，试探着问他：贤者处世，赶上乱世就隐居起来，世道清明就出来做官。如今正是清明之世，先生干吗委屈自己呢？陶渊明不愿意跟官僚们打交道，就说：我哪里敢跟贤者比，差得远哪！檀道济碰了软钉子，只好把带来的米和肉留下，不想陶渊明不肯收，挥手要他拿走。

对于朋友的帮助，陶渊明却从不推辞。诗人颜延之在当地做官，常常到他家喝酒。一次临走时留下二万钱，陶渊明索性全都送到酒家，以后随去随饮，免去沽取交易的麻烦。

从陶渊明的爽直和耿介里，我们已经看出，他的性格中不只有平和恬淡的一面，还有"金刚怒目"的一面。他在《杂诗》之五中说：

忆我少壮时，无乐自欣豫。猛志逸四海，骞翮思远翥。……

◎"无乐"句：没有快乐的事，心境也是愉快的。◎逸：超越。◎骞（qiān）：飞举貌。翮（hé）：翅膀上的硬翎。翥（zhù）：飞翔。

原来青年时代的陶渊明也做过鲲鹏展翅的梦。可是他生在晋末乱世，理想难以实现，又不愿与世俗同流合污，便只好在田园诗酒里寻求乐趣了。那埋藏心底的壮志雄心，也只有在《咏荆轲》那样的诗篇里，在"雄发指危冠，猛气冲长缨""凌厉越万里，逶迤过千城"的诗句中，才显露出只鳞片爪！

桃花源里好耕田

陶渊明的散文以《桃花源记》最有名。这本来是《桃花源诗》的题记，可是流传到后来，"记"反倒比"诗"更有名气。

《桃花源记》写东晋时有个武陵渔夫沿溪行船，"忽逢桃花林，夹岸数百步，中无杂树，芳草鲜美，落英缤纷"。船到源头，有座小山。渔夫舍舟登岸，从一个狭小的山洞钻进去，走了几十步，

忽然眼前一亮,原来那里竟有一个崭新的世界。但见:

土地平旷,屋舍俨然,有良田美池桑竹之属。阡陌交通,鸡犬相闻。其中往来种作,男女衣著,悉如外人。黄发垂髫,并怡然自乐。

◎俨然:整齐的样子。◎阡陌:指道路。◎黄发垂髫(tiáo):指老人和小孩。髫,小孩子垂下来的头发。◎怡然:快乐的样子。

这里的人见了渔人,都非常惊讶,争着来问外界消息,还纷纷请他到家里,设酒杀鸡招待他。原来,这些人的祖辈因躲避

明人绘《桃源仙境图》(局部)

秦时的战乱，逃到这个与世隔绝的地方，渐渐形成一个独立的小社会。当谈起外面的情形，"乃不知有汉，无论魏晋"。渔人离开时，桃源中人再三叮嘱他"不足为外人道也"。——后来又有人去寻找这个世外桃源，却怎么也找不到。

《桃花源记》描绘了一幅理想社会的美妙图画。那里安宁、富庶、和乐。人们从容地参加农业劳作，自耕自食，没有官吏的压迫，也没有战争的侵扰。这大概正是封建乱世里农民所渴求的乐土吧。这片乐土，也正是陶渊明在他的田园诗里多次描写过的，是他所向往着的。

《桃花源记》虽然只有三百字，却写得曲折有致。文字又是那么简洁朴素。虽说是散文，却充满诗意，明明是想象，却又写得真实如见，因而成为脍炙人口的名篇。

最早的田园诗人

陶渊明不但给自己写过《五柳先生传》，还为自己写过挽诗哩。他活了六十几岁，死于贫病。临终前，他写了三首《挽歌诗》，其中有一首说：

> 荒草何茫茫，白杨亦萧萧。严霜九月中，送我出远郊。……向来相送人，各自还其家；亲戚或余悲，他人亦已歌。死去何所道，托体同山阿。

◎山阿（ē）：山陵。

这是诗人想象着为自己送葬的情景,他对人生的得失荣辱看得很轻,对生死的态度也很洒脱。他知道,送葬的人们一散,死者在这个世界上的影响也就完结了。也许亲人还要伤心一阵子,可别人早已唱起歌来。自己把躯壳交给山陵大地,还有什么可说的呢!

然而陶渊明的影响并没有就此完结。他的伟大,是逐渐被人认识的。活着的时候,他一直穷困潦倒;他的诗自然也不被人看重。他那种平淡自然的风格,跟当时文坛上盛行的富艳文风格格不入,以致百年以后,文学批评家钟嵘写《诗品》时,只把陶渊明的诗歌列为中品。

从唐代起,人们开始认识到陶诗的价值。李白、杜甫、白居易、王维、孟浩然、韩愈、柳宗元,以及宋代的苏轼、黄庭坚、陆游、辛弃疾……几乎没有一位文学家不诚心诚意地仰慕他、推崇他、学习他。生前跟他那个社会格格不入的五柳先生,终于在后世获得了这样多的知己和学生!

陶渊明还是第一个把田园生活写进诗中的文人。从他的田园诗里,可以看出他对生活和大自然爱得那样深沉,那样真挚,真可以说是"文如其人"了。

二八、南朝二谢,水秀山明

《昭明文选》与《玉台新咏》

陶渊明生活的年代,已属于六朝时期。怎么叫六朝呢?当时建都在建康（今江苏南京）的政权先后有六个：东吴、东晋、宋、齐、梁、陈。这是指南方的情形。北方呢，刚好也经历了六个朝代：先是曹魏、西晋，后来又有后魏、北齐、北周，最终由隋统一天下。——人们因而把这一时期泛称"六朝"。

不过我们现在常把晋以后的历史局面称为南北朝（420—589），南朝为宋、齐、梁、陈，北朝则指后魏、北齐、北周。咱们讲文学，也分南北来谈。先说说南朝的诗文。

有两本诗文集，收录了不少南朝诗文，一本是《昭明文选》，一本是《玉台新咏》。

《昭明文选》简称《文选》，是梁武帝的儿子昭明太子萧统（501—531）和他的门客编选的。全书三十卷，大体分成赋、诗、文三类，从先秦到南朝前期的作品，共收了七百多篇。这部书要算咱们中国最早的诗文总集了。由于挑选精心、把关严格，入选的诗文质量都很高，因此流传不衰，对后世影响很大。至今人们还把研究《文选》当成一门学问呢。

《玉台新咏》则是诗歌集，编选者徐陵（507—583）本人就是位诗人，他历经梁、陈二朝，擅长写宫体诗，也写过一些边塞题材

《昭明文选》书影

的诗歌。

《玉台新咏》偏重收录汉代以来的女性题材诗歌,"脂粉气"浓了点儿,但也收了一些乐府民歌。像那首著名的《孔雀东南飞》,就保存在这部书中。作为一位编选者,徐陵的眼光还是很不错的。

谢灵运:山灵水韵成新诗

南朝第一位大诗人要数谢灵运(385—433)。他比陶渊明出生略晚一点,但两人却生活在两重天地里。

谢灵运小名客儿,也称谢客。他的祖父谢玄是东晋大贵族,谢灵运承袭爵位,十八岁就封为康乐公。人称"谢康乐"。谢康乐很会享受,他的车马、服饰、器具在当时都是最豪华的。他的诗名极高,每写一首诗,都市中无论贵贱,都争着传抄,一宿的工夫,已是家传户诵了。

东晋被刘宋政权取代,谢灵运也由公爵降为侯爵。他心中不平,就整天游山逛水,不理政事。后来他干脆辞官回家,仗着祖上留下的丰厚产业,凿山挖湖,大建别墅,没有一天消停。为了游山方便,他还设计了一种登山木屐,上山时去掉前齿,下山时去掉后跟,很是稳

清人书谢灵运诗

便实用。

他山游也与众不同,前呼后拥,每回总要带上好几百人。一次他带着几百僮仆到临海去玩,一路伐木开道,大呼小叫,声势浩大。临海太守吓了一跳,还以为山贼来了呢!——谢灵运的举动引起当权者的不安,后来找个由头,把他杀掉了。

谢灵运是中国文坛上第一位大量创作山水诗的诗人。他的诗能够逼真细致地刻画自然景物,反映山水之美。江南的明山秀水,在他的诗歌里显得分外娇媚。看看这首《石壁精舍还湖中作》:

> 昏旦变气候,山水含清晖。清晖能娱人,游子憺忘归。出谷日尚早,入舟阳已微。林壑敛暝色,云霞收夕霏。芰荷迭映蔚,蒲稗相因依。……
>
> ◎昏旦:黄昏和早晨。◎娱人:使人娱悦。憺(dàn):安适。◎阳已微:日光已经昏暗。◎壑(hè):山谷。敛:收敛。暝色:暮色。霏:云飞貌,这里用作名词。◎芰(jì)荷:菱叶与荷叶。映蔚:茂盛而相互映照。蒲稗:菖蒲和稗草,都是水草。因依:依倚。

诗中描写了到会稽石壁寺游玩的所见所感。那里早上和黄昏景色不同,山光水色清幽宜人,让人乐而忘返,不觉日色已暮。晚霞凝聚在天边,湖里的荷花相互映照,水草也依倚摇摆。"林壑敛暝色,云霞收夕霏"两句是点睛之笔,把傍晚山林上明下暗的特点写得如描如画,连李白也对这两句赞赏不已。

只是诗的后面大谈哲理,有些扫兴。不过谢灵运的时代,士大夫崇尚空谈,那会儿的诗歌多是寡淡无味的玄言诗。谢灵运把山光水色写进诗中,已是了不起的开创,保留一点玄言诗的尾巴,也是可以理解的。

正因这个,谢诗中全篇好的不多,名联佳句却不少。像"野旷沙岸净,天高秋月明""明月照积雪,朔风劲且哀""春晚绿野秀,岩高白云屯"等诗句,都给人留下画儿一般的印象。

尤其是"池塘生春草,园柳变鸣禽"(变鸣禽:指随着季节变化,鸣禽换了种类)一联,一下子抓住春天的景物特色,写得自然如话,对仗工稳。谢灵运自己也很得意,说那一回苦思一天,没写出佳句,睡着了,受神人指点,才写出这两句的。——这当然是有点吹牛啦!

小谢诗:三日不读,便觉口臭

谢灵运辞世三十多年,江南谢氏家族又诞生了一位诗人——谢朓(tiǎo)。谢朓(464—499)与谢灵运同族,为了区别,人们称谢灵运为"大谢",谢朓为"小谢"。小谢曾任宣城太守,所以又称"谢宣城"。

谢朓受谢灵运的影响,也擅长写山水诗。只不过诗的风格更为清新流丽,玄言的成分也不见了。看看这首《晚登三山还望京邑》:

灞涘望长安,河阳视京县。白日丽飞甍,参差皆可见。

余霞散成绮，澄江静如练。喧鸟覆春洲，杂英满芳甸。……

◎灞，即灞陵。涘（ǒi）：岸。河阳，县名，在今河南省。京县：洛阳。◎飞甍（méng）：飞耸的屋檐。参差（cēn cī）：高下不齐貌。◎绮：锦缎。练：白绸子。◎覆：盖，此处言鸟多。英：花。甸：郊野。

这是谢朓登山纵览长江春景，并回顾金陵所作。头二句用典，以长安、洛阳喻京师金陵。接着是眼下所见：夕阳照耀在京城飞甍的殿檐上，高低错落，如在眼前。天空的彩霞铺展开来，多像五彩锦缎；清澄的长江波浪不起，就像一匹白练，蜿蜒展开。江中绿洲上满是喧叫的鸟儿，各色野花也开遍了芳草萋萋的郊野……

诗的后几句是抒情。诗人留恋这里的美景，却又因不能在京师久留而伤怀，一想起这些，诗人泪下如雨，头发也要愁白了！

安徽宣城谢朓楼

谢朓的诗已能做到情景交融，诗中对春江晚景的描写尤为出色。"余霞散成绮，澄江静如练"，这一联比起大谢的"林壑敛暝色，云霞收夕霏"，似乎更胜一筹！

小谢诗中名句很多，像"天际识归舟，云中辨江树""鱼戏新荷动，鸟散余花落"，都是神来之笔。

谢朓还特别注意在诗的一开头就先声夺人。有一首的开头这样写道："大江流日夜，客心悲未央。"这气势有多大！再如"朔风吹飞雨，萧条江上来"，让人一读，似乎那冷风裹着雨点，已经打在了脸上！

谢朓的诗里已有唐人气息，在当时就深受人们推重。梁武帝说：我三日不读谢诗，就觉得口臭。——这真是极高的赞誉。

"蓬莱文章建安骨，中间小谢又清发"，这是唐代大诗人李白对谢朓的夸赞。李白登九华山时，还曾感叹说："恨不携谢朓惊人诗句来，搔首一问青天耳！"感慨里带着钦慕！

大谢开创了山水诗派，小谢是这一派中成就最高的诗人。他们的诗还直接影响到唐代王维、孟浩然的山水田园诗派。

二九、鲍照叹"行路"，江郎伤离别

鲍参军：圣贤尽贫贱，我辈孤且直

在南朝，谢灵运死后五六年，有位二十岁的青年诗人到京城谋官。他拿着自己的诗向临川王刘义庆毛遂自荐，别人劝他：

你身份微贱，还是别去惊动大王为好。青年勃然大怒说：千百年来不知多少英才被埋没掉了！大丈夫哪能揣着本事，跟燕雀一块儿碌碌无为地混日子！

刘义庆挺喜欢这个小伙子，更欣赏他的诗，不但赏赐他财物，还提拔他做了官。他就是南朝著名诗人鲍照（414—470）。

鲍照曾做过前军刑狱参军，世称"鲍参军"。他的诗风跟谢灵运大不相同，他继承汉魏民歌的传统，写了不少乐府诗。其中最有名的要数《拟行路难》十八首。"行路难"是乐府古题；鲍照出身寒微，一辈子受压抑，深感在这个世界上"行路"不易。《拟行路难》就处处体现了他的这种人生感叹。像其中第四首：

泻水置平地，各自东西南北流。人生亦有命，安能行叹复坐愁。酌酒以自宽，举杯断绝歌路难。心非木石岂无感？吞声踯躅不敢言。

◎自宽：自己为自己宽解。断绝：断绝愁思，一说停止唱歌。◎吞声：欲言又止。踯（zhí）躅（zhú）：徘徊。

诗人到底为什么而痛苦？诗中始终没说出来。可说不出来的痛苦比说得出的还要煎熬人，从这首诗里，正可以看出这一点来。

第六首的情绪更加激愤，这可能是罢官以后作的：

对案不能食，拔剑击柱长叹息。丈夫生世能几时，安能蹀躞垂羽翼？弃置罢官去，还家自休息。朝出与亲辞，暮还在亲侧。弄儿床前戏，看妇机中织，自古圣贤尽贫贱，何况我辈孤且直！

◎案：放食器的小几。◎蹀（dié）躞（xiè）：小步行走貌。◎弃置：抛弃。◎孤：孤寒，指身世寒微。

对案不食、拔剑击柱，诗人的心情激愤到了极点！他宁可辞官不做，也不愿小心翼翼地迈着步、垂着翅膀过日子。——陶渊明也曾辞官不做，可是由于性格不同，思想情趣不同，两人的诗风竟有这样大的差别！

鲍照诗中还有一些描写征夫生活的乐府诗。如《代出自蓟北门行》写战士奔赴边塞、誓死卫国。诗中把北方边塞的恶劣环境刻画得十分逼真："疾风冲塞起，沙砾自飘扬。马毛缩如猬，角弓不可张！"——战士们就在这样的环境中"投躯报明主，身死为国殇"，壮烈异常！

鲍照的辞赋，也带着这种伤感悲壮的调子，有一篇《芜城赋》，描述了广陵城遭受战争破坏的情形。战前的广陵城车水马龙，"歌吹沸天""才力雄富，士马精研"。可经过战争的洗劫，这里变得荒草遍野，狐鼠满城。风雨大作时，城中狼嗥鬼哭，景象万分恐怖！——赋中还揭示了盛衰之理，富于哲学意味；而以赋体记述历史事实，这在以前还没有先例。

江郎才尽彩毫失

谢朓写诗，很注意声律和对仗，他跟同时代的沈约共同开创了"永明体"。永明（483—493）是南朝齐武帝的年号。这一派诗歌很讲究音调的谐美,沈约还为此总结出"四声八病"的规律。

沈约(441—513)的诗写得并不很出色,可他的声调理论推动了中国诗歌从自由的古体走向格律严整的近体,意义不小。——也有人说,沈约是从佛教的唱经规律中获得启发的。南北朝时,佛教对中国文化的影响已经十分明显。

南朝到了梁、陈两代,宫廷中又兴起一种"宫体诗",倡导者是梁简文帝萧纲和一伙贵族。宫体诗专门描写淫靡色情的生活,特别讲究辞藻、音律和用典。这种不健康的诗风,在诗坛上统治了半个世纪。

不过这期间也出现几位有成就的文学家,例如江淹(444—505)就是出色的辞赋家,《恨赋》《别赋》都是他的赋中名作。《别赋》的开头是这样写的:

黯然销魂者,唯别而已矣。况秦吴兮绝国,复燕宋兮千里;或春苔兮始生,乍秋风兮暂起。是以行子肠断,百感凄恻。风萧萧而异响,云漫漫而奇色……

◎黯(àn)然:失色、沮丧貌。销魂:丧魂。◎绝国:绝远之国。◎行子:出门在外的人。凄恻:悲伤。

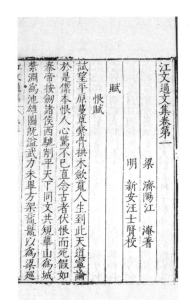

江淹《江文通文集》书影

◎异响、奇色：指声音、颜色异于平时，这是从行子的感觉上写的。

接着诗人描绘了各种各样的离别，有富人的、剑客的、征夫的、情人的……赋中借助景物来渲染人的离愁别恨，读了催人泪下！

据说江淹晚年曾做过一个梦，梦见诗人郭璞对他说：您借了我的五色笔，这会儿该还给我了吧！江淹便真的从怀里掏出一支笔来还给他。可自那以后，江淹才气大减，再也写不出好文章来！"江郎才尽"的典故，就是由这儿来的。——这当然只是传说。不过江淹后来官儿做得很大，文才因而被消磨，也是事实。

移文拒小人，飞书召降将

跟永明体诗风接近的，还有一位孔稚珪（447—501），他的代表作是骈文。

骈文是汉赋的一种变体，全篇的句子都是成双成对的。"骈"即成双的意思。因句子多为四字或六字，又称"四六文"。骈文辞藻华美，讲究声律，读起来音调铿（kēng）锵（qiāng）、朗朗上口，富于音乐美。

孔稚珪的骈文佳作是《北山移文》。北山指的是钟山，在金陵城外，也就是今天的紫金山。南齐时有个叫周颙（yóng）的，在钟山隐居，自命清高，受人敬重。可后来他又跑到朝廷去做官，孔稚珪对此很是气愤。当周颙再次路过钟山时，孔稚珪便写了这篇文章，借山灵之口斥责这个小人。

在孔稚珪笔下，山峦草木都动员起来，愤怒地拒绝这个庸俗而伪善的家伙，不允许他再令钟山蒙受耻辱。这种拟人化的手法运用得很成功，加上整齐的句式和响亮的音节，给人淋漓痛快的感觉。

说到南朝的骈文，还不能不提丘迟（464—508）。他在齐、梁两朝都做过官，他的《与陈伯之书》，堪称骈体书信的佳作。——陈伯之原在梁朝做官，后来投降了魏。丘迟便以私人名义写信给他，又是责备，又是劝说，还拿情感来打动他：

文征明书《北山移文》（局部）

> 暮春三月，江南草长，杂花生树，群莺乱飞。见故国之旗鼓，感平生于畴日。抚弦登陴，岂不怆悢？……
>
> ◎故国：指梁朝。畴（chóu）日：昔日。◎弦：弓弦。陴（pí）：城上短墙。怆（chuàng）悢（liàng）：悲伤。

丘迟把江南的春天写得那么美，勾起了陈伯之的乡情，终于使之重归梁朝。丘迟的一支笔，敌过一支军队！

跟江淹同时的南朝作家还有吴均（469—520）与何逊（472—519），二位都是描摹风景的好手，只是吴均擅长散文，何逊擅长诗歌。吴均有一篇《与宋元思书》,是他写给朋友的书信,信中描摹江南景色,真是写绝了。例如他写富春江的水:"水皆缥碧,千丈见底。游鱼细石,直视无碍……"(缥碧:青苍色。)那该是多么美的自然景观!

至于何逊的诗,这里举一首《相送》:

客心已百念,孤游重千里。江暗雨欲来,浪白风初起。

这后两句,简直把江面上风雨欲来的情景写活了!

杜甫很推重这位前辈,写诗说"颇学阴何苦用心",这里的"何"就是何逊,"阴"是指陈朝诗人阴铿(约511—约563)。

阴铿的诗风跟何逊相近,也以写景见长。像"潮落犹如盖,云昏不作峰。远戍惟闻鼓,寒山但见松"这样的诗句,已接近唐诗了!

亡国之音《后庭花》

讲南朝诗文,有一位特殊的诗人不能不提,即南朝最后一位皇帝、陈后主陈叔宝。

陈叔宝(553—604)是个昏庸的君主,他懒得管理政事,每天带着七八个妃子、十来个佞臣鬼混,饮酒作乐通宵达旦。直到隋军渡过长江,攻破建业,他才发现事情不妙,慌慌张张逃到景阳殿后院,躲进一口枯井里。

半夜,隋兵发现井中有人,呼叫不应;威胁要投石头,里面的人才喊起来。等放下绳子往上拉，奇怪，怎么拉不动？拽上来才发现，原来绳子那头竟缒（zhuì）着三个人：陈后主和他的两个爱妃！——陈后主就这样当了贻笑千古的亡国之君。

陈后主专爱作淫靡浮艳的宫体诗，其中有一首题为《玉树后庭花》，后四句是"妖姬脸似花含露，玉树流光照后庭。花开花落不长久，落红满地归寂中"。你看，人是美人，景是美景；可一切都是过眼烟云，总会像落花一样归于沉寂！——此诗映射出一个昏庸君主得过且过的颓唐心态，也成了"亡国之音"的代名词！

相传当年陈后主曾入此井中

三〇、庾赋郦经，北朝诗文

庾信文章老更成

北朝最著名的文学家是庾信（513—581），他本是南朝梁人，父亲庾肩吾是有名的宫体诗人。庾信少年时就出入宫廷，做过太子的文学侍从。后来奉梁元帝之命出使西魏，他被强留在北方，很不情愿地做了西魏的官，官至骠骑大将军、开府仪同三司，世称"庾开府"。到北周时，他官做得更大了，可心里却很痛苦，常常想念故国，却没法子回去。

过去在梁朝时，庾信写了不少宫体诗，并未展现多高的才华。到北地后，环境变了，心情变了，他的诗风也发生了很大变化。

庾信有一组《拟咏怀》，共二十七首。诗中充满对身世的感伤及对故国的伤悼，像"胡笳落泪曲，羌笛断肠歌""楚歌多恨曲，南风多死声。眼前一杯酒，谁论身后名"，都是十分沉痛的诗句。《拟咏怀》第十七首写北方的军旅生活，很有特色：

> 日晚荒城上，苍茫余落晖。都护楼兰近，将军疏勒归。马有风尘气，人多关塞衣。阵云平不动，秋蓬卷欲飞。闻道楼船战，今年不解围。

◎"都护"二句：都护，官名，这里泛指边将。楼兰、疏勒，分别为汉时西域国家。此二句泛指边将出征立功。◎阵云：传说大战时阵前有云如墙。蓬：一种野生植物，常常被风拔起，随风飞舞。◎"闻道"二句：这里是由眼前情景，联想到南方的战事，借典故表达对故国的怀念。楼船，高大的战船。汉时，武帝曾拜杨仆为楼船将军。

庾信久留北方，他的诗也一改纤柔的南方情调，染上苍劲的北国色彩。诗中描写在荒凉的边城，日色已暮；军队远征归来，还带着战争的风尘。诗人特别善于渲染气氛,"阵云平不动,秋逢卷欲飞"写得格外传神。

庾信的短诗也很有味道,如《寄王琳》:

玉关道路远,金陵信使疏。独下千行泪,开君万里书。

◎玉关:玉门关,在今甘肃省。信使:使者。

只这么短短四句,把家国之思和故人之情抒写得淋漓尽致,胜过千言万语。

说到辞赋,庾信的《哀江南赋》是南北朝辞赋中第一流的作品。这篇赋是他晚年所作,赋中追叙了自己前半生的经历,详述了江南遭受战乱、梁朝终于亡国的惨痛历史。

赋中写到江陵攻破后,百姓被虏往北方的途中情景:

水毒秦泾,山高赵陉。十里五里,长亭短亭。……雪暗如沙,冰横似岸,逢赴洛之陆机,见离家之王粲。莫不闻陇水而掩泣,向关山而长叹!……

◎"水毒"句:春秋时,秦晋作战,秦人曾在泾水中放毒,这里形容行程险恶。赵陉(xíng),指河北井陉,在当时赵国境内。

赋中有现实情景,也有信手拈来的典故,语调铿锵,感情沉痛,读了既是文学享受,又震撼人心!——这还是继承鲍照《芜城赋》的传统呢。

庾信诗在格律上也有所发展,他的五言诗、七言诗与唐诗相

庚信《庾开府集》书影

近。诗中还融合了南北诗风，既是对南北朝诗歌的总结，又开启了唐诗的伟大时代。

唐代诗人十分推崇庾信。李白评论说："清新庾开府，俊逸鲍参军。"杜甫称赞说："庾信文章老更成，凌云健笔意纵横。"又说："庾信平生最萧瑟，暮年诗赋动江关。"这些都是切实中肯的评价。

北地三才，文人相轻

北朝诗人里，王褒（约513—576）跟庾信的遭遇很相似。他也是南方人，被北朝俘虏，被迫做了北朝的官儿。两人的诗风也很接近，听听这首《渡河北》：

秋风吹木叶，还似洞庭波。常山临代郡，亭障绕黄河。心悲异方乐，肠断陇头歌，薄暮临征马，失道北山阿。

◎常山：汉关名，在今河北省唐县西北。代郡：在今河北省蔚县东北。亭障：古代边塞的堡垒。◎陇头歌：乐府歌名。阿（ē）：山脚。

诗人身在黄河边，眼见北方秋色，耳听异国歌吹，心中却想着洞庭的景物，思乡之情溢于言表。

后来陈朝跟北周通好，许多被俘的南方士人都被准许回国，唯独庾信和王褒，因为才华出众的缘故，周武帝不肯放他们回国。

当然，北朝也有自己的文学家，其中有三位号称"北地三才"，即温子升、邢邵和魏收。他们钦佩南方的诗人，拿南方的诗文做样板。三人又互相看不起，邢邵说魏收偷了江南任昉的诗句，魏收指责邢邵到《沈约集》中去做贼。

魏收（507—572）同时又是史学家，他撰写的《魏书》是二十四史之一。不过传说魏收的人品不大好，借着写史书，净给跟他有亲有故的人"贴金"；其他人或一字不提，或草草一叙。他还扬言：谁跟我作对，咱们就史书里见。我一抬举他，能让他上天；往下一按，又能让他入地！后来就有人称他这部书为"秽史"！

郦《经》颜《训》，散文动人

北朝还出现了几部用散文写作的学术著作，有挺高的文学价值，如郦道元的《水经注》、杨衒之的《洛阳伽蓝记》和颜之推的《颜氏家训》。

郦道元（约470—527）本来是位官员，在北魏末年当过地方官，读过许多书，跑过许多路。他对魏晋时无名氏作的《水经》很感兴趣，那是一本专门记录河流情况的地理著作。郦道元觉得好是好，就是太过粗略，决心给它作一番注疏，于是便有了这部《水经注》。

郦道元的《水经注》记述了一千多条水道的情况，光是引用的书籍，就有四百多种。注释中包含了大量地理、历史材料以及神话故事、民间传说，不少篇章还是十分优秀的风景散文，比如其中《江水注》的《巫峡》一节，就是自古传诵的名篇。

三峡长七百里，两岸"重岩迭嶂，隐天蔽日，自非亭午夜分，不见曦月"（曦月：日月）。这里四季景色不同，尤以巫峡的秋景最撩人：每当久雨初晴的日子或严霜如雪的早晨，林间就会传来猿猴的啼叫，"空谷传响，哀转久绝"，那叫声仿佛就回荡在读者的耳边。难怪当地渔歌有"巴东三峡巫峡长，猿鸣三声泪沾裳"的歌词。

《水经注》的内容比《水经》丰富很多，所注文字是原书的二十倍，其实这哪里是注疏，简直是另起炉灶啊！

再来看杨衒之（生卒年不详，活动于547年前后）的《洛阳伽蓝记》——"伽（qié）蓝"是梵语"佛寺"的意思。北魏迁都洛阳后，统治者崇信佛教，修了许多宏伟壮丽的佛寺。杨衒之曾在北魏为官。北魏亡国后，他再过洛阳，只见"城郭崩毁，宫室倾覆。寺观灰烬，庙塔丘墟"。他心中感慨，于是写下这部书。

书以佛寺描写为中心，全面描绘了帝都洛阳当年的繁华气象。书中还兼写跟寺庙有关的历史故事，也包括一些神话传说。

杨衒之特别擅长描绘佛寺建筑，如写永宁寺的九级

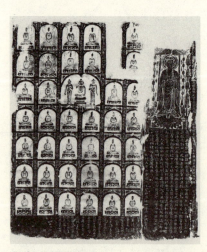

北魏石刻佛像拓片

佛塔,说是"金盘炫日,光照云表,宝铎含风,响出天外"(宝铎:指塔檐上的铃铎);又说"至于高风永夜,宝铎和鸣,铿锵之声,闻及数十里",令人如闻其声。

至于《颜氏家训》,则是一部别具一格的散文佳作。它的作者颜之推(531—595)在南北两朝都做过官,历经丧乱,亲眼看到社会上的种种黑暗。为了教育子弟,给他们树立起立身处世的准则,他就用浅近的文言写了《颜氏家训》二十篇。书中对各种知识都有论述,还结合见闻,发表自己的看法。

他说为人要"涉务",就是实实在在干一点事,不要一味地高谈阔论、养尊处优。他批评南方的贵族多少代也没有务农的,即使有,也只是让僮仆们去劳作,自己"未尝目观起一垡(fá)土,耘一株苗,不知几月当下,几月当收",几乎成了废物。

书中还讽刺了文人的迂腐,说是"博士买驴,书券三纸,未有驴字";又揭露一些人虚伪无耻,爹娘死了,用巴豆涂脸生疮,来表示自己非常孝顺,仿佛泪水把脸颊泡烂了似的。

《颜世家训》得到广泛流传,成了封建时代的教子课本。

三一、六朝民间曲,南北调不同

子夜吴歌南朝曲

当南北朝的文人士大夫们浅斟低吟、雕章琢句的时候,在民间有另一种诗歌蓬勃发展着。这就是继《诗经·国风》和汉魏乐府之后的又一丛民歌之花——南北朝乐府民歌。

在南朝,官设的乐府机关也搜集民歌,只是搜集的范围大多在城市,很少到乡村,作品自然也少了点泥土气息。

这些民歌有四五百首,多为情歌,按地域可分为两类。"吴歌"流传在长江下游、现在的南京一带;"西曲"呢,则产生在长江中游、汉水两岸。跟柔婉的吴歌相比,西曲的乐调显得急迫紧促一些。

吴歌中的《子夜歌》最有名。其中有这样一首,写爱情的来之不易:

> 高山种芙蓉,复经黄蘖坞。果得一莲时,流离婴辛苦。

◎芙蓉:荷花。黄蘖(bò)坞:黄蘖是一种乔木,果实心苦,可以入药。坞,四面高、中央凹下的地方。◎婴:加。

歌中的感情表达得很含蓄,用了一连串象征、暗喻和双关的手法。你看,在高山没水的地方种荷花本来就是件难事,还要经过象征着辛苦的黄蘖坞;即使采到莲子,也不知要费多少周折、受多少磨难!——这里的"莲"其实跟"怜爱"的"怜"是谐音,暗示得到情人的怜爱实在不易!

另一首虽然也是歌咏爱情的,却泼辣得多:

> 打杀长鸣鸡,弹去乌臼鸟。愿得连冥不复曙,一年都一晓。

◎乌臼鸟:一种报晓禽类。◎冥:昏昧不明。曙:天明。

这位姑娘夜间跟情人幽会,生怕天一亮情人就要离开,因此要"打杀""弹去"报晓的长鸣鸡、乌臼鸟,让一年当中只有一个早晨!这正应了"欢娱恨夜短"那句古话。——这样热烈而大胆的夸张,在文人的诗篇里是不会出现的。

"西曲"民歌保存下来的较少,内容大多是男女送别或妻子思念丈夫等题材。有一首题为《拔蒲》:

朝发桂兰渚,昼息桑榆下。与君同拔蒲,竟日不成把。
◎渚:水中小洲。◎蒲:一种水草。竟日:终日。

这个女子同情人一同拔蒲草,一整天也没拔满一把。——她的心被爱情陶醉着,效率又怎么能高?

《木兰》乐府北朝诗

说到北朝的乐府民歌,就不能不提那首脍炙人口的《木兰诗》。《木兰诗》也有叫《木兰辞》的,是一首长篇叙事诗,有人把它跟《孔雀东南飞》称为乐府诗中的"双璧"。诗中叙述一个勇敢的女孩子木兰女扮男装、替父从军的动人传说。

诗在一阵叹息声中开始了:"唧唧复唧唧,木兰当户织。不闻机杼声,唯闻女叹息。"[户:指门。杼(zhù):织布机上的工具。] 木兰为什么要叹气啊?原来爹爹的名字上了征兵的花名册!为了使年迈的爹爹免受军旅之苦,木兰决心替父从军。

以下写应征前的准备工作:"东市买骏马,西市买鞍鞯

(jiān)，南市买辔（pèi）头，北市买长鞭。"于是木兰跨黄河、越黑山，奔赴战场。而十年的战争生活，诗中只是一带而过。再见木兰，已是在朝堂上。木兰不愿受封赏，唯愿解甲还乡，与亲人团聚。诗中最后一段充满喜剧气氛：

爷娘闻女来，出郭相扶将。阿姊闻妹来，当户理红妆。小弟闻姊来，磨刀霍霍向猪羊。开我东阁门，坐我西阁床，脱我战时袍，著我旧时裳。当窗理云鬓，对镜帖花黄。出门看火伴，火伴皆惊惶："同行十二年，不知木兰是女郎。"

◎爷娘：爹娘。郭：城郭。扶将：扶持。◎霍霍：急速貌。◎著：同"着"（zhuó），穿。◎云鬓：如云的鬓发。帖：同"贴"。花黄：古代妇女的面饰。◎火伴：同"伙伴"。

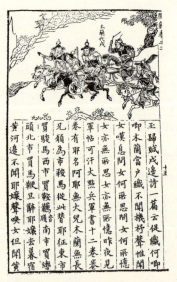

古代版刻《木兰诗》图文

诗歌采用铺陈的手法，把家人的欢欣及木兰恢复女子身份、重过和平生活的喜悦，烘染得非常热烈。尤其是让伙伴们大吃一惊的举动，又在喜庆中平添了活泼的情调，木兰的形象也更加丰满了。

全诗以"雄兔脚扑朔，雌兔眼迷离；双兔傍地走，安能辨我是雄雌"作结，这正是传统的比兴手法。不过以往的比兴都用在诗歌开头，这儿却用在结尾，可谓别出心裁！

风吹草低见牛羊

北朝乐府的风格又大不相同。北方由于少数民族杂居，加上连年烽烟以及地理环境的影响，乐府民歌也透着一股刚劲、质朴、直率的劲儿。当然，写战争的诗歌不会少，像《企喻歌》中这两首：

男儿欲作健，结伴不须多。鹞子经天飞，群雀两向波。
◎作健：做健儿。◎鹞（yào）子：雀鹰。两向波：向左右逃散。波，同"播"，逃散。

男儿可怜虫，出门怀死忧。尸丧狭谷中，白骨无人收。

前一首写出健儿冲锋陷阵的勇武气概。他们像鹞鹰一样冲天一飞，成群的敌人便像鸟雀一样吓得四散逃走。后一首写战争的残酷，战死的士兵暴尸荒谷，景象十分凄惨。

不过北朝民歌中也有情歌——即便是情歌，也跟南朝的大不相同，譬如《折杨柳枝歌》：

门前一株枣，岁岁不知老。阿婆不嫁女，那得孙儿抱。

这位北方少女把爱情的愿望表达得那么坦白直露，绝不遮遮掩掩、羞羞答答。又如：

> 驱羊入谷,白羊在前。老女不嫁,踏地唤天!

这一首中,女子对爱情的要求就更直截了当,带着几分泼辣和强悍!

有的民歌木是用少数民族语言歌唱的。像《敕(chì)勒歌》,那本是鲜卑族民歌,翻成汉语就是:

> 敕勒川,阴山下,天似穹庐,笼盖四野。天苍苍,野茫茫,风吹草低见牛羊。
> ◎敕勒:种族名,北朝时居住于今山西北部。阴山:在今内蒙古境内。穹庐:毡帐,即蒙古包。◎见(xiàn):现出,露出。

诗中歌唱草原的辽阔苍茫,意境辽远。据说东魏大将高欢伐周失利,自己也生病在床。敌人造谣说他死掉了。高欢为了稳定军心,勉强起床,召集贵族聚会,命手下将士唱《敕勒歌》,自己在一旁帮腔应和。——想来那曲调一定是苍凉悲壮,激励人心的!

三二、六朝小说,志怪志人

"小说"一词从何来

魏晋六朝还是中国小说的萌芽阶段。——"小说"这个词,最早出现在《庄子·外物》篇。有一则寓言说:任公子是个巨人,他蹲在会稽山,把钓钩甩到几百里外的东海,等鱼上钩。等了一年,才钓到一条大鱼。他把鱼肉切碎晾成干儿,全浙江的老百姓都吃得饱饱的。你说这鱼该有多大!

其实庄子是用巨人钓鱼来说明一个道理:人要想干成大事业,获得大名声,就得付出大代价。你看,任公子拿几头小牛做钓饵,花了一年的工夫才钓到大鱼。不肯花本钱、下力气,又怎么做得到?

这则寓言里就提到了"小说",不过这里的意思是偏颇琐屑的学识,是跟"大道"相对而言的,和今天我们说的"小说"是两码事。

到了汉代,"小说"又有了新内涵,是指一些道听途说的野史传闻,不大被文人雅士看得起。直至魏晋南北朝,"小说"才渐渐被赋予文学的意义。而真正的小说创作高潮,还要等唐传奇的兴起。

见怪不怪的《搜神记》

魏晋六朝的小说是一些文言短篇,大致可以分成"志怪"和"轶(yì)事"两类。

志怪小说顾名思义是专门记载神怪故事的,这跟当时盛行佛教、道教以及神仙方术之说有关。作品呢,有《神异记》《异苑》《续齐谐》等,最有代表性的,还要数《搜神记》。

《搜神记》的作者是东晋时的干宝(?—336)。他是位史学家,写过史书《晋记》,《搜神记》只是他的"业余"创作。可惜《晋记》没能传下来,倒是《搜神记》使他名扬后世。

《搜神记》可以称作一部半真半假的书籍,其中有荒诞迷信的方外奇谈,也有一些自然现象的记录,像妇女一胎生了仨儿子,一头牛长了五条腿之类。——尽管书中有不少神鬼怪异、死而复生的故事,干宝却坚持认为那都是真实发生过的,说他写这部书的目的,就是要证明"神道之不诬"(鬼神之事不是谎言)。所以这部书可以视为一部"见怪不怪"的小说。

不过书中记录了一些民间传说,还是很有价值的。如有一篇《李寄》,讲的是闽地山中有一条大蛇为害,迷信的人们年年用十二三岁的小女孩去祭它。老百姓为此吃尽了苦头。有个名叫李寄的小女孩偏偏不信邪,她主动要求以身祭蛇。

李寄带了一条猎犬,怀揣着一把利剑,潜藏到蛇洞附近,还用好几石米和了蜜做成大米团,放在蛇洞口。蛇从洞里爬出来,它"头大如囷,目如二尺镜"[囷(qūn):一种圆形谷仓],样子可怕极了。

蛇闻到香味,先吃掉大米团。李寄不失时机地放出猎犬咬它,又跟在后面用剑猛砍。蛇大概吃得太饱,动作不灵吧,终于被李寄杀死了。李寄从洞中找到九副女孩儿的白骨,叹气说:就因为你们太怯懦,才被蛇吃掉,真是太可怜了!——这个故事歌颂了李寄这个又机灵又勇敢的小英雄。想到她是女孩儿,人们尤其钦佩。

复仇少年,贵拟君王

《干将莫邪》一篇也是反抗强暴的主题。有个有名的铸剑师叫干将,他花了三年工夫为楚王打造了一对雌雄剑。干将早知道活不成,他事先把雄剑藏起,只把雌剑献给楚王。楚王果然将他杀掉了。

干将死后,他的妻子莫邪生下遗腹子,取名赤比。赤比长大后,决心替父报仇。他取出雄剑,赶往京城,寻机刺杀楚王。可是楚王戒备森严,反把赤比逼进山中。

赤比在山中遇到一位怪人,那人答应替他报仇,条件是"借"他的头和剑一用,赤比答应了。于是怪人带着赤比的头和剑面见楚王说:这是勇士的头,应该放到开水中煮。

头煮了三天三夜,不但没有煮烂,还从水中跃起,怒目而视。怪人又说:大王亲自来看一看,头就会煮烂的。楚王果真临近去看。这时怪人挥起雄剑,把楚王的头砍入汤锅,自己也随即自刎。——三颗头顷刻煮烂,再也分辨不出哪颗颅骨是楚王的。楚臣只好把汤肉分成三份埋了,称为"三王墓"。

寻常百姓敢于反抗暴君,死后还享受帝王的待遇,这无疑体现了百姓对抗暴英雄的钦敬!

此外,像《韩凭夫妇》《吴王小女》《东海孝妇》等,也都各有意义。有的还被后人编成话本或戏曲。

轶事小说,《世说新语》

轶事小说又叫志人小说。魏晋时的士大夫,都追求玄妙的谈吐、高雅的风度。轶事小说就专门记述名人高士的言行和轶事。像《西京杂记》《语林》《郭子》《世说新语》《俗说》等都

《世说新语》书影

属此类,其中《世说新语》名气最大。

《世说新语》的编者刘义庆(403—444)是南朝宋的宗室,受封临川王。——前边说过,鲍照就曾受过他的奖掖提携。

《世说新语》又分为德行、语言、政事、文学、方正、雅量、识鉴、赏誉、品藻、规箴(zhēn)等三十六门。书中涉及的人物大多生活在汉末至东晋,只是有关他们的言行,有的来自传闻,有的抄自他书,不见得可靠。然而一小段一小段的,很有味道。

《世说新语》的语言简洁无华,叙事态度比较客观,不过也含着褒贬。在《德行》篇里,就有这么一段:

管宁、华歆共园中锄菜,见地有片金,管挥锄与瓦石不异,华捉而掷去之。又尝同席读书,有乘轩冕过门者,宁读如故,歆废书出看。宁割席分坐,曰:"子非吾友也!"

◎捉:捡起。◎尝:曾经。轩冕:这里指高官乘的车子。废书:抛下书。◎割席:把座席用刀割开。

一个见了金子跟没看见一样，另一个捡起来看看才丢掉；一个人对做大官、乘高车的排场毫不动心，另一个却扔下书跑去看热闹。虽然作者不置可否，读者却已经看出谁优谁劣来。管宁最终的决绝态度，更显出他节操的高尚。

《世说新语》的核心思想是崇尚自然。对一些行为狂放、不受礼法约束的人，书里总带着欣赏的态度去描写。就说"竹林七贤"中的刘伶吧，他喜欢酗（xù）酒，喝醉了甚至在屋里脱得一丝不挂。别人责备他不像样子，他却理直气壮地反驳说：我拿天地当房屋，拿居室当衣裤，明明是你们钻到我的裤子里来了嘛！

兰田性急，周处自新

《世说新语》还擅长寥寥几笔勾画出人物的性格。《忿狷》篇里刻画一个急性子的人时，这样描写：

> 王兰田性急，尝食鸡子，以箸刺之，不得，便大怒，举以掷地。鸡子于地圆转未止，仍下地以屐齿碾之，又不得，瞋甚！复于地取内口中，啮破即吐之！

◎鸡子：鸡蛋。◎箸（zhù）：筷子。◎屐（jī）：木制带齿的鞋子。碾（niǎn）：踩、压。瞋（chēn）：同"嗔"，愤怒。◎内：同"纳"，放入。◎啮（niè）：咬。

作者把王兰田吃鸡蛋的动作写活了，一刺、一掷、一碾、一纳、一啮、一吐，急性子的火暴脾气被描画得活灵活现！

书中也保留了一些首尾完整的传说故事。像《自新篇》里有个周处除三害的故事：周处年轻时凶狠霸道，乡亲们都怕他，把他同水中恶蛟和南山猛虎合称"三害"。有个人就去劝说周处杀虎斩蛟，指望来个"三败俱伤"。

周处真的到山中杀死了猛虎，又跳到水里跟蛟龙顺水浮沉，搏斗了三日三夜，终于杀死恶蛟。乡亲们都以为周处与恶蛟同归于尽了，正拍手称庆呢！

周处这才知道，原来自己是大家心目中最大的祸害，他决心改过自新。从此周处投师访友，认真学习，终于成了国家的栋梁之材。这个故事后来被人们编成戏剧，至今还在戏台上演出！

《世说新语》文风清淡，意味隽永，历来为人们喜读乐诵。后来不少笔记小说，都刻意模仿它的体制和格调。《世说新语》中的不少故事，也都成了有名的文学典故。

三三、文学批评有"雕龙"

《文心雕龙》讲些啥

汉魏六朝还是文学批评的兴盛时期。前边提到曹丕的《典论·论文》、陆机的《文赋》，还只是单篇的论文。这里要说的《文心雕龙》，则是完整系统的文学理论专著。

《文心雕龙》的作者刘勰（465—520）早年丧父，穷得连媳

镇江文心阁,为纪念刘勰而建

妇都娶不上。可是他自幼好读书,年轻时投靠一个叫僧祐的和尚,在寺庙里读了不少佛经,学问大长。后来他到昭明太子萧统手下做通事舍人,很受太子敬重。他精于佛理,还整理过佛经。

《文心雕龙》是刘勰年轻时撰写的。书刚写好时,人们都不大看得上。刘勰就背上文稿,像卖货小贩似的待在路边,专等沈约路过。——沈约在当时官阶很高,又是文学上的权威,他见刘勰挡住车子,就把文稿取来阅读。读着读着,他对眼前这位年轻人不觉肃然起敬,感到这部书"深及文理",很了不起。从此,《文心雕龙》成了沈约每日必读的书稿。

《文心雕龙》共五十篇,分上下两编。别看刘勰对佛经挺有研究,他的文学观却是儒家的。他认为天地之外有个神秘的"道",那是人们写文章及做一切事的依据。圣人的文章就是对道进行阐述,"五经"则是一切文章的本源。

《文心雕龙》封面

以上观点,全包括在全书开头的五篇中,人们把《原道》《征圣》《宗经》《正纬》《辨骚》前五篇看作全书的纲领。上编的其余各篇阐述了各种文章体裁的源流,对不少作家、作品也做了简要中肯的评价。

这些篇又可分为"论文""序笔"两部分。今天我们把"文笔"看成一个词儿,可照《文心雕龙》的说法,文是文,笔是笔。文指有韵的文章,像诗、赋、铭箴之类;笔则是无韵的,如史传、诸子、论说、章表等。

教你创作与欣赏

《文心雕龙》的下编用了大部分篇章讨论文学的创作问题,有不少精辟见解。例如说大自然本身是很美的:"云霞雕色,有逾画工之妙;草木贲华,无待锦匠之奇。"[雕色:描绘色彩。逾:超过。画工:画匠。贲(bì)华:装饰华美。锦匠:工艺师。] 而艺术作品的美,应该是自然之美的反映。又说诗人自身的禀性、气质、才能、学识修养,在创作中也都起着重要作用。

刘勰还看到历代朝政、世风对文学的影响。举例说吧,建安文学"雅好慷慨"(雅好:很喜好),这是"世积乱离,风衰俗怨"的社会环境影响的结果。到了西晋,国运衰败,虽然人才不少,却很难发挥出他们的全部才华。

谈到文学批评,他打了个生动的比方:"凡操千曲而后晓声,观千剑而后识器。"(操:弹奏。晓声:通晓音乐的奥妙。器:兵器。)这是说批评家的平素实践很重要。

《文心雕龙》涉及的内容十分广泛,情和景,神和物,风格和风骨,还有结构、用事、修辞、声律等等,见解卓越,超过了前人。后人称赞它"体大而虑周",正说中它系统而全面的特点。它是一本教人如何欣赏文学的书,对后世文学欣赏和批评影响极大。

还有一点要提到,《文心雕龙》洋洋数万言,全部是用骈文写成的,文辞的优美是不用说了。可是这么一来,有些地方却又因文害义,影响了表达上的明白显豁,不能不说是美中不足。

《诗品》: 用诗赞美诗

在刘勰《文心雕龙》之后,梁朝的钟嵘写了一部《诗品》,是专门评论诗歌的学术著作。

钟嵘(约468—约518)曾在齐、梁做过小官。他对当时的形式主义诗风很不满意,便写了这部《诗品》来表达自己的意见。书中对一百二十二位诗人做出评价,并借用东汉以

《诗品》书影

来品评人物的办法，把诗人分成上中下三品。其中列入上品的有十一人，中品的有三十九人，下品的有七十二人。《诗品》的名字就是这么来的。

钟嵘在《诗品·序》中阐述了自己的文学观点。他反对一味用典，说作诗是为了"吟咏情性"，典故用得多了，写诗就成了抄书啦。

他尤其反对沈约等人过分讲究声律的做法，说那样会使"文多拘忌，伤其真美"。这些话都很有见地。

他还看到诗人的生活经历与诗歌创作的密切关系。关于这个，《诗品·序》里有一段文辞优美的叙述：

> 若乃春风春鸟，秋月秋蝉，夏云暑雨，冬月祁寒，斯四候之感诸诗者也。嘉会寄诗以亲，离群托诗以怨。至于楚臣去境，汉妾辞宫。或骨横朔野，或魂逐飞蓬，或负戈外戍，杀气雄边；塞客衣单，孀闺泪尽；或士有解佩出朝，一去忘返，女有扬眉入宠，再盼倾国。凡斯种种，感荡心灵。非陈诗何以展其义，非长歌何以骋其情？

◎祁寒：严寒。"斯四候"句：意谓四时气候景物对诗的影响。诸，之于。◎嘉会：宾主宴会。亲：亲近。离群：离群索居的人。怨：抒发哀怨。◎"至于"二句：楚臣句指屈原被逐事，汉妾句指王嫱和亲事。◎负戈外戍：扛着兵器到边疆戍卫。◎"士有"句：指朝士解职归隐。"女有"句：指汉武帝李夫人受宠事。

钟嵘的议论形象生动，感情充沛，文辞流畅，本身就像是一首诗。

钟嵘对诗人的品评大都三言两语，多的也不过十句八句，却能准确地概括出一位诗人的风格品位。不过他的眼光并不完全准确，例如他虽然称赞陶渊明是"古今隐逸诗人之宗"，却只把他列为中品。而"甚有悲凉之句"的曹操，竟只放到下品里。相反，成就不高的陆机、潘岳等人，反而被捧到上品中。这可能因为时间离得近反而看不清的缘故吧！

不管怎么说，《诗品》是我国头一部论诗专著，它不但推动了当时的诗歌发展和创作，对后世诗歌批评的影响也不可低估。

三四、由隋入唐，诗风流转

隋代诗歌效南朝

唐代是我国历史上空前强盛的王朝，不但经济异常繁荣，文化也无比灿烂。诗歌的发展到了唐朝进入全盛时期，单是著名的诗人，就能数出一大串：李白、杜甫、白居易、孟浩然、王维、刘禹锡、李贺、李商隐、杜牧……清代人编了一部《全唐诗》，共收唐诗四万九千八百多首，作者有两千二百多家。——这还只是流传下来的。

唐朝的散文也得到空前发展，同是清人编辑的《全唐文》，收入唐五代文章一万八千四百多篇，作者有三千多位。——听听这些数字，你对唐代文学的繁荣情况，就会有个大概的了解。这里还没提唐代的传奇小说、变文俗讲和曲子词，那同样是很有价值的文学珍品。

在谈唐代文学之前，不能不说说隋朝文学。隋朝的情况有点像秦，从建国到失国，还不到四十年（581—618），文学上尚未形成自己的特色。隋炀帝是个骄奢的君主，他醉心南朝文化，不但带头写宫体诗，连说话也学着南方的腔调。

《全唐文》书影

不过也有几位北方诗人，写过一些较好的边塞诗，像卢思道、杨素、薛道衡等。薛道衡（540—609）的一首小诗《人日思归》就挺有名：

> 入春才七日，离家已二年。人归落雁后，思发在花前。

所谓"人日"，是指正月初七。每年这一天，人们要阖家庆贺。独自在外的诗人不能与家人团聚，惆怅的心情全都蕴含在这短短四句诗中。

此外,王绩(585—644)的诗写得也很好。王绩在隋末唐初做过官。他生性散淡,喜欢喝几杯酒,不愿受自身拘束,后来弃官还乡,隐居在东皋,自号东皋子。他最佩服阮籍和陶渊明,诗歌也多写田园山水的美好、隐居饮酒的乐趣,意境高远,朴素清新。如《野望》诗中"树树皆秋色,山山唯落晖"一联,真如一幅图画。

王绩的家庭有很高的文化素养。他的哥哥王通在隋朝是著名学者,他的侄孙王勃更有名气,是著名的"初唐四杰"之一。

审言独秀,沈、宋比肩

初唐时,诗坛的情况没比隋代好多少。那些奉和、应诏、侍宴的诗,仍旧充斥诗坛。像虞世南、上官仪,以及号称"文章四友"的崔融、李峤、苏味道、杜审言等,也都擅长这种诗体。

"四友"中以杜审言的成就最高。杜审言(约645—约708)是大诗人杜甫的祖父,一生仕途不得意,笔下的诗歌也总带着伤感的情调,像《和晋陵陆丞早春游望》:

独有宦游人,偏惊物候新。云霞出海曙,梅柳渡江春。淑气催黄鸟,晴光转绿蘋。忽闻歌古调,归思欲沾巾。

◎宦游人:在外做官的人。物候:景物变化的征象。◎曙:晓色。"梅柳"句:梅柳间的春色从江南渡到江北。◎淑气:和暖的气候。"晴光"句:水上绿蘋在阳光下摇曳生光。蘋(pín),一种水生植物。◎沾巾:流泪。

一个在外做官的人,看到春光明媚,不但没有引起兴致,反而触动感伤的情怀——这里毕竟不是自己的家乡啊!

诗中形象鲜明,格律工整。后人认为五言律诗在杜审言这儿初步形成,杜甫也自豪地说"吾祖诗冠古"!

差不多跟"文章四友"同时的,还有两位宫廷诗人,一位叫沈佺期(656—715),另一位叫宋之问(约656—约713),两人在当时名气挺大,号称"沈宋"。

他俩虽然文才不低,却缺少点骨气。女皇武则天当政时,他们争着巴结武则天手下"红人"张易之,所作的诗歌也都浮华无聊。武则天一死,人们追究武氏余党,这两人也跟着倒了霉,被流放到边地去。环境和地位变了,他们的内心开始有了真切的感触,诗风也为之一变。

宋之问的《题大庾岭北峰》就是在流放时作的:

阳月南飞雁,传闻至此回。我行殊未已,何日复归来?江静潮初落,林昏瘴不开。明朝望乡处,应见陇头梅。

◎"阳月"二句:相传大雁南飞至衡阳而止,遇春而回。阳月,阴历十月。◎"我行"句:这里是说我的行程到这儿却还不曾停止。殊,实。◎瘴:南方山林间的湿热致病之气。

这是一首思乡之作,诗中蕴含着深深的悲哀。大庾岭位于江西,岭上盛开梅花。诗人预想明日登岭、回望故乡,或能折上一枝梅花,寄给远方的亲人。

再看沈佺期的一首《杂诗》：

闻道黄龙戍，频年不解兵。可怜闺里月，长在汉家营。少妇今春意，良人昨夜情。谁能将旗鼓，一为取龙城。

◎黄龙戍：黄龙冈，在今辽宁开原市北。戍，驻边的防地。解兵：撤兵，休战。◎"可怜"二句：意为闺中妇女和戍边的丈夫同看一轮明月，却不能团圆。◎良人：古代妻子对丈夫的尊称。◎"谁能"二句：意为谁能率军一举攻取故巢，可使戍边者回家团聚。

这首诗写闺中女子思念远在边关的丈夫，流露出厌倦战争的情绪，传达了民间百姓的心声。

沈佺期和宋之问还继承发展了前人关于音韵声律的研究，前面举的两首五律诗，都写得声调谐和，对偶整齐。律诗在他们手中真正定了型。难怪当时流传着"苏、李在前，沈、宋比肩"的顺口溜，把他们跟传说中的五言之祖苏武、李陵相提并论！

力倡"风骨"的陈子昂

并非所有初唐诗人都写宫体诗，几乎跟沈、宋同时，诗坛也出现王勃、杨炯、骆宾王等具有独立风格的诗人新锐。有人还明确提出诗歌革新的主张，他就是陈子昂。

陈子昂（661—702）痛恨齐梁风气，以复古为名，提出自己

幽州台又名蓟北楼,据考应在北京"燕京八景"之一的"蓟门烟树"附近

的诗歌主张。他在《修竹篇序》里感叹说:"文章道弊,五百年矣!"他认为"汉魏风骨,晋宋莫传"(汉魏时慷慨多气的诗风,未被晋宋继承),而齐梁诗歌"彩丽竞繁,而兴寄都绝"(辞采竞相华丽,却没有一点意义)。他借着对诗人东方虬(qiú)的赞扬,表达了对建安、正始诗风的仰慕,说:"不图正始之音,复睹于兹;可使建安作者,相视而笑。"(不图:没想到。兹:此。)这篇短文如同一篇诗歌革命的宣言,标志着唐代诗风的革新与转变。

　　陈子昂热心国事,做官时常常上书朝廷,纵论天下事。可是他的热情只换来排斥和打击,最终被武氏家族害死在牢狱里。

　　陈子昂写过三十八首《感遇诗》,明显看出受了阮籍的影响。诗中讽刺现实,感叹身世,写得慷慨多气。其《登幽州台歌》最为著名:

前不见古人,后不见来者。念天地之悠悠,独怆然而涕下。

◎怆(chuàng)然:伤感的样子。涕,泪。

诗人独自登上幽州台,唯见四野茫茫,渺无人迹。由空间的虚幻,又联系到时间上的渺茫:古人已不可追,来者又不可见。在悠悠天地和漫漫历史之间,仿佛只剩下诗人孤零零一个。这是多么深邃的寂寞和孤独!

如此有震撼力的诗歌,是齐梁二百年来没有过的,它的余音深沉悠远,在后世诗人的心弦上引起长久的共鸣!

魏征:水能载舟,亦能覆舟

初唐的散文受六朝骈文的影响,也以骈体居多,像下面要说到的《滕王阁序》《讨武曌(zhào)檄》等。

不过有一篇魏征(580—643)的《谏太宗十思疏》,应当特别提到。魏征是唐代名臣,曾任谏议大夫。《谏太宗十思疏》是魏征写给唐太宗的奏疏,疏中劝太宗做事情要考虑它的后果:"见可欲,则思知足以自戒;将有作,则思知止以安人。"就是说:看见喜欢的东西,就应想到应当知足,以此警诫自己;准备大兴土木,就要想到适可而止,好使百姓安宁。

因疏中一连提出十件值得深思的事,因此叫"十思疏"。文中还引用了荀子"水能载舟亦能覆舟"的话警告太宗:老百姓像是水,可以浮起船,也可以把船打翻!

魏征常常批评太宗,太宗对他却很敬重。他死后,太宗叹息说:"以铜为镜可以正衣冠,以古为镜可以知兴替,以人为镜可以明得失!"(拿铜制成镜子,可以照着穿衣戴帽;拿历史当成镜子,可以了解兴衰的道理;拿人当作镜子,可以知道自己的优缺点。）如今魏征死了,太宗失去了一面宝贵的镜子!——唐贞观年间,经济繁荣,社会稳定,恐怕跟有这样开明的君主和正直的大臣很有关系,这也为此后的文化大发展打下了基础。

三五、初唐四杰,王杨卢骆

王勃名动滕王阁

其实在陈子昂之前,王勃等"四杰"已经用他们的诗歌创作向旧的诗风发起了挑战。

王勃

前头说过,王勃(约650—约676)是王绩的侄孙,他才华早露,自幼被誉为"神童",还没成年,就被推荐做了官。有一回,几位王爷在沛王府里斗鸡取乐,王勃开玩笑,写了一篇《斗鸡檄文》。唐高宗知道了很生气,认为王勃引诱王爷走邪道,当即把他赶出王府。在后来的一次贬官中,连他的爸爸也受到了连累,被贬到遥远的交趾去。王勃南下省亲，渡海时不慎落水，惊吓而亡，据说当时只有二十八岁。

王勃的诗留下的不多，却有着自己的风格。最有名的是那首《送杜少府之任蜀州》：

城阙辅三秦，风烟望五津。与君离别意，同是宦游人。海内存知己，天涯若比邻。无为在歧路，儿女共沾巾。

◎"城阙"二句：是说长安到蜀州虽远，但五津风物，还可在城头想望。城阙，指长安。三秦，泛指陕西一带。辅，指京城附近的地方。五津，四川岷江的五个渡口。◎"海内"二句：是说知己朋友千里同心。天涯，指极远的地方。比邻，近邻。◎无为：不要。歧路：分手的路口。

诗中用友谊的誓言代替了儿女情长的缠绵诉说，表现了大丈夫的胸怀。"海内存知己，天涯若比邻"成了千古传诵的警句。

那首五言绝句《山中》也脍炙人口：

长江悲已滞，万里念将归。况复高风晚，山山黄叶飞。

◎滞：停滞不流。

你开卷一读，顿觉一种悲凉浑壮之气扑面而来，难怪后人称赞"自是唐人开山祖"。

王勃还有一篇非常著名的骈文《滕王阁序》。提起这篇文章，还有个生动的传说。据说阎伯屿做洪州牧时，重修滕王阁，并打算在落成仪式上让自己的女婿露一手，写一篇文章来记录盛典。

到了这天，阎公拿着纸笔向大家虚让一番，正要叫女婿一展才华，不想坐在末位的一个小伙子竟毫不客气地接过纸笔——此人就是王勃，这时正要到南边探亲，路过这里。阎公很不高兴，一甩袖子进了里间，却派人暗中刺探，随时报告王勃写作的情况。

王勃落笔写道："南昌故郡，洪都新府。"阎公听了说：这不过是老生常谈罢了。接下去是："星分翼轸，地接衡庐。"[星分句：古人把地域和星宿一一对应。此处说南昌在翼、轸（zhěn）二星的分野。衡庐：衡山和庐山。]阎公听了，沉吟着没说话。待写到"落霞与孤鹜（wù）齐飞，秋水共长天一色"两句，阎公一下子站起来说：真乃天下奇才！他急忙把王勃让到上

滕王高阁临江渚

位,大家举酒痛饮,尽欢而散。——有人说,这一年王勃只有十四岁。

宁为百夫长,胜作一书生

"初唐四杰"之一的杨炯(650—约693),边塞诗写得格外好,像这首《从军行》:

烽火照西京,心中自不平。牙璋辞凤阙,铁骑绕龙城。雪暗凋旗画,风多杂鼓声。宁为百夫长,胜作一书生。

◎西京:长安。◎牙璋:兵符,此处代指将军。龙城:匈奴名城,泛指敌方要塞。◎凋:凋谢,引申为黯然失色。◎百夫长:下级军官。

诗中情调慷慨激昂,写出士人渴望建功立业、不愿老死书斋的志向。

卢照邻(约637—约689)一生官场失意,晚年又患了重病,在愁苦中度过余生。他在诗歌创作上擅长写七言歌行,最著名的是这篇《长安古意》:

杨炯

卢照邻

长安大道连狭斜,青牛白马七香车。玉辇纵横过主第,金鞭络绎向侯家。龙衔宝盖承朝日,凤吐流苏带晚霞。百丈游丝争绕树,一群娇鸟共啼花。……

◎狭斜:小巷。◎玉辇(niǎn):装饰华美的车子。主第:公主的宅第。◎"龙衔"二句:写贵族车马仪仗的豪丽富贵。流苏,用于装饰的穗子。◎游丝:春日的虫丝。

贵族们花天酒地、醉生梦死,可一旦末日到来,"昔时金阶白玉堂,即今唯见青松在",一切都化为乌有。而诗人自己呢?"寂寂寥寥扬子居,年年岁岁一床书。独有南山桂花发,飞来飞去袭人裾(jū)。"——诗人毫不羡慕世上的荣华富贵,他从书中寻求到无限的乐趣。

指斥女皇的骆宾王

四杰中的骆宾王(约626—684)也是位才子,七岁能诗,然而一生坎坷。他曾因事下狱,作过一首《在狱咏蝉》:

西陆蝉声唱,南冠客思侵。那堪玄鬓影,来对白头吟。

露重飞难进，风多响易沉。无人信高洁，谁为表予心。

◎西陆：秋天。南冠：此处代囚徒。侵：侵扰。一作"深"。◎玄鬓：黑色的蝉翼。◎高洁：指蝉，实为自喻。表：表白。

诗人以蝉自比，用"露重"和"风多"隐喻恶势力的压迫。诗人哀叹没人理解自己的"高洁"，悲伤中含着怨恨不平。

后来有个叫徐敬业的大臣起兵讨伐武则天，骆宾王参加了他的

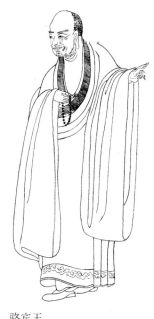

骆宾王

幕府。他替徐敬业草拟了一篇著名的《讨武曌檄》，罗列武氏罪状，痛斥她"包藏祸心、窥窃神器"，企图篡夺李家天下；又把徐敬业的军势大大夸张了一番，说是"喑呜则山岳崩颓，叱咤则风云变色"！他并号召李唐旧臣响应义军，共图大业；拿君臣大义激励他们说："一抔（póu）之土未干，六尺之孤何托？"（先帝的坟土还没干，幼小的孤君又托付给谁？）据说武则天读到这两句时，大为震动，问宰相这是谁写的，并质问说：做宰相的失掉这样的人才，该当何罪？——就在这一年，徐敬业兵败，骆宾王也下落不明，很可能死在了乱军之中。

"初唐四杰"跟"文章四友"及"沈宋"几乎同时，可他们

走的却是完全不同的文学之路。"四杰"的地位虽然不高，却都不满齐梁诗风对初唐诗坛的垄断，决心以才华横溢的创作扭转诗坛的萎靡局面。他们虽然没能把齐梁习气彻底洗刷干净，毕竟开启了唐诗的新风尚。后来杜甫写诗赞扬他们说：

王杨卢骆当时体，轻薄为文哂未休。尔曹身与名俱灭，不废江河万古流！

◎"轻薄"句：有人讥笑"四杰"文风轻薄。哂（shěn），嗤笑，讽刺。◎尔曹：指嗤笑"四杰"的人们。

杜甫批评了当时人对"四杰"的非笑，说：你们这些人将在历史上留下什么？"四杰"的诗文可是像长江大河那样万古流传呢！

三六、贺知章、孟浩然等

四明狂客贺知章

唐朝至玄宗开元、天宝年间，社会繁荣达到了顶峰。那会儿一斗大米只卖十三文钱，一斗谷子只要五文钱！官仓粮食多得盛不下，烂掉了也没人可惜。

可是紧跟着就来了安史之乱，大唐由全盛时期一下子被推到亡国的悬崖边儿上。就在这大起大落的时期，诗坛上出现了一大批杰出的诗人。其中最有名的，自然要数李白和杜甫，此外还有著名的田园诗人孟浩然、山水诗人王维、边塞诗人高适和岑参等。我们陆续都要说到。

先来看看贺知章，在盛唐诗人中，他出名最早。

贺知章（659—744）在武则天时期中过状元，当过太常博士、礼部侍郎，还做过太子的老师。他的两首绝句至今脍炙人口：

碧玉妆成一树高，万条垂下绿丝绦。不知细叶谁裁出，二月春风似剪刀。（《咏柳》）

◎碧玉：宋汝南王的妾名碧玉。丝绦（tāo）：丝带。

少小离家老大回，乡音无改鬓毛衰。儿童相见不相识，笑问客从何处来。（《回乡偶书》）

◎鬓毛衰：鬓发衰老变白。

前一首咏柳，用精心打扮的古代美女，来形容绿柳的婀娜；又说柳树细碎的叶子是春风这把"剪刀"裁出来的——这个比喻真是既新鲜又形象！

后一首写多年在外的游子回乡时的情景：乡音如故，容颜已老，孩子们见了不认识，反而把这位昔日的主人当作他乡来客对待，令人唏嘘不已！——贺知章是当时文学界的权威，自号"四明狂客"。李白还受过他的提携哩。其他盛唐诗人，可以说都是贺知章的晚辈。

曲径通幽常建诗

常建和祖咏,都比贺知章小三四十岁,不过他们的诗句我们并不陌生。

常建(约708—约765)有一首《题破山寺后禅院》,为人喜闻乐道:

> 清晨入古寺,初日照高林。曲径通幽处,禅房花木深。山光悦鸟性,潭影空人心。万籁此俱寂,但余钟磬音。
> ◎悦:使娱悦。空人心:使人俗念俱空。◎万籁(lài):各种声音。◎磬(qìng):佛寺中一种乐器。

诗人把古寺中极为幽静的气氛描摹得很成功,使人读了如临其境,俗虑顿消。"曲径通幽处,禅房花木深"一联尤为人称道。

另一首是祖咏(699—约746)的《终南望余雪》:

> 终南阴岭秀,积雪浮云端。林表明霁色,城中增暮寒。
> ◎阴岭:山北面为阴,因其不见阳光故。◎霁(jì):雨雪初晴叫霁。

诗不但写出目中所见,连积雪带来的余寒也让人感受到了。相传这是祖咏参加科举考试时作的,本应是六韵十二句,他只写了这四句。考官问他,他回答说:意思都说尽了。

这一时期的诗人可以分"山水田园诗人"和"边塞诗人"两大派。显而易见，常建、祖咏都属于山水田园这一派，但常建有时也写边塞诗。不过这两派的顶尖人物，还要数孟浩然、王维、高适、岑参这几位。

田园诗人孟浩然

刨起根儿来，山水田园诗的远祖是谢灵运和陶渊明，近代的王绩也属于这一派。可是直至盛唐，这一派才真正成了气候。这一派的主将是孟浩然和王维。

孟浩然

孟浩然（689—740）生活在太平盛世，前半辈子一直在家闭门读书，浇浇菜、种种竹子什么的。四十岁时，才想着到长安去谋个官职。诗人王维很喜欢孟浩然的诗，常常念着他的"微云淡河汉，疏雨滴梧桐"，敲着桌子点头不已。

据说有一回孟浩然到王维住处谈诗，可巧唐玄宗驾到，孟浩然回避不及，只好钻到床下。时间久了，王维看玄宗没有走的意思，只好让孟浩然出来。玄宗也久闻他的诗名，要他当场作诗。孟浩然并不推辞，当场吟诗一首，其中有"不才明主弃，多病故人疏"（因才学不高，遭皇帝抛弃；又因多病，朋友也疏远了）两句。玄宗听了皱起眉头说：我何曾抛弃您呀？是您自己不进取啊！——就这样，孟浩然错过了当官的机会。

不当官有不当官的好处，孟浩然长期生活在农村，享受着田园生活的乐趣。听听这首《过故人庄》：

故人具鸡黍，邀我至田家。绿树村边合，青山郭外斜。开轩面场圃，把酒话桑麻。待到重阳日，还来就菊花。

◎具：准备。黍：黄米。◎轩：指窗。面场圃：面对园圃。把酒：手持酒杯劝酒。话：谈论。◎重阳日：阴历九月九日。就菊花：乘菊花开时再来探望。就，凑近。

诗人应邀到农家做客，杀一只鸡，蒸一瓯黄米饭，端着酒杯谈着农桑的闲话。绿树和青山环抱着宁静的村落，一切都是那么自然淳朴。朋友的情谊就浸透在这亲切质朴的气氛里。

另一首《夏日南亭怀辛大》，应该是写给朋友的：

山光忽西落，池月渐东上。散发乘夕凉，开轩卧闲敞。荷风送香气，竹露滴清响。欲取鸣琴弹，恨无知音赏。感此怀故人，中宵劳梦想。

◎开轩：开窗。卧闲敞：在宽敞的地方悠闲地躺卧。◎中宵：半夜。劳：被……所苦。

清朗的月光下，晚风送来阵阵荷香，竹露滴落的清响，反衬着夏日黄昏的静谧……披散着头发闲卧在窗前，多想弹奏一曲，可惜故友远离、知音不在，让诗人在梦中想得好苦。——在这里，诗人希望与友人同赏的，恐怕不只是琴音，更是那清高自赏的心曲吧？

不过孟浩然还有另一种风格的诗，看这首《临洞庭》：

> 八月湖水平，涵虚混太清。气蒸云梦泽，波撼岳阳城。欲济无舟楫，端居耻圣明。坐观垂钓者，徒有羡鱼情。

◎涵虚：水气弥漫。太清：天空。◎云梦泽：古代大泽，洞庭湖也包容在内。◎"欲济"句：此句暗示作者想要出仕却无人引荐。济，渡。楫，橹。"端居"句：意为在圣明之世不做官是耻辱。端居，安居。◎"坐观"二句：意谓羡慕别人出仕。垂钓者，喻出仕的人。

诗的后一半儿，大概含有别的什么意思，可前一半儿，却纯粹是写山水，而且写得波澜壮阔。"气蒸云梦泽，波撼岳阳城"，气势多么雄浑！

再举一首五言绝句《春晓》，虽只有短短四句，在中国却是家喻户晓的：

> 春眠不觉晓，处处闻啼鸟。夜来风雨声，花落知多少？

诗里没有一句正面描写，却通过人的种种感受，把春天写得那么动人。

三七、王维诗中有画图

王维诗歌,有声有色

王维

另一位山水田园诗人王维,经历与孟浩然大不相同。

王维(701—761)出身官宦之家,中过进士,在官场上几经沉浮。安禄山攻进长安时,王维没能逃掉,被叛军抓住,被迫做了伪官。安禄山事败,王维也成了罪人,幸亏弟弟营救,才获赦免。王维本来就笃(dǔ)信佛教,经过这次事变,更是整天烧香诵经,直到去世。

王维也写田家生活,如《辋川闲居赠裴秀才迪》:

寒山转苍翠,秋水日潺湲。倚杖柴门外,临风听暮蝉。渡头余落日,墟里上孤烟。复值接舆醉,狂歌五柳前。

◎潺(chán)湲(yuán):水徐流貌。◎墟里:村落。◎接舆:楚国隐士,是个佯狂不仕的人。五柳:即陶渊明,这里是作者自比。

赏玩着大自然的美景，跟狂放的朋友饮酒高歌，这种士大夫的闲散生活，自有一种乐趣在，从中还可看出王维对陶渊明诗歌风格的追慕。——诗题中的"辋川"是指宋之问的辋川别墅，王维四十岁以后一直住在这里，他的隐居生活是贵族式的。

看看王维的两首山水绝句：

空山不见人，但闻人语响。返景入深林，复照青苔上。（《鹿柴》）

◎返景：落日的返照。

人闲桂花落，夜静春山空。月出惊山鸟，时鸣春涧中。（《鸟鸣涧》）

两首诗都写得有声有色，前一首的"人语"，后一首的"鸟鸣"，恰恰反衬出环境的幽静。透过密林照在青苔上的夕照，该有多美；而夜半惊起山鸟的月光，肯定分外皎洁。当你读着这简洁优美的诗句，是否还能嗅到空气中弥漫着桂花的甜香？

王维另一首《山居秋暝》更有名：

空山新雨后，天气晚来秋。明月松间照，清泉石上流。竹喧归浣女，莲动下渔舟。随意春芳歇，王孙自可留。

◎浣（huàn）女：洗衣少女。◎"随意"二句：春花凋谢了，但秋景也很美，王孙仍可留下来。

这首诗写山中的秋景，极为清新。挥洒的月光、流动的泉水、隔竹喧笑的少女、将要划出莲浦的渔舟，给这幅幽美的图画带来勃勃生机。

诗中有画，画中有诗

的确，王维对山水风光有着一种不同寻常的领悟力。如《汉江临眺》，写他泛览汉江所见：

> 楚塞三湘接，荆门九派通。江流天地外，山色有无中。郡邑浮前浦，波澜动远空。襄阳好风日，留醉与山翁。
>
> ◎楚塞：楚国边界。三湘：指今湖南境内的漓湘、潇湘、蒸湘。荆门：山名，在今湖北宜都市北。九派：九条流入长江的支流。◎"江流"句：谓江水浩瀚，与天相接。◎"郡邑"句：极言水势弥漫，郡邑仿佛浮在水上。◎山翁：晋代山简，是"竹林七贤"山涛之子，镇守襄阳，有政绩，好饮酒。

诗的三句、四句写得格外出色，江流连天接地，山色似有还无；水势的盛大和山峦的遥远，都毫不费力地写出，又自然又流畅。

在另一首《终南山》中，王维还写下"白云回望合，青霭入看无"（远看云遮雾障，近看雾霭皆无），"分野中峰变，阴晴众壑殊"（终南山连绵广大，各山之间阴晴不同）等句子，表达出诗人徘徊于山水之间的亲身感受!

王维多才多艺,不但是诗人,还是音乐家和画家。苏东坡评价说,王维"诗中有画,画中有诗",他的山水诗,就是一幅幅山水画啊!

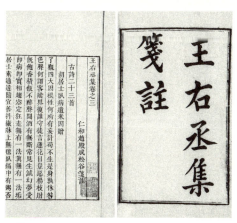

王维《王右丞集》书影

登高思兄弟,观猎随将军

别以为王维的诗都是那样悠然、淡远,含着禅思,其中也有很动感情的,像《相思》:

红豆生南国,春来发几枝。劝君多采撷,此物最相思。

◎红豆:又名相思子,是一种植物的果实,可作饰物。

◎撷(xié):摘。

又如《九月九日忆山东兄弟》:

独在异乡为异客,每逢佳节倍思亲。遥知兄弟登高处,遍插茱萸少一人。

◎"遥知"二句:古代风俗,于九月九日重阳节佩带茱萸囊避邪,并登高饮酒。茱(zhū)萸(yú),植物名,有浓烈香味。

这两首诗完全用白描的手法写出,纯以感情打动人。后一首从异乡作客的自己和远方登高的兄弟两方面写出手足亲情,思路尤其独特。"每逢佳节倍思亲"也成为吟咏亲情的千古名句。

另有一首《送元二使安西》,是写朋友之情的:

渭城朝雨浥轻尘,客舍青青柳色新。劝君更尽一杯酒,西出阳关无故人。

◎渭城:秦都咸阳故城,在长安西北,渭水北岸。浥(yì):湿润。◎阳关:在河西走廊尽西头,是通往西域的必经之地。

这首诗的妙处是营造出一种意境和气氛,好像在这离别之际,渭城的朝雨、轻尘、客舍、杨柳也都含着淡淡哀愁似的。后两句想象朋友出关后的孤独寂寞,更显出友谊的可贵和离别的感伤。——后人把这首诗谱成曲子,叫《阳关三叠》,哀婉凄凉,一唱三叹,很能打动人。

有人说,这首《送元二使安西》已有边塞诗的味道了。不错,王维山水诗写得好,边塞诗也很出色。有一首《观猎》这样写道:

风劲角弓鸣,将军猎渭城。草枯鹰眼疾,雪尽马蹄轻。忽过新丰市,还归细柳营。回看射雕处,千里暮云平。

◎角弓:用兽角装饰的弓。◎"草枯"两句:野草枯萎,狐兔难以藏身,猎鹰的眼格外尖;雪消融了,马蹄更轻快。◎新丰市、细柳营:都是长安附近的兵营。细柳营还因以代名将周亚夫驻扎而闻名。

诗中写将军射猎,语句简练,场面开阔,"草枯鹰眼疾,雪尽马蹄轻"如同迅疾生动的电影镜头;"新丰""细柳"则是用典,然而自然贴切,不见雕琢痕迹。结尾的"回看射雕处,千里暮云平",含着辽远之思。——很难想象同样这支诗笔还曾写过"竹喧归浣女,莲动下渔舟"那样轻灵柔美的诗句!

王维的边塞诗还有不少名句,像"大漠孤烟直,长河落日圆"(《使至塞上》),写大漠景象,还没谁能超越!

三八、边塞歌咏听高、岑

二王绝句,美女知音

几位较早的边塞诗人恰巧都姓王:王翰、王昌龄、王之涣。王翰(687—726)的《凉州词》几乎人人会背:

> 葡萄美酒夜光杯,欲饮琵琶马上催。醉卧沙场君莫笑,古来征战几人回?

将士临上阵时痛饮美酒,想来是借酒浇愁吧,调子有点低沉。

可也有人认为，诗人在热烈的琵琶声中饮着美酒，并没有把死看在眼里，情绪是乐观的：这正是盛唐诗人的风度气概！

王昌龄（698—约756）擅长写绝句，有"七绝圣手"的美誉。他的边塞诗也多采用七绝形式，看这两首：

> 秦时明月汉时关，万里长征人未还。但使龙城飞将在，不教胡马度阴山。（《出塞》）
>
> ◎龙城飞将：指李广，他驻守卢龙城，匈奴称他飞将军。

> 琵琶起舞换新声，总是关山旧别情。撩乱边愁听不尽，高高秋月照长城。（《从军行》）
>
> ◎边愁：与前面的"旧别情"，都是指守边将士抛妻别子、远离家乡的愁绪。

两首诗写出边塞将士的心声，他们厌倦无休止的战争，期待有名将出现，有效地制止敌人的侵扰。可现实又怎么样呢？秋月照着长城，这画面显得那么冷漠无情！

王昌龄还有一首著名的绝句《芙蓉楼送辛渐》：

> 寒雨连江夜入吴，平明送客楚山孤。洛阳亲友如相问，一片冰心在玉壶。
>
> ◎"一片"句：表示自己操守高洁，用以宽慰洛阳亲友。冰心，喻自己心地的莹洁。玉壶，比喻品德润白无瑕。

品格、操守是抽象的事物，而诗人的比喻却用得那么形象、贴切。"一片冰心在玉壶"，以此来表示晶莹透明、洁净无瑕的心灵，你实在找不出比这更美的比喻来！

王之涣（688—742）留下的诗不多，流传却最广。有一首《登鹳（guàn）雀楼》，可谓家喻户晓：

《王昌龄集》书影

　　白日依山尽，黄河入海流。欲穷千里目，更上一层楼。

◎穷：尽。◎更：再。

诗句非常平易，却含着生活的哲理。他的另一首绝句，是边塞诗中的代表作：

　　黄河远上白云间，一片孤城万仞山。羌笛何须怨杨柳，春风不度玉门关。

◎孤城：指玉门关。万仞：形容极高。古代八尺为一仞。
◎羌笛：一种少数民族乐器。其乐曲有《折杨柳枝》，为哀怨离别之曲。

诗中写黄河，写孤城，写万仞高山，意境开阔而又苍凉，其实中心是写人的哀怨情绪。——这首诗叫《凉州词》，在王之涣活着的时候，已被谱成乐曲，广为传唱了。

相传王之涣与王昌龄、高适三人同到酒楼饮酒听歌。王昌龄和高适的诗都有歌女唱了，唯独王之涣的没人唱。王之涣指着歌女中长得最漂亮的那位悄悄说：她一定会唱我的诗！果然，那歌女一开口便唱道："黄河远上白云间……"三人都大笑起来。

高适：边塞烟尘入诗篇

不过边塞诗写得最好的，还要推高适、岑参。高适（约700—约765）五十岁以前一直穷困潦倒，求官不成，到处流浪。可是他志向不衰，对逆境满不在乎。

安史之乱使高适得到一展才能的机会，他在抗击叛军的战争中官职累进，一直做到剑南节度使，是盛唐诗人中官做得比较大的。

高适曾两度出塞，对军旅生活非常熟悉。他的《燕歌行》是公认的边塞诗名篇：

> 汉家烟尘在东北，汉将辞家破残贼。男儿本自重横行，天子非常赐颜色。……

◎汉家：此处是借汉家喻唐朝。◎横行：驰骋沙场之意。非常：破格。赐颜色：犹言赏脸。

诗中从男儿慷慨从军，写到战斗的艰苦以及军中的苦乐不均；又由久戍不归的征夫写到日夜悬望的妻子。"战士军前半死生，美人帐下犹歌舞"，"少妇城南欲断肠，征人蓟北空回首"，都是形象鲜明的对比。《燕歌行》是对战争的全面描绘，情调时而高昂，时而低沉，气氛悲壮淋漓，既表现了对士兵的同情，也讽刺了荒淫无能的将军，可以说是唐代边塞诗的杰作。

诗风的慷慨豪健，一半也来自诗人的豪迈性格。有一首《别董大》，是诗人为一位董姓琴师送行而作：

千里黄云白日曛，北风吹雁雪纷纷。莫愁前路无知己，天下谁人不识君！

◎曛：指夕阳下山时的昏黄景色。

日色曛黄、北风吹雪，自然环境的恶劣，预示着前景的暗淡。可诗人却豪迈而自信地鼓励朋友："莫愁前路无知己，天下谁人不识君！"——把这两句跟王维的"劝君更尽一杯酒，西出阳关无故人"放到一块儿，你会发现两种完全不同的性格和心态！

岑参领我们到轮台

边塞诗人的另一位大家是岑参（约715—770），他一生两度随军出塞，几乎算得上半个西域人了。他对边塞的风土人情、自然景观、军旅生活都太熟悉了，他的诗也染上了独特的异域色彩。

看看这首《走马川行奉送出师西征》，诗中描绘了大军冒寒夜行的情景：

> 君不见走马川行雪海边，平沙莽莽黄入天。轮台九月风夜吼，一川碎石大如斗，随风满地石乱走。……将军金甲夜不脱，半夜军行戈相拨，风头如刀面如割。马毛带雪汗气蒸，五花连钱旋作冰，幕中草檄砚水凝。……

◎走马川：地名，在今新疆境内。◎轮台：在今新疆米泉境内。◎"马毛"二句：写马身上的汗水、雪水蒸腾，凝结成冰花。五花连钱，指马毛呈旋涡状生长，结冰如钱形。草檄：草拟檄文。

这样雄浑奇绝的场面，是内地书斋里的诗人做梦也想象不出来的。另一首《轮台歌奉送封大夫出师西征》写白昼行军，气势更大：

> ……上将拥旄西出征，平明吹笛大军行。四边伐鼓雪海涌，三军大呼阴山动。……

◎旄：旌旗杆上的饰物，表示权力所在。平明：天刚亮。◎阴山：在今内蒙古中部。

军乐高奏，万众齐呼，从诗里我们体会到压倒一切的宏大气势！战斗还没打响，胜负已见分明。岑参最著名的诗还是那篇《白雪歌送武判官归京》：

北风卷地白草折，胡天八月即飞雪。忽如一夜春风来，千树万树梨花开。散入珠帘湿罗幕，狐裘不暖锦衾薄。将军角弓不得控，都护铁衣冷难著。瀚海阑干百丈冰，愁云惨淡万里凝。中军置酒饮归客，胡琴琵琶与羌笛。纷纷暮雪下辕门，风掣红旗冻不翻。轮台东门送君去，去时雪满天山路。山回路转不见君，雪上空留马行处。

◎白草：西域牧草，秋天变白。◎狐裘：狐皮袍子。锦衾（qīn）：锦被。◎控：拉开。都护：官名。著：穿。◎瀚海：大沙漠。阑干：纵横貌，犹言遍地。◎中军：指统帅的营幕。◎辕门：营门。掣：牵引。

天寒地冻，大雪纷飞，自然环境是那么严酷，可诗人偏偏从中看出美来。"忽如一夜春风来，千树万树梨花开"，这是多么奇特的想象，以致人们以后一提到岑参，马上就会联想到这个著名的比喻。诗的结尾四句满含深情，在一片冰天雪地里显出人情的温暖来。

诗人丰富的感情还表现在一些小诗里，如《逢入京使》：

故园东望路漫漫，双袖龙钟泪不干。马上相逢无纸笔，凭君传语报平安。

◎故园：指作者在长安的家。龙钟：淋漓沾湿的意思。

路上碰见回京的人，一时找不到可以写信的纸笔，只好请他给亲人带个平安口信。——多么平常，多么简单，可一片思乡之情却那么浓烈，那么动人。文学的魅力，大都是从平凡中显示出来的。

崔颢：李白也佩服的诗人

当然，边塞诗人还有不少，像崔颢（704—754），他早年喜欢写艳体诗，后来从军出塞，诗风为之一变，写出不少慷慨豪迈的好诗来。不过他最受人称道的还是那首登临写景的七律《黄鹤楼》：

> 昔人已乘黄鹤去，此地空余黄鹤楼。黄鹤一去不复返，白云千载空悠悠。晴川历历汉阳树，芳草萋萋鹦鹉洲。日暮乡关何处是，烟波江上使人愁。

◎黄鹤楼：故址在今湖北武汉长江岸边。传说有仙人自此骑鹤上天。◎"晴川"二句：写隔岸所望景物。历历，分明貌。汉阳，在武昌之西。萋萋，草盛貌。鹦鹉洲，在今武汉市西南长江中。

崔颢这首诗，可谓吟咏黄鹤楼的绝唱，连李白也佩服得五体投地。据说李白来到黄鹤楼，看到崔颢的诗题在壁上，感叹说："眼前有景道不得，崔颢题诗在上头。"

三九、诗仙李白

仗剑辞家，壮游天下

李白（701—762）字太白，祖籍是陇西成纪，也就是现在的甘肃秦安县。到他爹爹这一代，全家迁居到四川绵阳。李白就出生在绵州郜明县的青莲乡，因而自号"青莲居士"。

还有一种说法，认为他出生在西域的碎叶，也就是今天吉尔吉斯斯坦的托克马克，当时那里是唐朝安西都护府所在地。直到李白五岁，全家才迁来四川。

李白自幼聪颖，五岁开始读书，十岁时就读遍诸子百家。自轩辕以来的事儿，没有他不知道的。十五岁时已能写一手好文章，自认为跟司马相如差不多啦。他的爱好十分广泛，少年时学过剑术，还梦想过得道成仙。传说他因打抱不平，还伤过人哪！

到了二十岁，李白开始在蜀中漫游。他游览了司马相如的琴台，还瞻仰了扬雄的故居；又登上峨眉、青城，饱览山河的秀色。

经过几年的游历，李白踏遍了蜀中的名山大川，眼界开阔了，心志也更高了。他要远游天下，好好看看这个世界；还想施展才能，干一番事业，一鸣惊人！就在二十六岁那年，他"仗剑去国，辞亲远游"，开始了更广泛的游历。

他先到了洞庭湖，又沿着湘江向南，登上苍梧山——传

青年李白塑像

说虞舜死后就埋在这儿，然后回到江夏，又沿长江东去，上庐山，下金陵，一直到今天的苏州、绍兴一带。

李白热爱祖国壮丽的山河，一路写下不少吟咏山水的诗歌。如《望天门山》：

> 天门中断楚江开，碧水东流至此回。两岸青山相对出，孤帆一片日边来。

◎天门：天门山，在安徽省。两山夹长江而起，如同门户。

诗中不但写出山势的奇伟、江水的奔流回旋，还格外注意大自然中的光和色。碧水、青山、灿烂耀眼的日光，使奇丽的画面五色交辉。

那首著名的《望庐山瀑布》，是李白登庐山时写的：

> 日照香炉生紫烟，遥看瀑布挂前川。飞流直下三千尺，疑是银河落九天。

◎香炉：庐山香炉峰。

李白出行一年，长了不少见识，可政治上却没啥进展。从家里带的三十万金，也都在结交朋友、周济穷困中花光了。原以为功名唾手可得，现在他却有点消沉了。

历抵卿相，广交朋友

李白是个"不安分"的人，先在湖北安陆成家定居，几年后又举家迁到山东任城，不久又迁至宣州南陵。

这一时期，李白特别渴望能受朝廷任用。那时的人要做官，科举是一条正道。不过有人认为，李白出身商人家庭，根本没有参加科举考试的资格。于是他不得不另辟蹊径，想凭着自己的才干和名声，跃过龙门。他广交朋友，扩大影响，同时还给大官僚们写信，毛遂自荐。

大约三十岁时，李白到襄阳去见韩朝宗，后者是荆州长史，以喜欢提拔人才著称。李白的自荐书《与韩荆州书》就是这会儿写的。

自荐书劈头就说："白闻天下谈士相聚而言曰：生不用封万户侯，但愿一识韩荆州！何令人之景慕一至于此耶！"接下来李白自比毛遂，表达希望得到引荐的愿望。他自我介绍说：

> 白，陇西布衣，流落楚汉。十五好剑术，遍干诸侯。三十成文章，历抵卿相。虽长不满七尺，而心雄万夫……

◎白：李白自称。◎干：干求，谒见。◎历抵卿相：多次拜访卿相。◎心雄万夫：雄心壮志在万人之上。

下面，他又称颂韩朝宗的功业道德，希望他不惜"阶前盈尺之地"，使自己能"扬眉吐气、激昂青云"！

这是一篇自荐文章，照理很容易写得低三下四。可李白的态度却是不卑不亢，称颂对方很有分寸，介绍自己又不妄自菲薄。——韩朝宗怎样对待李白的请求呢？史书上没有记载。可李白这封奔放流畅、豪气逼人的自荐信，却成了千古传诵的佳作。

李白还结交了不少朋友。例如在襄阳结识了诗人孟浩然。孟浩然比李白大十几岁，李白很尊敬他，由衷地赞美道："吾爱孟夫子，风流天下闻。"两人在黄鹤楼分手时，李白又写了《送孟浩然之广陵》为他送行：

故人西辞黄鹤楼，烟花三月下扬州。孤帆远影碧空尽，惟见长江天际流。

◎烟花：指暮春浓丽景物。

眼看着好朋友离去，连帆影也瞧不见了，只剩下无情的流水。诗中虽然没有明写感伤，可一片惆怅全体现在景物描写里！

一晃李白离开蜀地已经十六年了，他由二十几岁的小伙子，变成了四十岁出头的中年人。这中间，他足迹遍及大半个中国，受过许多挫折磨难。他在政治上没找到出路，可他的诗却使他名满天下。

正当他举家迁到南陵时，喜讯传来：由于一位道士的推荐，

唐玄宗召李白进京。李白欣喜若狂,多年的梦想就要成为现实了,他能不痛饮狂歌吗?他在《南陵别儿童入京》一诗里写道:

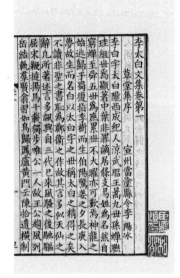

《李太白集》书影

　　白酒新熟山中归,黄鸡啄黍秋正肥。呼童烹鸡酌白酒,儿女嬉笑牵人衣。高歌取醉欲自慰,起舞落日争光辉……仰天大笑出门去,我辈岂是蓬蒿人。

◎蓬蒿人:草野之人,平民。

"天上谪仙"在长安

　　李白来到长安,马上又结交了一大批新朋友。著名诗人贺知章读了他的诗,连连惊叹说"此天上谪(zhé)仙人也!",说他是被贬谪到人间的活神仙,并解下佩戴的金龟换酒跟李白痛饮。

　　贺知章的称赞,使李白名声更响。紧跟着是玄宗亲自接见,用七宝床赐食,据说还亲手调羹给他吃。于是李白被安置在翰林院,做了御用文人,专门替皇帝起草文诰诏书之类。

　　到了长安,李白并没把往日的傲岸稍稍收敛一点。他看不上那些权贵,就是对玄宗,也拿出平起平坐的架势。不过开始

木雕：力士脱靴

时，玄宗对他很优待，并不计较这些。有时玄宗召见李白，还特命他脱掉靴子——殿前脱靴，这是挺高的礼遇。而李白就那么把脚一伸，命令在一旁侍候的太监高力士说：脱靴！高力士没办法，只好替他把靴子脱掉。

高力士是玄宗的亲信，权势极大，满朝文武没有不巴结他的。李白得罪这样的人，还能有好果子吃吗？

有一回，禁苑中牡丹盛开，玄宗与杨贵妃特地到沉香亭赏花，并派人招李白来作诗谱曲。李白正跟人喝酒，醉醺醺地来见玄宗，乘着酒兴一挥而就，写了三首歌词，既赞牡丹的美丽，也夸杨贵妃的娇媚。杨贵妃听了，自然是飘飘然。

过了几日，杨贵妃正哼着李白的诗，高力士凑上去说：我还以为您早把李白恨透了！杨贵妃奇怪地问：为什么？高力士说：李白拿赵飞燕来比贵妃您，这是暗中糟践您呢！

原来那诗的第二首有这么两句："借问汉宫谁得似，可怜飞燕倚新妆。"赵飞燕是汉成帝的皇后，因是歌女出身，不大被人看得起。而杨贵妃刚好也出身小户人家。听高力士这么一说，她对李白的好感全没啦！后来她几次在玄宗耳边说李白的坏话。——高力士到底雪了脱靴之恨！

说李白坏话的人当然不止杨贵妃、高力士，玄宗对李白也渐

渐失去了兴趣。李白心里苦闷极了,只好借着诗歌来抒写他的愁绪。在《行路难》里,他说:

金樽清酒斗十千,玉盘珍馐值万钱。停杯投箸不能食,拔剑四顾心茫然。欲渡黄河冰塞川,将登太行雪满山。闲来垂钓碧溪上,忽复乘舟梦日边。行路难,行路难!多歧路,今安在?长风破浪会有时,直挂云帆济沧海。

◎金樽:精美的酒器。斗十千:一斗酒值十千钱。珍馐(xiū):名贵的菜肴。◎"闲来"二句:写两位古人,一是吕尚,曾在磻溪垂钓,最终遇到周文王,得以大展宏图。二是伊尹,在遇见商汤之前,曾做梦乘船从日月边经过。◎济沧海:横渡大海。

李白眼前的道路可真难走,处处是冰封雪屯。可他又不甘心就这么罢手。他还想着能有乘风破浪的时候。在另一首《行路难》里,他的心情更坏,一上来就长叹说:

大道如青天,我独不得出。羞逐长安社中儿,赤鸡白狗赌梨栗……

◎"羞逐"二句:是说诗人耻于跟长安里社中靠斗鸡走狗发迹的小人们为伍。

道路这么宽阔,怎么就没有我李白的出路呢?他借古人的故事,斥责权贵对自己的猜忌和排挤,又感叹像燕昭王那样重视人才的明君再也遇不到。诗的结尾说:"行路难,归去来!"——他已经动了离去的念头!

在长安待了差不多两年,李白提出还山的请求。玄宗没有挽留他,只给他一些赏赐。

欲上青天揽明月

李白于天宝三年(744年)春天离开长安,在洛阳遇到了杜甫,此后在汴州又遇到高适。三位诗人一道寻访古迹、品评诗文,日子过得十分畅快。他们相聚半载,终于在鲁东分了手。这以后,李白写诗给杜甫说:"……鲁酒不可醉,齐歌空复情。思君若汶水,浩荡寄南征。"(汶水:发源于山东莱芜的一条河流。"浩荡"句:此句说诗人思友之情随汶水悠悠南行。)——李白比杜甫大十一岁,当时诗名也比杜甫大得多,但他们的心却贴得很近。

此后,李白四处漂泊,生活很不安定,情绪也时而消沉,时而激昂。他的那首《宣州谢朓楼饯别校书叔云》,大约就写在这段日子里。

李白唯一存世墨迹

弃我去者，昨日之日不可留；乱我心者，今日之日多烦忧。长风万里送秋雁，对此可以酣高楼。蓬莱文章建安骨，中间小谢又清发。俱怀逸兴壮思飞，欲上青天揽明月。抽刀断水水更流，举杯销愁愁更愁。人生在世不称意，明朝散发弄扁舟。

◎此诗是李白在宣州（今安徽宣城）谢公楼为朋友李云饯别所作。谢公楼是谢朓（小谢）在宣城做太守时修建的。
◎"蓬莱"二句：前一句称赞李云的文章有建安风骨，李云是秘书省校书郎，"蓬莱"是秘书省的别称。后一句点题，也有以小谢自比之意。

诗人慨叹：昨天的光荣与梦想已弃我而去，今天的日子烦愁正多。聊以解忧的，大概只有在秋风送爽的日子里，跟朋友高楼聚饮、谈文论诗吧？酒酣耳热之际，豪情万丈、逸兴飞舞，简直要同上青天、共揽明月了！——可是回到现实中来，却是好朋友就要分手，别愁如同斩不断的流水。唉，人生失意，明天只好去当个隐士了！

天生我材必有用

不过忧愁压不垮诗人，李白那支笔还是那么雄健，感情也还是那么奔放。听听这首《将进酒》：

君不见黄河之水天上来，奔流到海不复回。君不见高堂明镜悲白发，朝如青丝暮成雪。人生得意须尽欢，莫使金樽空对月。天生我材必有用，千金散尽还复来。烹羊宰牛且为乐，会须一饮三百杯。岑夫子，丹丘生，将进酒，杯莫停。与君歌一曲，请君为我倾耳听。钟鼓馔玉不足贵，但愿长醉不愿醒。古来圣贤皆寂寞，惟有饮者留其名。陈王昔时宴平乐，斗酒十千恣欢谑。主人何为言少钱，但须沽取对君酌。五花马，千金裘，呼儿将出换美酒，与尔同销万古愁。

◎《将进酒》是乐府旧题，将，请。◎会须：应当。◎岑夫子、丹丘生：即岑勋、元丹丘，都是诗人的好友。◎钟鼓馔玉：形容富贵之家的奢华生活。钟鼓，音乐；馔玉，精美的饮食。◎"陈王"二句：陈王，曹植，他的《名都篇》诗中有"归来宴平乐，美酒斗十千"之句。平乐，观名。恣欢谑：尽情地戏谑欢乐。◎五花马：名贵的马。将出：拿出。

黄河之水，一去不回；白发如雪，人生短促。这本来是令人感伤的事，在诗人笔下，却表现得那么夸张而豪放。"天生我材必有用"，他还有那份儿自负，不信自己的才能就这么被埋没掉。可是眼下还看不到大展宏图的机会，因此他也只有招呼朋友"将进酒，杯莫停"，把名登青史的理想，降格到"惟有饮者留其名"。

梦游天姥，朝辞白帝

在现实中难以得到的东西，李白便向梦境中去寻求。《梦游天姥吟留别》就展示了一派梦中仙境：

　　海客谈瀛洲，烟涛微茫信难求。越人语天姥，云霞明灭或可睹。天姥连天向天横，势拔五岳掩赤城。天台四万八千丈，对此欲倒东南倾。……

　◎海客：来自海外的客人。瀛洲：传说中的神山。信：果真。◎天姥（mǔ）：山名，唐时属越州。◎拔：超越。五岳：指泰山、华山、衡山、恒山、嵩山。赤城：赤城山，在今浙江天台县北。◎"天台"二句：天台山与天姥山相对，此二句说，天台虽高，比起天姥，仿佛倒向东南。

　　天姥山是浙江新昌的一座奇峰，李白的诗也正像天姥山一样，拔地而起，气势不凡。诗中描写的是梦中游山的情景。

　　开始时，诗人虽然进入梦境，毕竟还没离开天姥山。可是到后来，天鸡啼鸣，熊咆龙吟，烟云缭绕，景色越幻越奇，诗人也已身登仙境。

　　在经历了惊心动魄的天崩地裂之后，神仙世界向李白打开了大门，那里青天朗朗，日月光明，楼台灿灿，仙人飘忽。诗人的灵魂获得极大的享受和满足，连诗句也变得那么自由跳荡，时而七言、五言，时而六言、四言，还夹杂着漂亮的骚体……

　　李白所幻想的自由境界，只能存在于梦中。梦醒了，他感到格外压抑和痛苦，在结尾处大声疾呼："安能摧眉折腰事权贵，使我不得开心颜！"

　　当李白隐居庐山的时候，安史之乱爆发了。唐玄宗被迫入蜀,接着便是肃宗即位。玄宗的另一个儿子永王李璘也起兵抗击安禄山。永王早听说李白的大名,派人把他请到幕府中。——可肃宗认为永王兵权在握,对自己是个威胁,于是寻找借口把永王干掉了。李白因做过这位"叛王"的僚属,也遭流放。

流放地是远在贵州的夜郎。幸好李白还没有到达,就来了大赦令。李白重获自由,心情激动。他乘船沿长江东归,写下了那首有名的《早发白帝城》:

朝辞白帝彩云间

> 朝辞白帝彩云间,千里江陵一日还。两岸猿声啼不住,轻舟已过万重山。

从这明朗轻快的诗句里,不难体会到诗人的如释重负和归心似箭!

李白这时已是六十岁的老人,又经历了这样的打击,意志不免消沉,生活也发生了问题,只好四处投亲靠友,境况凄凉。可一听说史思明之子史朝义又卷土重来,他毅然打算赶去参加抵御叛军的队伍，可惜力不从心，半路就病倒了。

762年，这位伟大的诗人病死在当涂。也有人说，他是喝醉了酒，跳到水里捞月亮被淹死的。这多半是热爱他的人，认为死在病榻上太平凡了，故意编出新奇的情节，好使诗人之死带上更多的浪漫色彩吧！

反思战争，棒喝"圣人"

再看几首跟战争相关的诗篇。

> 长安一片月，万户捣衣声。秋风吹不尽，总是玉关情。何日平胡虏，良人罢远征？（《子夜吴歌》四选一）
> ◎捣衣：捶打、整理布帛，是做衣服的一种程序。◎玉关：玉门关，为古代边关。◎良人：丈夫。

这是按民歌的调子写的，模拟一位妇女的口吻。丈夫远戍边关，妻子在秋风中整治寒衣，离别的愁苦、殷殷的思念、对和平的渴望，尽在其中。"万户捣衣"的场面十分震撼，战争对百姓生活的影响，已不容忽视。

《子夜吴歌》是侧写战争，《关山月》则是直接描写边关情景：

> 明月出天山，苍茫云海间。长风几万里，吹度玉门关。汉下白登道，胡窥青海湾。由来征战地，不见有人还。戍客望边邑，思归多苦颜。高楼当此夜，叹息未应闲。

◎天山：今甘肃境内的祁连山。◎白登：山名。窥：窥伺。青海湾：青海湖。◎高楼：这里指代戍边者的妻子、家人。

诗中吟咏汉代史事，影射的却是唐代现实。唐玄宗好大喜功，热衷于开边拓土，对吐蕃及南召的战争接连不断。统治者才不在乎"不见有人还"的战争结局，对"高楼"思妇的叹息也充耳不闻。这一切让诗人忧心忡忡。

那首《战城南》，对战争的控诉更加激烈愤慨：

去年战、桑干源，今年战、葱河道。洗兵条支海上波，放马天山雪中草。万里长征战，三军尽衰老。匈奴以杀戮为耕作，古来惟见白骨黄沙田。……烽火燃不息，征战无已时。野战格斗死，败马号鸣向天悲。乌鸢啄人肠，衔飞上挂枯树枝。……

◎桑干：永定河。这里指天宝年间对北方少数民族的战争。葱河：新疆葱岭河。这里指天宝间高仙芝讨吐蕃事。◎洗兵：天雨洗兵器，喻胜利。条支：波斯湾古国。这里泛指西域。◎鸢（yuān）：鹞鹰。

在位者人心不足，四面出击，去岁北伐，今年西征，洗兵条支，放马天山，哪管三军疲惫、将士死伤？黄沙白骨，败马悲鸣，乌鸦叼着人的内脏飞上枯树，惨烈的画面强烈刺激着人的感官，也浸透着诗人的悲愤！诗的结尾说："乃知兵者是凶器，圣人不得已而用之！"此话引自兵书，源于老子，也是李白对统治者的棒喝!

举杯邀明月,踏歌有汪伦

李白诗歌的题材、样式多种多样,有写景的,也有怀人的;有边塞诗,也有抒情诗。一些诗篇脍炙人口,不能不提,例如《月下独酌》:

花间一壶酒,独酌无相亲。举杯邀明月,对影成三人。月既不解饮,影徒随我身。暂伴月将影,行乐须及春。我歌月徘徊,我舞影零乱。醒时相交欢,醉后各分散。永结无情游,相期邈云汉。(四首选一)

◎解:懂得。◎将影:偕影。◎"永结"二句:是说跟月相约,将来到天上永在一起不分离。无情,忘情。相期,相约。云汉,天河。

透过通俗如话的诗句,我们不难体会诗人内心的孤独与高傲,在这混浊的人世,谁是诗人的知音?能跟他一同举杯相邀、徘徊共舞的,大概只有天上那一轮皎洁的明月吧?

当然,人世间也不缺乏友情的温暖。诗人离开金陵时,好朋友们前来送行,美丽的江南姑娘行酒待客,酒杯中盛满浓浓的友爱:

风吹柳花满店香,吴姬压酒唤客尝。金陵子弟来相

送，欲行不行各尽觞。请君试问东流水，别意与之谁短长？（《金陵酒肆留别》）

◎吴姬：吴地的酒店侍女。压酒：米酒酝酿将熟，榨出酒汁。◎觞：酒杯。◎之：代指东流水。

诗的结尾，用东流水形容友谊的长远，别有意味。这也是李白的习用手法。如在另一首送别诗《赠汪伦》中，诗人这样写道：

李白乘舟将欲行，忽闻岸上踏歌声。桃花潭水深千尺，不及汪伦送我情。

◎踏歌：用脚打拍子唱歌。

汪伦是李白的平民朋友，擅长酿造美酒。李白要离开时，他到岸边踏着拍子唱歌，为李白送行。诗的前两句可谓"未见其人，先闻其声"，后两句以潭水之深比喻友情的深厚，跟《金陵酒肆留别》用的是同一手法。

李白的律诗写得也很棒，这里选五律、七律各一首：

渡远荆门外，来从楚国游。山随平野尽，江入大荒流。月下飞天镜，云生结海楼。仍怜故乡水，万里送行舟。（《渡荆门送别》）

◎渡远：远渡。荆门：荆门山，在湖北宜昌。从：就。◎大荒：广阔的原野。◎"云生"句：谓云彩堆积，如同海市蜃楼。◎仍怜：更怜，更爱。

凤凰台上凤凰游,凤去台空江自流。吴宫花草埋幽径,晋代衣冠成古丘。三山半落青天外,二水中分白鹭洲。总为浮云能蔽日,长安不见使人愁。(《登金陵凤凰台》)

◎凤凰台:在金陵凤凰山上。◎吴宫、晋代:吴、晋两朝,都以金陵为都。衣冠:指贵族。古丘:古坟。◎三山:在金陵西南长江边上。二水:长江被白鹭洲中分,故为二水。◎"总为"句:这里是说奸邪蒙蔽君主,如同浮云遮蔽太阳。

前一首五律,似乎全诗写景,然而结句以"故乡水"写故人情,点出"送别"题旨。诗中"山随平野尽,江入大荒流"一联,尤为著名。

后一首七律,写景兼怀古,三言两语概括了金陵的历史,应是日后刘禹锡金陵怀古的先声。

不错,谈李白诗歌,还不能忘那首《静夜思》:

床前明月光,疑是地上霜。举头望明月,低头思故乡。

在中国,三四岁的孩子读诗启蒙,所背的第一首诗,往往就是这首。

雄奇壮美,蜀道难行

再说说那篇著名的《蜀道难》吧。有人说,这是李白在安史之乱爆发以后写的,用意是对玄宗逃难入蜀表示讽谏。也有人说这是到长安以前写的。不管怎样,这是一首艺术性极高的山水诗代表作。诗的一开始,就是一声惊叹:

噫吁嚱,危乎高哉!蜀道之难,难于上青天!蚕丛及鱼凫,开国何茫然!尔来四万八千岁,不与秦塞通人烟。……

◎噫吁嚱:蜀人见物惊叹之声。◎蜀道:指自陕西入川的山路。◎蚕丛、鱼凫(fú):都是传说中古代蜀国的国王。茫然:邈远貌。◎尔来:自那时以来。秦塞:秦地。

极度的夸张,是这首诗的最大特征。有什么地方比青天还难攀登吗?有哪个所在能跟外界隔绝几万年吗?李白说:蜀地就是这样的地方!接下去,诗人用五丁力士的传说来渲染蜀道的神异气氛:

西当太白有鸟道,可以横绝峨眉巅。地崩山摧壮士死,然后天梯石栈相钩连!……

◎太白:秦岭的主峰。横绝:横渡。◎"地崩"句:传说秦惠王遣嫁五美女,蜀派五力士迎接,见有大蛇入山洞,五力士拽其尾,山崩力士死,五女也化为石。天梯石栈:指在山岩险处凿石架木筑成的通道,叫栈道。

此后诗人又反复渲染蜀道的难行,再三感叹:"蜀道之难,难于上青天!"句式杂用三、四、五、七、八、九、十一言,仿佛要让人从变化无常的节奏里体会到蜀道的崎岖艰险似的。尤其是"一夫当关,万夫莫开,所守或非亲,化为狼与豺。朝避猛虎,夕避长蛇,磨牙吮血,杀人如麻"("所守"二句:意为守关者倘非亲信,便有可能据险作乱,为非作歹。"朝避"四句:想象发生祸变以后的情景),节奏急促,句句紧逼,造成一种压迫的态势,把蜀道的艰险恐怖推向高峰!

不过尽管诗篇中有"磨牙吮血"之类的描写,李白还是把蜀道之险当作一种美来写的——一种雄壮、奇异之美。李白诗歌夸饰、浪漫的风格,也正是在这篇诗歌里,得到完美的体现!

李白留下来的诗共有九百多首,这里讲到的,只是其中的极小的一部分。李白的声音,一直在后代诗坛上回荡,唐代的韩愈、李贺,宋代的欧阳修、苏轼、陆游,明代的高启、屈大均,清代的黄景仁,都是他的崇拜者,并从他的诗中汲取了很多营养。

至于李白这个人,也带上了浓郁的传奇色彩,在后世的小说和戏曲里,他的形象近乎能饮善赋的仙人。传说他于长安放归

李白

时，唐玄宗赐他金牌，任凭他"逢坊吃酒，遇库支钱"。从此李白走到哪里，都能随处痛饮美酒。——至今有些酒店，还高悬着"太白遗风"的招牌招徕客人！

四〇、诗圣杜甫

会当凌绝顶，一览众山小

唐代的诗坛有如群峰耸峙，李白和杜甫的诗歌，就像是高出群山之上的两座主峰。在后代，你可以在散文、词曲、戏剧、小说等文体中发现大师，然而在诗的领域，你再也找不出超越这两位的了！

杜甫（712—770）字子美，出生在河南巩县（今巩义市）。说起来，他也是名人之后：他的远祖杜预是西晋名将，不但战功卓著，还注解过《左传》。爷爷杜审言是初唐有名的诗人。父亲杜闲做过县令，母亲崔氏也出身名门。

杜甫自小虽不像李白那样才华早露，但七岁已能作诗，九岁时字写得很漂亮。十四五岁时，他寄居在洛阳姑母家，常跟有名的文士来往。可那时他毕竟是个孩子。他回忆说，自己十几岁时壮得像头牛犊，院里有棵枣树，一天爬上爬下无数回！

二十岁以后，杜甫开始了漫游生活。这跟李白的经历很相像。他先到金陵、姑苏，又坐船沿着剡溪直到天姥山下。他甚至想坐上海船到传说中的日出之国扶桑去,却没能如愿。这以后,他返回洛阳参加科举考试。

杜甫认为自己"读书破万卷,下笔如有神",却始终没被录取。二十六岁时,他再次出游,这一回是到北方的齐、赵——也就是今天的山东、河北一带。在山东,他登上东岳泰山,有一首《望岳》,就是登泰山时写的:

杜甫

岱宗夫如何?齐鲁青未了。造化钟神秀,阴阳割昏晓。荡胸生层云,决眦入归鸟。会当凌绝顶,一览众山小。

◎岱宗:即泰山。未了:无穷无尽。◎"造化"二句:大自然把神奇秀丽都集中在泰山,山峦把世界分割成清晨、黄昏。造化,大自然。钟,集中。阴阳:指山的背阴面和向阳面。◎"荡胸"句:山中云气层层,涤荡心胸。决眦:瞪大眼睛。眦(zì),眼眶。◎会当:终将。凌:登临,跨越。

诗的气势真大。起首一联,写尽泰山横跨齐鲁、青苍不绝的壮观景象。诗的尾联想象着飞身绝顶、俯瞰众山如丘的情景。这哪里是写登山，写的是诗人的凌云壮志啊！——这一年，杜甫二十八岁。

朱门酒肉臭，路有冻死骨

从齐、赵归来，杜甫在洛阳定居并成了家，几年以后又来到长安，想谋个官职。恰好这一年唐玄宗下诏举行考试，要搜罗天下贤才。当时的宰相李林甫是个"口蜜腹剑"的大奸大恶之人。考试倒是举行了，却一位也没录取。李林甫向玄宗上表庆贺，说是"野无遗贤"；意思是朝廷的举贤工作做得很到位，民间再也没有像样的人才了！就这样，杜甫又一次失去了仕进的机会。

杜甫在长安一待就是十年。为了谋得一官半职，他东奔西走，到处看人家脸色。最后，他委委屈屈当了一名帅府参军的小官。

在长安的十年，给他感受最深的，是社会的不公。帝王和贵族的奢华让人吃惊。像杨贵妃，一人受宠，"鸡犬飞升"，姐妹都被封为国夫人，哥哥杨国忠还做了宰相。"三月三日天气新，长安水边多丽人"，"炙手可热势绝伦，慎莫近前丞相嗔！"——这是《丽人行》中的诗句，对杨氏家族给予辛辣的讽刺。

同样是在长安城，杜甫还看到有另外的景象："车辚辚，马萧萧，行人弓箭各在腰。爷娘妻子走相送，尘埃不见咸阳桥。牵衣顿足拦道哭，哭声直上干云霄……"（辚辚：车行声。萧萧：马鸣声。行人：出征的人。干：冲，犯。)

这是杜甫《兵车行》的开头几句。那个"炙手可热"的杨国忠，连年发动对云南的战争。为了补充兵源，官府到处抓人。百姓们怨声载道，杜甫诗中所谓"边庭流血成海水，武皇开边意未已"（武皇：指汉武帝。意未已：野心还没得到满足），表面是在骂汉武帝，斥责的却是唐代君臣！

天灾接着人祸，天宝十三载（754年），秋雨连绵，秋收无望。长安百姓拿被子换米吃。第二年，杜甫养活不了家小，便把他们送往奉先县找口饭吃。十一月的一个夜晚，杜甫从长安出发，到奉先去看妻儿。正是寒冬季节，一路上到处是难民。路过骊山时，山上的华清宫却飘来乐声——唐玄宗跟杨贵妃正没日没夜地饮酒享乐呢！

等杜甫赶回家中，得知小儿子已经饿死！这一切，给杜甫的震动太大了。他在悲愤中，写下长诗《自京赴奉先县咏怀五百字》："杜陵有布衣，老大意转拙。许身一何愚？窃比稷与契……"

在诗中，杜甫拿古代贤臣稷和契自比，说自己整年替百姓忧虑，总想有所作为。接着，他把一路上的见闻作了对照鲜明的描述。他说：华清宫里高歌欢宴的全是贵族，他们得到的布帛赏赐，都是贫家女子织出来的。官府鞭打贫女的丈夫，把这些财富聚敛起来供统治者挥霍！诗里有这么几句，对这个不公平的社会揭露得最深刻：

朱门酒肉臭，路有冻死骨。荣枯咫尺异，惆怅难再述。……

◎ "荣枯"句：咫尺之间，繁华与贫困是如此不同。咫，古代称八寸为咫。咫尺，比喻距离很近。

一边是帝王之家酒肉腐臭，一边是黎民百姓冻饿而死，这就是在那个严寒的夜晚，诗人一路上看到的和想到的！

烽火连三月，苍茫问家室

就在这个月，发生了惊天动地的安史之乱。本来就困窘不堪的杜甫，从此又陷入颠沛流离的旋涡，几乎再也没过上安定的日子！

野心勃勃的安禄山从渔阳起兵，大举西来，势不可当。转过年来，洛阳、长安相继陷落，玄宗带着杨贵妃逃往西蜀。杜甫本来要到灵武去见刚刚即位的肃宗皇帝，可半道被叛军劫回，在陷落的长安一待就是八个月。

春天来了，花红草绿，百鸟鸣啭。可是身处沦陷的都城，诗人只能感到深深的悲哀。他在《春望》中写道：

国破山河在，城春草木深。感时花溅泪，恨别鸟惊心。烽火连三月，家书抵万金。白头搔更短，浑欲不胜簪！

◎ "国破"二句：长安沦陷，可山河依旧；春天来了，由于人烟稀少，野草格外茂盛。国破，指长安陷落。◎ "感时"

二句：感伤时事，眼泪溅到花上；与家人离别，听到鸟叫也觉得心惊。◎"家书"句：家中音信稀少，万金难买。◎浑：简直。不胜簪：（由于头发太稀）插不上发簪。

诗人怀念家人，又记挂着国事，只觉得春天也变得暗淡无光。"烽火连三月，家书抵万金"，只有身临其境的人，才能有这样真切的感受！

这年夏天，杜甫到底逃出了长安。他到凤翔去见肃宗，穿着麻鞋，袖子也露出两肘，活像个落难的老百姓。肃宗嘉许他的忠心，给他个左拾遗的官儿，却并不重用他。不久，杜甫决定到鄜（fū）州（今陕西富县）去探家。

诗人的家这会儿已搬到鄜州羌村。《羌村三首》和《北征》，就是这回探家时写的。

《羌村三首》头一首写诗人在满天红霞的黄昏进了家门，妻儿见他还活着，都悲喜交集。邻居们扒满墙头，也都感慨唏嘘。第二首写回家后的矛盾心情：儿女们不离膝头，生怕爹爹再离开。可国家一团糟，诗人又怎能独自偷安？第三首写邻人来访，大家围坐饮酒，讲的都是坏消息。诗人即席赋诗答谢邻人，"歌罢仰天叹，四座泪纵横"。在这多事之秋，大家的心情同样沉重！

这次探家是由南往北，诗人因此把记述此行的长诗命名为《北征》。诗一开头就说："皇帝二载（肃宗至德二载）秋，闰八月初吉。杜子将北征，苍茫问家室……"接着诗人讲述了途中所见：一路人烟稀少，景物荒凉。即便遇见几个人，也多半受

《杜工部集》书影

伤流血、呻吟不已。夜间路过战场,只见凄冷的月光映照白骨,这使他想起潼关之役,秦地百姓一半都做了鬼!

回到家里,妻子穿着补丁连补丁的衣裙,脸色苍白的孩子赤着脚,连袜子也没有。大家相见痛哭,哭声在松林里回荡!可诗人并没有灰心丧气。诗的结尾说:"煌煌太宗业,树立甚宏达!"——他相信唐太宗奠定的大业,不会就这么垮掉。

《北征》长达七百字,比《自京赴奉先县咏怀五百字》还长不少。这两首叙述诗是杜诗中的"大文章",也只有像杜甫这样的大手笔才写得出!有人特别推崇这两首长诗,说是读上一百遍,也还会有新收获!

"三吏""三别",忧国忧民

这一年(757年)的九月,官军收复长安。杜甫携全家迁回长安,不久又奔赴华州做官。一路上,他目睹战争带来的破坏,写下不朽的诗篇"三吏"与"三别"。

"三吏"是《新安吏》《潼关吏》《石壕吏》。诗人路经新安时,那里正在抓丁,连未成年的"中男"也被送去"守王城"。诗人没法子帮助这些不幸的人,只有解劝说:哭瞎了眼又有什么用?现实就是这样无情!——接下来诗人又说了不少安慰的话,因为与叛军作战,到底还是正义之举。

以上是《新安吏》的内容。《潼关吏》呢,则是借与潼关守吏谈话的口吻,告诫将士们要记取以前失败的教训,千万别轻敌。

"三吏"中传诵最广的还是《石壕吏》:

暮投石壕村,有吏夜捉人。老翁逾墙走,老妇出门看。吏呼一何怒!妇啼一何苦!听妇前致词:"三男邺城戍。一男附书至,二男新战死。存者且偷生,死者长已矣!室中更无人,惟有乳下孙。有孙母未去,出入无完裙。老妪力虽衰,请从吏夜归。急应河阳役,犹得备晨炊。"夜久语声绝,如闻泣幽咽。天明登前途,独与老翁别。

◎石壕:镇名,在今河南陕县东。◎逾:越,跳过。◎邺城:即相州,在今河南安阳县。◎附书至:捎信回家。◎长已矣:永远完了。◎乳下孙:正吃奶的小孙儿。◎完裙:完整的衣裙。◎老妪(yù):老太婆。◎河阳:今河南孟州市。◎幽咽:哭声窒塞哽咽。

诗人在一个小村庄投宿,夜里正赶上官吏抓丁。房东老太婆哭诉说:三个男孩儿全都上了战场,有两个已经命丧黄泉!

家里只有个奶孩子的儿媳妇，出来进去连条遮体的裙子都没有！——结局怎么样呢？老太婆被捉去应付官差。诗人离开时，只有向半夜躲出去的老公公一个人告别！

"三别"跟"三吏"的主题一样，也都是揭露战争残酷的。《新婚别》里那位丈夫头天刚成亲，第二天就到河阳去参战。新媳妇含悲忍痛说："仰视百鸟飞，大小必双翔。人事多错迕，与君永相望。"[错迕（wǔ）：错乱，不合理。] 你看，当个离乱人，连鸟也不如啊！

《垂老别》写一位"子孙阵亡尽"的老公公，扔掉手杖，也去参军。他的老太婆卧在路上啼哭，寒风中只穿着单衣，那景象真是惨不忍睹！——然而不参军就有活路吗？到处尸体堆积、血流成河，中原大地上已没有一块可以安居的乐土了！

《无家别》写一个战败逃回的士兵，他走在往日百户聚集的镇子里，到处空荡荡的。日光也那样惨淡，狐狸非但不怕人，反而竖着毛向人怒啼！——士兵本以为可以喘口气，可转眼间县吏又把他抓了去！"人生无家别，何以为蒸黎！"家都没了，又怎么能当得成老百姓！

草堂岁月，仁者情怀

杜甫自己的生活也好不到哪儿去。关中正在闹饥荒，杜甫只好辞了官，携家转往成都。

在成都西郊的浣花溪边，杜甫建起一座茅屋——那就是著名的杜甫草堂。草堂周围的风景美极了，青青绿水环绕，轻烟笼着竹林，鸟儿自由自在地飞来飞去。杜甫闲了就跟朋友、邻居饮酒谈天，或是到水边垂钓，同时经营他的药栏。

成都杜甫草堂碑亭

成都南郊有座武侯祠，供奉着蜀汉丞相诸葛亮。杜甫喜欢到那里游玩，并写过一首七律《蜀相》：

> 丞相祠堂何处寻，锦官城外柏森森。映阶碧草自春色，隔叶黄鹂空好音。三顾频烦天下计，两朝开济老臣心。出师未捷身先死，长使英雄泪满襟。
>
> ◎锦官城：即成都。◎"三顾"句：追念诸葛亮受刘备三顾出山的事迹。"两朝"句：诸葛亮曾在刘备、刘禅两朝为相。开济，开创辅佐。◎"出师"句：诸葛亮曾多次率军伐魏，没能成功，中途病死。

杜甫敬仰这位"鞠躬尽瘁，死而后已"的前代贤相。他的理想大概就是像诸葛亮一样，做个忠心耿耿的辅国之臣吧！可诸葛亮的雄心到底没能实现；看看自己，就更不必说。"出师未捷身先死，长使英雄泪满襟！"这眼泪，一半是为自己流的！

这段时间是杜甫一生中比较安定的时期。他的老朋友高适、剑南节度使严武，跟他都有来往。靠着友人资助，他一家吃穿不愁。从几首小诗中，或可见出诗人此时的生活和心情：

两个黄鹂鸣翠柳，一行白鹭上青天。窗含西岭千秋雪，门泊东吴万里船。（《绝句四首之一》）

黄四娘家花满蹊，千朵万朵压枝低。留连戏蝶时时舞，自在娇莺恰恰啼。（《江畔独步寻花绝句》）
◎蹊：小路。

还有那首《春夜喜雨》，同样脍炙人口：

好雨知时节，当春乃发生。随风潜入夜，润物细无声。野径云俱黑，江船火独明。晓看红湿处，花重锦官城。
◎花重：指花因饱含雨水而沉重。一说重为浓艳。

诗人站在农夫的立场，对及时而来的春雨由衷地感到欣喜。听听"随风潜入夜，润物细无声"两句，雨仿佛也有了人的情感。

安得广厦千万间

不错，诗人的心底一天也没忘记国家和人民。从《茅屋为秋风所破歌》里，就可以看出这一点。

这首诗从大风刮跑草堂屋顶的茅草写起:"八月秋高风怒号,卷我屋上三重茅,茅飞渡江洒江郊……"顷刻风定雨来:"布衾多年冷似铁,娇儿恶卧踏里裂。床头屋漏无干处,雨脚如麻未断绝。"(布衾:布被。踏里裂:睡觉时把被里蹬破了。)然而在这么一个凄风苦雨之夜,杜甫想到的却是更多的人:

安得广厦千万间,大庇天下寒士俱欢颜,风雨不动安如山。呜呼!何时眼前突兀见此屋,吾庐独破受冻死亦足!
◎安得:从哪儿得到。庇:庇护遮盖。◎突兀:高耸的样子。见,同现。

自己遭遇不幸,却首先想到他人。这种推己及人的思想,正是典型的儒者情怀。

却看妻子愁何在?漫卷诗书喜欲狂(张光宇绘)

然而四川也不是世外桃源，由于军阀作乱，杜甫不得不离开草堂。广德元年春天，杜甫正在梓州，突然得到唐军打败叛军、收复河南河北的消息。杜甫狂喜的心情难以抑制，挥笔写下七律《闻官军收河南河北》：

剑外忽传收蓟北，初闻涕泪满衣裳。却看妻子愁何在？漫卷诗书喜欲狂。白日放歌须纵酒，青春作伴好还乡。即从巴峡穿巫峡，便下襄阳向洛阳。

◎剑外：四川剑门关以南地区。蓟北：泛指河北北部。
◎漫卷：胡乱地收卷起。◎纵酒：开怀痛饮。青春：明媚的春天。◎"即从"二句：这是杜甫预想的还乡路线。

看惯了那些忧国忧民的沉重诗篇，这一首显得格外明快。——八年啦，诗人同广大百姓一道经历了那么多的磨难。而今，这一切终于要结束了，诗人怎能不欣喜若狂呢？满头白发的诗人挥洒着欢喜的眼泪高歌狂饮，他想象着在春光的陪伴下沿三峡顺流而下，然后转道直抵洛阳。全诗热情澎湃，一气呵成，是杜甫七律中的杰作。

老病孤舟的晚年岁月

然而杜甫的盘算落了空。安史之乱虽然结束，吐蕃人的铁蹄又踏进长安。直到第二年春天，长安才再度收复。可代宗皇帝却无意起用杜甫，杜甫只好重回成都。

他准备把荒芜了的草堂好好修整一番，写诗说："新松恨不高百尺，恶竹应须斩万竿。"这话虽是与草木，却蕴含着别外的意思：这个纷乱的世道还不应当好好整顿一番吗？

后来高适、严武等朋友一个个故去了，杜甫在成都失去了依靠，只好举家东下，到夔州去。他由成都乘舟东下，途中写下那首五律《旅夜书怀》：

细草微风岸，危樯独夜舟。星垂平野阔，月涌大江流。名岂文章著，官应老病休。飘飘何所似，天地一沙鸥。

◎危樯：高耸的桅杆。◎"名岂"句：意思是靠文章换不来名誉，这里有牢骚之意。

寄身孤舟，前途未卜，文章无用，老病来袭，一种牢骚愤懑与孤独无助之感油然而生。"星垂平野阔，月涌大江流"一联，可与李白的"山随平野尽，江入大荒流"媲美。

在夔州一住两年，杜甫写了四百多首诗，既有吟咏自己生活的，也有记录风土人情的。有一首七律《登高》，记录了诗人此时期的心情：

风急天高猿啸哀，渚清沙白鸟飞回。无边落木萧萧下，不尽长江滚滚来。万里悲秋常作客，百年多病独登台。艰难苦恨繁霜鬓，潦倒新停浊酒杯。

◎渚：水中小洲。◎落木：落叶。◎繁霜鬓：白发增多。

潦倒：衰颓，失意。

诗人长期流浪漂泊，眼看头发白了，贫病交加。因为病，他戒了酒，这使他的满怀愁苦无法排遣，心情恶劣到极点。秋天的西风落叶、林中的猿猴悲啼，使悲愁的气氛更加浓重，浓得化都化不开！有人评价这首诗"高浑一气，古今独步，当为杜集七言律诗第一"。

在夔州待了两年，杜甫又向东进发。他先到江陵，又到公安，往南到过岳州。这以后，他又往来于衡州、潭州之间。要投靠的朋友死了，他几乎陷于绝境，有时只好自己种菜，并靠卖药度日。他家的一张桌子绑了又绑，身上的衣服打满了补丁。有一首《登岳阳楼》写于此时：

　　昔闻洞庭水，今上岳阳楼。吴楚东南坼，乾坤日夜浮。亲朋无一字，老病有孤舟。戎马关山北，凭轩涕泗流。
　　◎"吴楚"二句：写洞庭湖之大，吴楚两地仿佛被它隔开，天地也像浮浸其中。坼（chè），分裂。◎字：书信。

诗的前四句写洞庭湖隔绝吴楚、包容天地的宏阔气势，后四句写自己的境遇：老病交加，无亲无友……然而他心中仍牵挂着战乱未息的局势，为灾难中的国家和百姓泪水长流。

大历五年，杜甫乘船入洞庭，准备经汉阳回长安去。就在风浪颠簸中，五十九岁的杜甫一病不起，溘然长逝！死前的最后一首诗里，有"战血流依旧，军声动至今"的诗句，可见他至死也仍在惦念着国家的命运!

杜甫的"遗产"

杜甫没有给子女留下任何产业,可他给中华民族留下一千四百多首光辉灿烂的诗篇!他一生所作的诗比这还要多得多,他把作诗当成了自己的终生事业。

杜甫的诗富于创造性。他把诗歌的题材大大扩展了,以前的诗人大多写些山山水水,抒写的多是个人的幽怀。杜甫却把社会时事拿来入诗。

杜诗中最宝贵的还是蕴含在多数诗篇里的那种深厚情感。他忧国忧民,心怀天下。自己颠沛流离一辈子,吃尽战乱之苦,同情心却始终没有泯灭。他的物质生活贫乏得不能再贫乏,可精神世界却无比富有。他的这种感情,在作品里融铸成"沉郁顿挫"的风格,也造就了这位不朽的诗人!

杜甫还善于运用各种诗歌体裁。无论哪一种,放在他手里,就有了新的创造发展。他是一位五言、七言古诗的大师。像《自京赴奉先县咏怀五百字》和《北征》那样的鸿篇巨制,在中国的诗歌史上真可谓前无古人、后无来者;《羌村三首》以及"三吏""三别",也都是名传千古的古诗杰作。

杜诗里的五律、七律占全部诗歌一半还要多,成就也都极高。像《春望》《天末怀李白》《蜀相》《闻官军收河南河北》《登楼》《登高》,都是千百年来家传户诵的佳作。

杜诗的语言是非常讲究的。别以为"讲究"就是古雅深奥,

成都武侯祠

杜诗的语言大都很通俗,这是杜甫向乐府诗学习的结果。尤其是他古诗中那些人物的对话,简直就是从农夫、士兵、老妪、新妇的嘴里刚刚吐出来的。可这些语言并不粗俗,因为诗人下了很大的锤炼功夫。至于律诗当中那些千锤百炼的名联佳句,更是屡见不鲜。"语不惊人死不休!",这成了杜甫的座右铭。

"诗圣"与"诗史"

李白、杜甫并称"李杜",他们还是非常要好的朋友。两人结识时,那会儿李白刚离开长安,正不得意,两人相见恨晚。杜甫仰慕这位大诗人,李白也器重这位诗坛新秀。两人携手再游齐鲁,一同访道寻友、谈诗论文。从那以后,杜甫的诗歌受李白影响不小。

这是李、杜唯一一次会面。以后杜甫写过不少诗怀念李白。他在诗中赞美说："白也诗无敌，飘然思不群。清新庾开府，俊逸鲍参军。"（庾开府：北朝著名诗人庾信。鲍参军：南朝著名诗人鲍照。）多年后，他还梦见李白，写诗说："死别已吞声，生别常恻恻。"（恻恻：悲伤。）杜甫始终把这位好朋友记挂在心上。

只是两人诗风不同。李白的诗想象丰富，自由奔放，带着一股洒脱飘逸之气，人称李白为"诗仙"。杜甫呢，诗风"沉郁顿挫"，严整凝重，人们尊称他为"诗圣"。

杜甫的诗歌，忠实记录了自己的坎坷遭遇，连同安史之乱前后动荡的社会现实，就像用诗书写了一部安史之乱的历史。因此，人们把杜甫的诗歌称为"诗史"。

杜甫活着时，他的诗并不被人重视。直到他死后近半个世纪，韩愈、白居易、元稹等人才认识到他的伟大。到了宋代，王安石、苏轼、陆游、黄庭坚都对他推崇备至。宋末的文天祥、明末清初的顾炎武，也都深受他的影响。

简明文学家词典·一（按生年先后排列）

老聃（约前571—？）即老子，姓李名耳，字伯阳，谥聃，春秋楚国苦县（今河南鹿邑）人，年岁比孔子稍长。道家代表人物。撰有《老子》，又称《道德经》，为道家经典。

左丘明（约前556—约前451）春秋时鲁国史官，与孔子同时。撰有《左氏春秋》，简称《左传》，还撰有《国语》。也有学者认为，《左传》成书当在前403年以后，撰写者当另有其人。

孔丘（前551—前479）即孔子，字仲尼，春秋鲁国陬邑（今山东曲阜）人。思想家、教育家，儒家创始人。相传他还修订整理《春秋》《诗经》《易》《礼》等书。言论由弟子后学辑为《论语》，成为传世儒家经典。

墨翟（前468—前376）即墨子，战国时鲁国（一说宋国）人。墨家学派创始人，世称墨子。撰有《墨子》。

列御寇（生卒年不详）战国时郑人。撰有《列子》（或说为晋人伪托之作）。

孟轲（约前372—前289）即孟子，字子舆，战国时邹（今山东邹县东南）人。思想家，儒家先贤。撰有《孟子》，为传世儒家经典。

庄周（约前369—约前286）即庄子，战国时宋国蒙（今河南商丘东北）人。撰有《庄子》，又称《南华经》，为道家经典。

屈原（约前340—前278）名平，字原；一说名正则，字灵均。战国时楚人，世居丹阳（今湖北秭归）。楚辞代表作家，撰有《离骚》《天问》《九歌》《九章》等。另有《招魂》，或说为宋玉所作。

荀况（约前313—前238），即荀子，时人尊为荀卿，汉代又称孙卿，战国时赵国（今山西安泽）人。儒家先贤。撰有《荀子》。

宋玉（约前298—约前222）战国楚国鄢（今湖北宜城）人，生年晚于屈原。撰有辞赋《九辩》《风赋》《高唐赋》《神女赋》等。

吕不韦（约前292—前235）战国末濮阳（今属河南）人，曾为秦相。组织门客编写《吕氏春秋》，又名《吕览》。

李斯（约前284—前208）战国楚上蔡（今属河南）人，在秦为相。撰有《谏逐客书》《论督责书》等。

韩非（约前280—前233）战国时韩国（今属河南）人。法家学派代表人物。撰有《韩非子》。

枚乘（？—约前140）字叔，西汉淮阴（今属江苏）人。撰有赋《七发》，散文《谏吴王书》等。后人辑有《枚叔集》。

贾谊（前200—前168）世称贾长沙、贾太傅，西汉洛阳（今属河南）人。撰有《过秦论》《治安策》《吊屈原赋》《鵩鸟赋》等。后人辑有《贾长沙集》。

戴圣（生卒年不详）字次君，世称"小戴"，西汉梁（郡治在今河南商丘）人。与叔父戴德同治《礼》，今本《礼记》即其所编。"四书"中的《中庸》《大学》皆出《礼记》。

司马相如（约前179—前118）字长卿，西汉蜀郡成都（今属四川）人。撰有赋《子虚赋》《上林赋》《长门赋》等，散文《喻巴蜀檄》等。明人辑有《司马文园集》。

东方朔（前154—前93）字曼倩，西汉平原厌次（今山东惠民）人。撰有辞赋《答客难》《七谏》等。后人辑有《东方太中集》。

司马迁（前145—前90）字子长，西汉夏阳龙门（今陕西韩城）人。著名史学家。代表作有文《报任安书》，纪传体史书《史纪》（时人称《太史公书》）。

刘向（约前77—前6）本名更生，字子政，西汉沛（今江苏沛县）人。著有《新序》《说苑》《别录》等；整理校订《战国策》。明人辑有《刘中垒集》。

扬雄（前53—18）一作杨雄，字子云，西汉蜀郡（今四川成都）人。撰有《甘泉赋》《羽林赋》《解嘲》及《法言》《太玄》。明人辑有《扬子云集》。

王充（27—约97）字仲任。东汉会稽（今属浙江）人。撰有《论衡》。

班固（32—92）字孟坚，东汉扶风安陵（今陕西咸阳东北）人。撰有辞赋《两都赋》《幽通赋》，史著《白虎通义》《汉书》。明人辑有《班兰台集》。

张衡（78—139）字平子，东汉南阳西鄂（今河南南阳）人。撰有辞赋《二京赋》《归田赋》等。另有科学著作《灵宪》等。后人辑有《张河间集》。

孔融（153—208）字文举，汉魏间鲁国（今山东曲阜）人。"建安七子"之一。撰有《荐祢衡疏》《论盛孝章书》等。明人辑有《孔北海集》。

陈琳（？—217）字孔璋，汉末广陵射阳（今江苏淮安）人。"建安七子"之一。诗文有《饮马长城窟行》《为袁绍檄豫州文》等。明人辑有《陈记室集》。

曹操（155—220）字孟德，小字阿瞒，汉魏间沛国谯（今安徽亳州）人。建安文学领袖。诗文有《薤露行》《蒿里行》《苦寒行》《步出夏门行》《对酒》《短歌行》及《让县自明本志令》等。明人辑有《魏武帝集》。

阮瑀（约165—212）字元瑜，汉末陈留尉氏（今属河南）人，为阮籍之父，"建安七子"之一。诗文有《驾出北郭门行》《为曹公作书与孙权》等。明人辑有《阮元瑜集》。

王粲（177—217）字仲宣，汉魏间山阳高平（今山东金乡）人。"建安七子"之一。诗赋作品有《七哀诗》《登楼赋》等。明人辑有《王侍中集》。

应玚（177—217）字德琏，汝南南顿（今河南项城）人。"建安七子"之一。文有《正情赋》等。明人辑有《应德琏集》。

蔡琰（约178—？）字文姬，又作昭姬，汉魏间陈留圉（今河南杞县）人。诗有《悲愤诗》等，另有《胡笳十八拍》，疑为后人伪托。

诸葛亮（181—234）字孔明，汉魏间三国时琅琊阳都（今山东沂水县南）人。撰有《出师表》《建兴六年上言》（又称《后出师表》）等。后人辑有《诸葛亮集》。

刘桢（186—217）字公干，汉末东平宁阳（今属山东）人。"建安七子"之一。诗有《赠从弟》《赠五官中郎将》等。明人辑有《刘公干集》。

曹丕（187—226）字子桓，汉魏间沛国谯（今安徽亳州）人。曹操次子，建安文学作家之一。诗文有《燕歌行》《芙蓉池作》及《典论》《与吴质书》等。明人辑有《魏文帝集》。

曹植（192—232）字子建，后世称陈思王，汉魏间沛国谯（今安徽亳州）人。曹操第三子，建安文学重要作家。有诗《泰山梁甫行》《白马篇》《送白马王彪》《七哀诗》等、赋《洛神赋》等、文《与杨德祖书》等。宋人辑有《曹子建集》。

山涛（205—283）字巨源，西晋河内怀县（今河南武陟）人。"竹林七贤"之一。文集已佚。

阮籍（210—263）字嗣宗，世称阮步兵，三国陈留尉氏（今属河南）人。"竹林七贤"之一。诗文有《咏怀诗》及《大人先生传》等。明人辑有《阮步兵集》。

刘伶（约221—300）字伯伦，魏晋间沛国（今安徽宿县）人。"竹林七贤"之一，文有《酒德颂》。

嵇康（224—263）字叔夜，三国时谯郡铚（今安徽宿县）人。诗有《赠秀才入军》《幽愤诗》及《与山巨源绝交书》《声无哀乐论》等。后人辑有《嵇康集》。

向秀（约227—272）字子期，魏晋时河内怀县（今河南武陟）人。"竹林七贤"之一。曾注《庄子》。作品有《思旧赋》《难嵇叔夜养生论》等。

阮咸（生卒年不详）字仲容，西晋陈留尉氏（今属河南）

人。阮籍之侄，二人称"大小阮"。"竹林七贤"之一。精通音律，著有《律议》。

张华（232—300）字茂先，西晋范阳方城（今河北固安）人。诗有《轻薄篇》《情诗》等及笔记《博物志》。明人辑有《张司空集》。

潘岳（247—300）字安仁，西晋荥阳中牟（今属河南）人。有诗赋作品《悼亡诗》《关中诗》及《西征赋》《秋兴赋》《闲居赋》等。明人辑有《潘黄门集》。

左思（约250—305）字太冲，西晋临淄（今属山东）人。诗赋有《咏史八首》《三都赋》等。后人辑有《左太冲集》。

陆机（261—303）字士衡，西晋吴郡吴县华亭（今上海松江）人。有诗赋散文《君子行》《长安有狭邪行》及《文赋》《辨亡论》等。后人辑有《陆士衡集》。

陆云（262—303）字士龙，西晋吴郡吴县华亭（今上海松江）人。陆机之弟。明人辑有《陆清河集》。

干宝（？—336）字令升，东晋新蔡（今属河南）人。小说集《搜神记》，今存二十卷。另著有《晋纪》，已佚。

陶渊明（约365—427）字元亮，一说明潜，字渊明，私谥"靖节"，东晋浔阳柴桑（今江西九江）人。诗文代表作有《归园田居》《移居》《和郭主簿》《怀古田舍》《杂诗》《饮酒》《读山海经》《咏荆轲》及《归去来辞》《闲情赋》《感士不遇赋》《桃花源记》《五柳先生传》等。后人编有《陶渊明集》。

谢灵运（385—433）南朝宋人，祖籍陈郡阳夏（今河南太康），移居会稽（今浙江绍兴）。世称"谢客"。诗有《石壁精舍还湖中作》《石门岩上宿》《登池上楼》等。明人辑有《谢康乐集》。

刘义庆（403—444）南朝宋彭城（今江苏徐州）人，宗室，袭封临川王。有笔记小说《世说新语》《幽明录》（残）等。

鲍照（414—470）字明远，南朝宋东海（今江苏连云港）人。诗赋有《拟行路难》《代放歌行》《芜城赋》等。后人辑有《鲍参军集》。

沈约（441—513）字休文，南朝梁陈间吴兴武康（今浙江德清）人。与谢朓、王融等共创"永明体"。创"四声八病"之说。诗有《石塘濑听猿》《早发定山》等。著有《宋书》等。明人辑有《沈隐侯集》。

江淹（444—505）字文通，南朝梁济阳考城（今河南兰考）人。以赋闻名，有《恨赋》《别赋》等。后人辑有《江文通集》。

孔稚珪（447—501）字德璋，南朝齐会稽（今浙江绍兴）人。有骈文《北山移文》等。明人辑有《孔詹事集》。

谢朓（464—499）字玄晖，南朝齐陈郡阳夏（今河南太康）人。世称"小谢""谢宣城"。诗有《晚登三山还望京邑》《之宣城郡出新林浦向板桥》等。明人辑有《谢宣城集》。

丘迟（464—508）字希范，南朝梁吴兴乌程（今浙江吴兴）人。诗文有《旦发渔浦潭》《与陈伯之书》等。明人辑有《丘司空集》。

刘勰（465—520）字彦和，南朝齐梁人。祖籍东莞郡莒县（今属山东），世居京口（今江苏镇江）。著有《文心雕龙》。

钟嵘（约468—约518）字仲伟，南朝梁人，祖籍颍川长社（今河南许昌）。所著《诗品》是第一部论诗专著。

吴均（469—520）字叔庠，南朝梁吴兴故鄣（今浙江安吉）人。诗文有《赠王桂阳》《山中杂诗》及《与朱元思书》《与施从事书》等。明人辑有《吴朝请集》。

郦道元（约470—527）字善长，北魏范阳涿鹿（今属河北）人。著名的地理学家、散文家。撰有《水经注》。

何逊（472—519）字仲言，南朝梁东海郯（今山东郯城）人。诗有《临行与故游夜别》《相送》等。明人辑有《何记室集》。

杨衒之（生卒年不详，活动于547年前后）北魏北平（今河北满城）人，著有《洛阳伽蓝记》。

萧统（501—531）字德施，南朝梁南兰陵（今江苏常州）人。梁武帝长子，世称昭明太子。延宾客共编《文选》，又称《昭明文选》，选录先秦至南朝齐梁诗文七百余篇，是我国最早的文章总集。

魏收（507—572）字伯起，小字佛助，北齐巨鹿下曲阳（今河北晋州市）人。"北地三才子"之一。著有《魏书》。

徐陵（507—583）字孝穆，南朝陈东海郯（今山东郯城）人。编选《玉台新咏》，收录自汉至梁的爱情诗歌。

阴铿（约511—约563）字子坚，南朝陈武威姑臧（今甘肃武威）人。诗有《开善寺》《五洲夜发》《晚出新亭》等。文集已佚。

王褒（约513—576）字子渊，北周琅琊临沂（今属山东）人。诗文有《渡河北》《关山月》《寄梁处士周弘让书》等。明人辑有《王司空集》。

庾信（513—581）字子山，北周南阳新野（今属河南）人。

诗赋有《咏怀诗》《寄王琳》《哀江南赋》等。后人辑有《庾子山集》。

颜之推（531—595）字介，北朝北齐人，祖籍琅琊临沂（今属山东），著有《颜氏家训》。

薛道衡（540—609）字玄卿，隋代河东汾阴（今山西万荣）人。诗有《人日思归》《豫章行》等。明人辑有《薛司隶集》。

陈叔宝（553—604）字元秀，小字黄奴，南朝陈皇帝，吴兴长城（今浙江长兴）人，生于江陵。诗有《玉树后庭花》《临春乐》等。明人辑有《陈后主集》。

魏征（580—643）字玄成，唐初巨鹿（今属河北）人。文有《谏太宗十思疏》（又作《十渐不克终疏》）等，言论多见《贞观政要》。

王绩（585—644）字无功，唐代绛州龙门（今山西河津）人。诗有《野望》《过酒家》等。今存《王无功集》。

骆宾王（约626—684）唐代婺州义乌（今浙江义乌）人。"初唐四杰"之一。诗文有《帝京篇》《在狱咏蝉》《为徐敬业讨武曌檄》等。今存《骆临海集》。

卢照邻（约637—约689）字升之，唐代幽州范阳（今河北涿州市）人。"初唐四杰"之一，诗有《行路难》《长安古意》等。今存《幽忧子集》。

杜审言（约645—约708）字必简，祖籍襄阳（今湖北襄阳），后迁巩（今河南巩义市）。为杜甫祖父。诗有《和晋陵陆丞早春游望》等。明人辑有《杜审言集》。

王勃（约650—约676）字子安，唐代绛州龙门（今山西河津）人。"初唐四杰"之一。诗文有《杜少府之任蜀州》《山中》《临高台》《滕王阁序》等。明人辑有《王子安集》。

杨炯（650—约693）唐代华州华阴（今属陕西）人。"初唐四杰"之一。诗有《从军行》《出塞》等。今存《盈川集》。

宋之问（约656—约713）字延清，唐代汾州（今属山西）人，一说虢州弘农（今河南灵宝）人。诗有《题大庾岭北驿》《度大庾岭》《渡汉江》等。明人辑有《宋之问集》。

沈佺期（656—715）字云卿，唐代相州内黄（今河南内黄）人。诗有《夜宿七盘岭》《古意呈补阙乔知之》等。明人辑有《沈佺期集》。

贺知章（659—744）字季真，号四明狂客，唐代越州永兴（今浙江萧山）人。诗有《咏柳》《回乡偶书》等。

陈子昂（661—702）字伯玉，唐代梓州（今四川射洪）人。曾明确提出诗歌革新主张。诗文有《感遇》《登幽州台歌》《与东方左史虬修竹篇序》等。今存《陈子昂集》。

王翰（687—726）字子羽，唐代并州晋阳（今山西太原）人。诗有《凉州词》等。

王之涣（688—742）字季陵，唐代晋阳（今山西太原）人。诗有《凉州词》《登鹳雀楼》等。

孟浩然（689—740）唐代襄州襄阳（今属湖北）人。诗有《临洞庭》《夏日南亭怀辛大》《过故人庄》《春晓》《宿建德江》等。后人辑有《孟浩然集》。

王昌龄（698—约756）字少伯，唐代京兆长安（今陕西西安）人。诗有《从军行》《出塞》《越女》《长信秋词》等。后人辑有《王昌龄集》。

祖咏（699—约746）唐代洛阳人。诗有《终南望余雪》《望蓟门》等。

高适（约700—约765）字达夫，唐代渤海蓨（今河北景县）人。诗有《燕歌行》《封丘作》《别韦参军》《别董大》等。宋人辑有《高常侍集》。

王维（701—761）字摩诘，世称"王右丞"，唐代人，祖籍太原祁（今山西祁县），父迁家蒲州（在今山西永济）。诗有《终南山》《山居秋暝》《过香积寺》《赠裴十迪》《渭川田家》《辋川闲居赠裴秀才迪》《鸟鸣涧》《鹿柴》《老将行》《观猎》《使至塞上》《送元二使安西》等。其弟王缙编有《王右丞集》。

李白（701—762）字太白，号青莲居士，唐代人，祖籍陇西成纪（今甘肃秦安），后迁至四川江油。一说李白出生于西域唐安西都护府碎叶，即今天吉尔吉斯斯坦的托克马克。代表诗文作品有《蜀道难》《将进酒》《梁甫吟》《行路难》《襄阳歌》《扶风豪士歌》《梦游天姥吟留别》《陪侍御叔华登楼歌》《宣州谢朓楼饯别校书叔云》《秋浦歌》《关山月》《独坐敬亭山》《望庐山瀑布》《望天门山》《早发白帝城》《黄鹤楼送孟浩然之广陵》《赠汪伦》《月下独酌》《与韩荆州书》等。后人辑有《李太白集》。

崔颢（704—754）唐代汴州（今河南开封）人。诗有《黄鹤楼》等。明人辑有《崔颢集》。

常建（约708—约765）唐代长安人。诗有《题破山寺后禅院》《塞下曲》等。

杜甫（712—770）字子美，自称少陵野老，后世又称"杜少陵""杜工部"，唐代人，祖籍襄阳（今属湖北），曾祖迁居巩县（今属河南）。代表诗作《望岳》《兵车行》《丽人行》《自京赴奉先县咏怀五百字》《月夜》《春望》《哀江头》《羌村三首》《北征》《新安吏》《石壕吏》《潼关吏》《新婚别》《垂老别》《无家别》《茅屋为秋风所破歌》《春夜喜雨》《天末怀李白》《蜀相》《闻官军收河南河北》《登高》《秋兴八首》《登岳阳楼》等。后人辑有《杜工部集》。

岑参（约715—770）唐代荆州江陵（今属湖北）人。代表诗作有《走马川行奉送出使西征》《白雪歌送武判官归京》《轮台歌奉送封大夫出师西征》《逢入京使》等。后人有《岑嘉州集》。

郭茂倩（1041—1099）字德粲，北宋代郓州须城（今山东东平）人。编有《乐府诗集》，多收历代乐府诗。